Scrittori Giunti

Massimo Onofri

Passaggio in Sardegna

GIUNTI

Passaggio in Sardegna
di Massimo Onofri
«Scrittori Giunti»

www.giunti.it

Via Bolognese 165 – 50139 Firenze – Italia
Piazza Virgilio 4 – 20123 Milano – Italia

Prima edizione: maggio 2015
Quinta ristampa: ottobre 2017

A Ini

Prologo

Non piove, non è mercoledì e non sono a Cesena. Mi trovo invece ad Alghero, in costume sulla spiaggia, brunito e in forma, a trenta metri dalla casa dove vivo quando non sono a Viterbo: è il 12 ottobre, la domenica d'un autunno dolcissimo, caldo e senza nuvole. Ci saranno almeno ventotto gradi all'ombra, mentre aspetto Michelino Cuccu con la bozza da rivedere delle lezioni della scuola di dottorato. Me ne sto seduto, come appeso a un cielo magrittiano, su un'esile sdraia a strisce bianche e verdi, acquistata quest'estate dai cinesi a un prezzo vantaggioso. Intorno a me, sullo sconfinato arenile appena offeso dalle alghe in macerazione, che digrada sino alla pineta di Maria Pia, solo qualche tedesca sgraziata e fuori peso, giovani inglesi insolitamente rumorosi che vogliono sembrare felici a tutti i costi, ma anche pensionati spesso in coppia e cani festosi al guinzaglio. Ripenso al ricco proprietario asiatico dell'emporio che me l'ha venduta, quella sdraia, mentre voleva convincermi che il vero problema di Alghero sono i cinesi, cioè i suoi connazionali: misteri del multiculturalismo. Devo confessarlo: gli uomini che hanno certezze così tenaci e beate quasi mi commuovono. Dal mio canto, mi sono sempre sentito un po' come il Foscolo di quel noto e giovanile sonetto: «Non son chi fui; perì di noi gran parte». Epperò, oggi, non mi resta nulla del disincanto e dello sconforto che soffocava il poeta quando scrisse quei versi, nonostante le mie ferite siano ancora aperte e vivo il dolore. Il promontorio di Capo Caccia è di fronte a me nella luce tersa, immacolata, e segna l'orizzonte: sono passati tredici anni e la Sardegna – chi l'avrebbe detto – è riuscita a cambiarmi.

Lo ricordo ancora benissimo: compresa la confusa concitazione di sentimenti che mi travolse. La mail dovrebbe essere arrivata verso la fine di giugno del 2001: erano già due anni che avevo vinto il concorso all'Aquila per professore associato e l'abilitazione stava per scadere. L'ho letta, sull'imperturbato schermo del mio computer, verso le due di notte: se avessi mandato per tempo tutta la documentazione, prima dell'ultimo consiglio di facoltà che precedeva le vacanze, sarei stato chiamato in ruolo come docente di Critica letteraria. Destinazione Sassari: Lingue e Letterature moderne e contemporanee. Me l'aveva scritta, quella mail, la preside Simonetta Sanna: avrei saputo poi che, per la sua determinazione e la grande energia, l'autorevolezza e la fermezza con cui governava, la chiamavano la Zarina. Simonetta, oltre che bella e elegantissima, sa essere invece una donna di rara delicatezza, soprattutto nell'amicizia, come avrei sperimentato io stesso: epperò, non posso tacerlo, ho visto più d'un uomo piagnucolare al suo cospetto, soprattutto quelli boriosi e stupidi di specie fallica, miserabilmente sedotti dal potere accademico, abituati a ricevere dalle donne intimorita soggezione, arresa e muta perplessità.

Lo devo ammettere: avuta la notizia del mio possibile trasferimento lavorativo, mi sono sentito, sul momento, come Publio Ovidio Nasone mandato in esilio sul Mar Nero: e non avevo commesso nulla di disdicevole. Non potevo immaginare che quell'esilio su un'isola vera, lontano dagli affetti, sarebbe stato la mia fortuna.

Avrei dovuto pensarci, invece, alla possibilità di un complice e benevolo intervento della sorte o degli dei minori, quelli che abitano negli *intermundia* e hanno a cuore solo i miscredenti come me. Proprio qui in Sardegna, in effetti, io ero stato iniziato alla vita adulta: e a pochi chilometri da dove ora vivo, cioè al Calik, il camping village alle porte di Fertilia, un'enclave giuliana, dalmata e fiumana, ancora resistente, la frazione di Alghero nata dalle bonifiche mussoliniane, che ha alle spalle la laguna. Mai viste così tante zanzare come in quei giorni venturosi dell'estate del 1979, quando, finito il quarto anno di liceo, con Segatori e Omero, Gisca, Navas e Tuzi (chissà che fine ha fatto il mio solido e taciturno compagno di scuola), raggiungemmo la Riviera del Corallo per una decina di giorni di vacanza irresponsabile, di confusa scoperta di sé. Fu al Calik, infatti, che conobbi Rita, una ventinovenne di Genova - io, di anni, ne avevo solo diciassette –, miltante di Democrazia Proletaria. Vista oggi, con la nostra ipersensibilità sessuale, fu quello un eclatante caso, se non di pedofilia, di corruzione di minore. O, se vogliamo metterla da un punto di vista politicamente corretto - perché il colpevole sarebbe una donna –, potrebbe trattarsi di sacrosanta emancipazione femminile: laddove, finalmente, non sono più i soliti maschi anziani e potenti a gingillarsi con fanciulle in fiore, ma il contrario. I tempi erano comunque molto diversi da questi e l'unica preoccupazione di Rita era quella di rassicurare il marito comunista e gruppettaro: non tanto sul fatto che lo tradisse – erano anni di amore libero, perdinci –, o che l'amante fosse un minorenne, quanto che lo stava facendo con un socialista, per di più infatuato di Norberto Bobbio e di Pierre-Joseph Proudhon. Quante volte al telefono, dentro la maleodorante cabina del campeggio (non c'erano ancora i cellulari), l'ho sentita ripetere che, nonostante tutto, ero anche io un vero compagno. Il suo onore di comunista era dunque salvo.

Rita era una ragazza noiosa, querula e malinconiosa, d'una procacità già sfiorita e del tutto priva di sensualità. Sicché, avido di vita com'ero, non ci misi niente a lasciarla. E mi trasferii quasi subito, armi e bagagli, nella tenda di una mia coetanea di Reggio Emilia: bruna e mediterranea, seni ubertosi e gambe lunghissime, occhi scintillanti, pelle al miele di castagno, di quelle insomma che piacciono a me. Le suonavo la chitarra di notte e basta: per altro malissimo. Ogni tanto un bacio, ma avaro. Alla fine riuscii a strapparle la promessa che, quando saremmo tornati nelle nostre città, mi avrebbe scritto e magari, alla prima vacanza utile, mi sarebbe pure venuta a trovare. Ma, tornata a Reggio, non l'ho mai più sentita: *sic transit gloria penis*. Mi rimase soltanto, direzione Golfo Aranci, un pessimo e malumoroso viaggio di ritorno in autostop ancora con Rita, perché il mio amico Segatori – dico Fabio, il futuro regista di *Terra bruciata* con Raoul Bova e Giancarlo Giannini – s'era messo nel frattempo con la sua amica e compagna di tenda, una biondina rincagnata e sciatta della stessa età. Questi, insomma, furono i miei aurorali rapporti con Pinco Fallo: in Sardegna, per l'appunto.

Ci penso e ci ripenso, dopo aver salutato Michele, che se ne torna a Ittiri con alle spalle una domenica di mare e lavoro: perfetto come sempre. Torno a casa e faccio la doccia. Mi vesto di freschezza e di colori. Niente Tom Ford Grey Vetiver, ma solo una spruzzata di Lorenzo Villoresi Yerbamate: fieno e lavanda, rinforzati da erbe e legni aromatici, proprio quel che ci vuole. Prendo la macchina e arrivo al Calik: dove tutto è cominciato. Sono sulla spiaggia bianchissima che unisce Fertilia a Alghero. Mi guardo intorno distrattamente, quando le vedo: sono bellissime e mi sembrano sorelle. Camminano e ridono: un'intesa allegra e esclusiva tra di loro. Non so se gli altri vedano quello che vedo io: ma le acque, *mirabile dictu*, si sollevano spumose al loro passaggio. È la più matura delle due - avrà trentasette trentotto anni - quella che quasi mi schianta. Ci misi un attimo a pensarlo: non c'è nulla nella vita d'un uomo, dico di questa fuggevole e miseranda vita, che possa durare di più della bellezza d'una donna, quando ti scende nel cuore. Chiamiamola così, Ini: e questo basti. Per mio conto, ormai me ne sono convinto: dovevo arrivare sin qui, su quest'isola del sole e dell'assenza, per fare tutti i conti, e sino in fondo, col mio stilnovismo patologico.

Morire a Porto Torres

Può capitare di sorvolarla mentre si atterra all'aeroporto di Fertilia o ci si può arrivare lentamente in traghetto, guadagnando il campo onda dopo onda, ma Porto Torres continuerà ad apparirvi per quella che è, col porto che spurga in mare i veleni d'una crescita sconciata, sempre più sterile e incattivita, mentre alle sue spalle quei mastodonti industriali sfiatano ancora, ma con fatica, come in attesa dell'ultimo rantolo, estremi e mendaci testimoni del sogno d'una modernità che si credeva risolutiva e salvifica. Un sogno fondato su un'idea di *Fast Life* e sul mito del "progresso", condiviso ai suoi albori senza eccezioni da tutta la classe dirigente italiana: nell'ottimistica convinzione che ogni genere di accelerazione produttiva, a qualsiasi condizione, avrebbe comunque condotto a un incremento del benessere. E dire che le sue spiagge e gli scogli, le calette e le grotte marine, magari al tramonto d'un bellissimo novembre, arrivano a restituirci una dolcezza quasi insostenibile: poco importa che sia, quel novembre, un mese di desideri insoliti e d'amori magari senili, snervati dalla nostalgia e dal ricordo d'una felicità che forse ci fu, come quella stessa del paese, prima che tutto cominciasse coi suoi miraggi di prosperità. Quando è vero che poi, non lontano da qui, la bellezza fiorisce ancora senza sforzo, con imperturbabile, direi divina, naturalezza: poco più a ovest, in effetti, l'Asinara s'invapora nelle acque caraibiche, ma assolute, di Stintino. Mentre a est, se qua e là un'edilizia affrettata e un po' cialtronesca non ci offendesse a tutt'oggi, le dune e i pini di Platamona correrebbero beati, in un'esplosione d'odori, con quelle stradette parallele, d'improvvisato asfalto, che arrivano giù sino alla spiaggia selvatica, ai cui bordi, fino a qualche mese fa e chissà se ancora adesso, battevano allegre e chiassose prostitute di colore. Per non dire del bellissimo lungomare di Balai, a ridosso del centro, proprio all'inizio della litoranea, con la chiesa di San Gavino a mare a picco sull'acqua cristallina, eretta intorno al 1850, là dove si riteneva fossero stati inizialmente seppelliti i protomartiri turritani Gavino, Proto e Gianuario: detta a mare per distinguerla dall'altra San Gavino, nei pressi di largo Sabelli, una delle più belle chiese romaniche, d'impianto pisano, della Sardegna. A Balai, voglio aggiungere, si può indugiare: i comodi parcheggi gratuiti e le docce a disposizione dei bagnanti mi confermano d'un impegno del Comune che, in questo ultimo decennio, mi pare molto intensificato, con buoni risultati e un notevole miglioramento dei servizi, in gloria, se vogliamo, della crescente qualità della balneazione.

Porto Torres, coi suoi poco più che ventimila abitanti, continua a coincidere, però, col suo insediamento petrolchimico: che, a metà degli anni Sessanta, rappresentò il miraggio d'una classe operaia che ancora credeva nella possibilità di diventare dirigente, ma che si rivelò presto, per i figli e i nipoti di quegli operai, una maledizione, un incubo infernale. Allora – e non si tratta di molti anni fa – erano in tanti a pensare che la classe operaia sarebbe comunque arrivata in paradiso. L'ho creduto anch'io per un po': ma è da molto tempo che non lo credo più. La classe operaia, del resto, come progetto e ipotesi d'un mondo nuovo e più giusto, come motore eventuale di magnifiche sorti e progressive per l'umanità tutta, non esiste più: e come classe è implosa col marxismo o trincerata, magari, dentro il piccolo privilegio, che resta pur qualcosa, se vogliamo, a fronte della precarizzazione di tutta intera la sua gioventù. Esistono ancora invece gli operai, quelli in carne e ossa: molti dei quali, però, hanno via via ceduto a una cupa cultura del risentimento o dell'emulazione consumista, che li ha strappati del tutto ad antichi vincoli di solidarietà di classe, non solo politici. Come quelli, molto giovani, che descrive l'ancor più giovane Silvia Avallone nel suo romanzo *Acciaio* (2010): facendo inferocire i sindacalisti della Cgil di Piombino. Esistono ancora gli operai, dicevo: come il mio allievo Giovanni Deriu, che da Ittiri o da Sassari arriva qui, ogni giorno che il cielo manda, per montare di servizio, mattina, pomeriggio o notte, così come gli viene assegnato, poco importa. Lo devo dire con sincerità e anche con una certa ammirazione: quando lo vedo arrivare allegro e trafelato, motivatissimo, appena smontato dal turno, per venire alle lezioni di Critica letteraria e Letteratura italiana contemporanea nel nostro dipartimento, ho l'esatta coscienza di come volevo che fosse la classe operaia che sognavo a vent'anni, ubriaco d'amore e di me stesso, ammalato di politica. Li sognavo così, col passo di Giovanni, appunto, la sua integrità e il suo entusiasmo: lui che sa passare, con serietà e applicazione, ma anche con disinvoltura, e senza rancori di ceto, dalla teoria della letteratura e Roland Barthes alla catena di montaggio e viceversa. Un operaio che lavora duro, si sacrifica e sa, all'occorrenza, citare Kant e Nietzsche, magari per giuocare un po': con la volontà ostinata di crescere e di migliorarsi e così, migliorandosi, contribuire chissà al miglioramento del mondo, cui non saprebbe rinunciare. «Professo',» mi dice senza parole grosse, con quel sorriso largo che gli accende gli occhi, «io sono comunista, che ci vuol fare: ma il suo socialismo borghese, riformista, lo capisco. E mi piace davvero la sua libertà, la sua allegria, la sua beata coincidenza con se stesso e coi suoi sensi. Non crederà mica che ci possa essere comunismo senza intensificazione della vita?» Poi ritorna a casa a studiare: con la concentrazione orgogliosa che ho conosciuto in certi sardi di tenace concetto. Succede, a volte, che andiamo a cena a Alghero, da Maristella, soprattutto le sere d'autunno più malinconiche, con la città quasi deserta, a mangiare le attinie fritte, e cioè gli anemoni di mare, i crostini e quei formidabili spaghetti, tutto rigorosamente ai ricci, da annaffiare sempre con Vermentino, meglio se un Canayli di Gallura. A cena, sì: per parlare di donne e d'amore (di Graziella, di Ini) come due adolescenti, spasmodicamente, talvolta sino al mattino. Ogni tanto, però, ho l'impressione che Giovanni venga anche per studiarmi, soppesare ogni mia parola, registrare qualunque gesto, sottolineare i tic: che poi mi restituisce all'improvviso, con un'esplosione di ilarità, in forma di esilarante imitazione, in una di quelle occasioni conviviali in cui si radunano, insieme a me, studenti e dottorandi. Affettuosa abitudine, questa di Giovanni: e indizio di un'intelligenza molto empatica.

La sua è una bellezza scattante, tonica, di calciatore quale anche è (gioca nella squadra del suo paese), ma sempre più malinconiosa. Non è un caso che adesso – dentro una crisi conclamata di cui credo avverta, più di altri coetanei, la ferocia – della crisi, delle crisi, mi viene spesso a parlare: e lo fa, proprio come mi sarei aspettato, da un punto di vista morale prima che sociale e politico. Ha ragione Giovanni: la crisi, prima d'ogni altra cosa – in politica, in economia, in letteratura, fa poca differenza –, è un momento di collasso e di vuoto pneumatico che i più cinici e disonesti sanno riempire con una velocità che, in tempi di salute civile, sarebbe inconcepibile. Cinici e disonesti, e soprattutto mediocri, con l'impudenza di palesarsi per quel che sono, autorizzati da un mondo che reputano senza alternative, ormai ridotto a loro immagine e somiglianza: come giustificare altrimenti l'arroganza e la protervia di chi, già privilegiato, mentre si chiedono ai comuni cittadini feroci sacrifici, lavora solo a conservare, se non addirittura potenziare, i propri privilegi? Ha ragione Giovanni: la crisi, prima di ogni cosa, è crisi di coscienza: la nostra coscienza, cedevole e rassegnata a tutto, compresa l'ipotesi, sempre più concreta, del nostro individuale peggioramento. Glielo confesso senza timore: rispetto a quando sono arrivato in Sardegna fresco vincitore di concorso, io sono molto peggiorato, rincagnato come mi sento in una posizione di sempre maggiore arroccamento nel mio *particulare*. Pur conducendo una vita di soddisfazioni, e vivendo di ciò che ho sempre desiderato, non era questo il Paese che sognavo: un Paese, cioè, in cui sento perso qualsiasi vincolo d'appartenenza, che non sia quello della tribù, della corporazione e del clan, della famiglia. Ora, nelle sue parole, quando si richiama ai pochi che resistono, non so se leggervi più disperazione o speranza. Oggi Dio, se non è morto, tace fragorosamente. Il fatto nuovo, però, è che sono morti anche tutti quei nuovi Tartufi che, agitando il guscio vuoto dei grandi valori estinti, hanno operato una gestione predatoria dell'esistente: e non solo in politica. Il vuoto è sotto gli occhi di tutti: è diventato addirittura popolare. Ecco perché io credo che alla sua generazione stia toccando un destino importante: solo chi non ha più nulla da perdere ha davvero tutto da guadagnare. Forti di tutta la loro insicurezza, Giovanni e i suoi coetanei trentenni hanno forse la grande opportunità di diventare i padri di se stessi, per sentirsi finalmente figli solo della fortuna. E di gridare forte: basta coi padri. Se i padri sono quelli che abbiamo avuto sinora davanti: soggiogati dalla loro monumentale puerilità, dalla loro clamorosa, oscena, irresponsabilità.

Verrebbe voglia di dare ragione subito al Pasolini degli *Scritti corsari* (1975) e delle *Lettere luterane* (1976), che distingueva il progresso morale e civile dal mero e irrazionale sviluppo, identificabile economicisticamente con la sola euforica e quantitativa accumulazione delle merci. Mentre io non posso non chiedermelo mentre il traghetto s'avvicina sempre di più alla terraferma: quanta parte hanno avuto, questo sogno di modernizzazione, questi giorni di scorie e di miasmi, nella proliferazione di tumori – tanti, troppi, oltre le più esagerate statistiche, falcidiando soprattutto la gioventù – dei figli migliori della città? Fabrizio Pittalis, assai più giovane di Giovanni, non è stato fortunato come lui: e se ne è andato a soli ventisette anni, nel 2007, per via d'una rara forma tumorale. Si faceva vedere, Fabrizio, ai miei corsi di Critica letteraria, quelli da cui sono usciti i miei allievi migliori, credo tra il 2004 e il 2005: corsi di riposata allegria e concentrati, per poche persone animate da una qualche araldica dell'onore e della libertà (mai più di venti, ormai), e scavati, quei corsi, dentro l'idea che la critica non sia nulla se non si traduce in conoscenza della vita, nell'assunzione di un principio di responsabilità individuale. Fabrizio, quelle lezioni, le frequentava con passione silenziosa, con occhi attenti e un'immaginazione piena di domande, ma fresca di sogni e avida di futuro: potevamo immaginare, allora, che alla sua esistenza non fosse stato assegnato un destino? Stavamo quasi per diventare amici, dentro quel cerchio magico e ambiguo che è sempre il rapporto tra un docente e un allievo, quando, all'improvviso, non s'è fatto più vedere. Ero sicuro sarebbe tornato prima o poi: e non ci ho pensato più. Qualcuno, molti mesi dopo, mi ha detto d'averlo visto su una sedia a rotelle, ferocemente offeso nelle gambe, mentre una donna lo portava a passeggio per le strade di Porto Torres. Non sapevo come fare per contattarlo, ignoravo in che condizioni si trovasse, né se gli avrebbe fatto piacere sentirmi, ambasciatore d'una vita remota che non poteva più appartenergli e che non so se volesse ricordare o dimenticare: fino al giorno in cui, per caso, ho trovato la sua firma in un blog letterario, dove riproponeva un mio articolo molto polemico sul

Gruppo 63. Era sempre lui, così come me lo ricordavo: attivo e propositivo, intelligente come sempre, forse ancora più combattivo. C'era il suo indirizzo elettronico: l'occasione che aspettavo.

Mi rispose Fabrizio, persino scusandosi per il ritardo con cui lo faceva: e quasi incredulo, felicemente incredulo, che io mi ricordassi ancora di lui. Parole appassionate sul mio articolo e sul Gruppo 63 di cui diffidava. Sul suo male, invece, poche ironiche parole: alludendo a «una critica situazione sanitaria» che gli aveva «fatto prendere un bello spavento», ma che, ora, sembrava sotto controllo. Si appellava, per resistere, al suo «innato senso dell'umorismo» che da sempre, così diceva, lo portava «ad avere un particolare gusto per la decadenza (che se guardata nel modo giusto può essere spassosa fino a far morire dal ridere)». Era un carattere forte Fabrizio: e si preparava ad avere quello che l'esistenza gli avrebbe di sicuro dato. Sono andato a rivedere, con una certa commozione, le fotografie postate su Facebook dal padre Gigi, che ha alle sue spalle uno strenuo impegno – quasi un presentimento: oggi lo possiamo dire – nelle battaglie perse dell'ambientalismo, e dall'ancora bellissima madre, Lia Ruggiu, che continua a sciogliere nel canto, e nelle canzoni che interpreta per lui, tutto il dolore per quella morte, così forse accarezzandolo. Ecco Fabrizio pensoso: davanti al mare di Balai, con impressi i feroci segni della chemioterapia. Fabrizio su un muretto: sempre lo stesso mare struggente all'orizzonte, un cane, la gamba amputata. Fabrizio ancora in salute sdraiato accanto alla compagna Ilaria: tempia contro tempia, gli occhi di entrambi che hanno la bellezza straziante della gioventù che sarà oltraggiata. Di questo incantevole ragazzo ci resta ora un singolare libretto postumo (2009). S'intitola *Molto spiacenti, Sir*: e ci restituisce un Fabrizio estroverso, euforico, come liberato dalla malattia. Si capisce che ora sa bene che nulla, della sua vita, potrà essere più sprecato: i minuti come le parole, i baci come gli sguardi. Sperimenta tutto, in prosa e in poesia: con allegria, con impareggiabile umorismo. C'è la sua immaginazione litigiosa e scontornata. Ci sono i suoi pensieri ancora scompigliati. C'è la sua grande, delicatissima umanità, l'amore stupito per la vita, per niente disperato. C'è la sua infinita grazia: «Al bagno degli uomini preferisco l'odore delicato di quello delle donne in cui m'infiltro ogni volta che posso per goderne in solitudine la strana luce».

La Storia, che non è *magistra* di nulla, ha però i suoi paradossi. Penso a quello che Porto Torres è oggi e a ciò che invece gloriosamente fu, quando, fondata nel I secolo avanti Cristo, non si sa se sotto Cesare o Augusto, arrivò a essere l'unica colonia della Sardegna che abbia goduto del diritto romano, forse anche in virtù della fertilità del suo retroterra agricolo, presto granaio della capitale, e da subito commercialmente collegata, quale *caput viae*, con l'antipodica Kàralis, attraverso quella che, ancora oggi, è la strada più importante dell'isola, la statale 131. Così me la immagino, infatti, la Porto Torres romana: colonia di piaceri corporali ed estenuazioni spirituali. In nulla prossima dunque, per soave salubrità, alla mefitica aria della zona industriale. Se ci riferiamo ovviamente a quanto resta dell'antico splendore pagano, ovvero alle vestigia di ben tre complessi termali: le Terme Centrali, così dette perché collocate tra le Terme Maetzke a est, che prendono il nome dall'archeologo che le scavò tra il 1958 e il 1961, e le Terme Pallottino, recuperate dall'oblio tra il 1940 e il 1942. Percorro la città in macchina coi miei genitori, dopo la lunga traversata in traghetto da Civitavecchia. E mi viene naturale ricordare alcuni dei miei allievi, qualcuno dei quali presto conosceranno al Pomodoro, a Li Punti, dove siamo attesi per cena: è la prima volta, dopo quasi quindici anni di mia carriera qui, che vengono sull'isola a conoscere i miei luoghi. Eccoli: il dolcissimo e elegante Ignazio che ora vive a Dublino, dove fa il *costumer care specialist*, e la sua amica del cuore Luisa, che ha lavorato nella Sardegna del sud, all'esclusivo Forte Village, in cui – come mi confessava – un magnate russo poteva spendere in un giorno quello che suo padre, operaio, guadagnava in un anno. Gabriella l'ungherese, campionessa di marcia campestre, tempra solida e dolcissima, che può capitare di incontrare sulla strada per Platamona, mentre si allena. Franca Sara, che cresce in orgogliosa solitudine e libertà il suo magnifico bambino. Monica, che a Porto Torres lavora in uno studio dentistico e si occupa di infanti, ma che si sta specializzando a Venezia in Lingua e Letteratura russa: come la sua altrettanto brillante sorella, Francesca. E poi Alessandra, che adesso fa qui, tra l'altro, l'assessore alla Promozione turistica e alla Valorizzazione del patrimonio archeologico. Infine la bravissima Silvia, la mia allieva più antica, che insegna oggi nel nostro dipartimento di Letterature comparate: d'una bellezza dal disegno netto, severo, alta e elegantissima, gli splendidi capelli bruni coi riflessi quasi blu, epperò soave e mite, a dispetto della sua monumentalità, con quei trasalimenti che quasi sembra – e non se ne capisce la ragione – si scusi d'esistere. E che nel cognome, Lutzoni, è come se si portasse dietro, per il mio orecchio di etrusco, una eco di tutti i misteri più arcani dell'isola, qualora ce ne fossero mai. Anche lei ha perduto un giovane fratello, Alberto, ancora una volta per il concorso maligno di quella malattia, di questa malata città. Non so precisamente dove abiti, col suo compagno credo, un bell'architetto di qui: non sono mai stato a casa sua, né, credo, abbia intenzione per ora di invitarmi. Ma riesco a immaginarmela lo stesso mentre legge Edward Said e studia i suoi scrittori arabi: non mi stupisce che proprio qui, dove transitano le petroliere e arrivano i traghetti, si possa coltivare in silenzio, e sotto il velo d'un grande riserbo, una così vasta passione di mondo, un cosmopolitico sentimento di sé, un fastidio così drastico per le anguste mitologie patrie. Non so perché, ma parlando di lei coi miei genitori, mi viene da pronunciare il nome d'un suo illustre concittadino e coetaneo, come lei nato nel 1977, il calciatore Alessandro Frau, caro a Zeman che lo fece esordire nella Roma, e che ho ammirato giocare per qualche stagione nella Viterbese. Credo si debba alle sue meravigliose punizioni, quasi sempre vincenti, comunque sorprendenti. Ecco, Silvia ragiona e scrive come lui calcia a rete: uno stesso modo, implacabile ed elegante, di fare goal. Ho saputo che ora Frau ha aperto una gelateria al corso: devo ricordarmi di farci un salto.

Li Punti e il piccolo Celentano

Era il giorno di San Valentino, ma eravamo lì a mangiare per tutt'altri motivi: la mia cara Sonia, Sonia Corrias, s'era appena addottorata e stavamo festeggiando con Marco, il suo ragazzo bolognese. Si discuteva sul romanzo poliziesco e i suoi consolatori protagonisti di oggi, ma anche su Sciascia, Dürrenmatt e Glauser cui la tesi dottorale era dedicata. La donna s'avvicina sorridente al tavolo e ci chiede di partecipare al gioco. È di quelle che non coltivano dubbi: sicure come sono del fatto loro. Cortesemente le rispondo di no: e che siamo venuti a cena qui per chiacchierare. Lei s'indispettisce e, con tono assai insolente, ci avverte stizzita: «Allora, stasera, non vi divertirete». Almeno su questo, devo dire che ha avuto ragione: mangiare tranquilli e dialogare serenamente non è stato proprio possibile quella sera. Volti concitati. Occhi fuori dalle orbite. Risate sguaiate. Urla butterate nei microfoni. E domande per niente simpatiche, mentre si pretendevano tali: come, per dirne una, quale fosse il significato di batacchio. Con l'immancabile risposta multipla ed errata che si trattasse, pensate un po', del membro maschile. E tutti giù a ridere: chissà perché poi. È da qualche tempo che in certi ristoranti di Sassari si propone ai clienti il gioco a quiz Il Cervellone. C'è chi sopporta e chi ha smesso di frequentare il suo locale preferito nel giorno della gara. Ma c'è anche chi s'ingaglioffa euforicamente, brancica, suda e si diverte. Un crasso banchetto di idiozie ad alta voce. Mai vista tanta bruttezza così trionfalmente conclamata. Mi chiedo quanto poco attivo, in fatto di neuroni, si debba avere il cervello, per ambire al glorioso titolo di "Cervelloni". A tutto questo ripensavo assai preoccupato, tra me e me, mentre ci dirigevamo da Porto Torres a Li Punti, la popolosa borgata sassarese, per mangiare con tanti miei allievi al Pomodoro: prevista infatti, e da noi per niente agognata, la performance d'un artista molto noto da queste parti e conosciuto col nome, quanto mai azzeccato devo dire, di piccolo Celentano. Siamo tutti seduti a tavola ormai, nell'ampia sala del locale che, devo dirlo, garantisce un rapporto eccellente tra qualità dei cibi, molto alta, e prezzo, sempre assai contenuto e onesto. Luciano Atlantei, con le sue difficoltà di movimento, e Emanuele Pirina, che spesso lo accompagna, sono arrivati da un pezzo e hanno già ordinato l'immancabile frittura di pesce, calamari e gamberi, deliziosamente fresca e croccante. Devo ammetterlo: per Luciano ho una vera e profonda ammirazione e un grandissimo affetto. Sono tanti anni che segue le mie lezioni, per mero piacere personale, anche dopo aver superato brillantemente l'esame, e ci siamo molto legati. Come si potrebbe non amare, del resto, un uomo che, costretto in giovane età sulla carrozzella a causa d'un atroce incidente automobilistico, sa restituirti un prepotente amore per la vita, tiene sempre alto l'umore e la simpatia, giuoca con l'ironia e l'autoironia, e non smette mai di comportarsi come il più signorile dei galantuomini? Già in posizione c'è anche Francesco Demuro, un giovane medico che ha deciso di fare soltanto guardie, rinunciando all'impegno ospedaliero e all'eventuale assunzione a tempo indeterminato, per coltivare nei nostri corsi di Lingue la sua grande passione, e cioè la letteratura. E Sara Chessa, la nostra dottoranda in Linguistica spagnola che, qualche volta, porta con sé l'altra ispanista, la mia collega Elena Errico.

Stasera, vista la performance che ci attende, Antonietta di Usini, l'argutissima e furba cameriera del Pomodoro, per altro fidanzata con l'ottimo chef, non mi considera proprio. Son quasi offeso: dopo tutto quello che ho raccontato, di lei, ai miei genitori. Per dirne una: quante sono state le sere in cui, senza la minima voglia di proferir parola, seduto al tavolo in solitudine col lapis in mano e il solito libro da recensire, Antonietta è stata capace di leggermi la comanda, soltanto guardandomi negli occhi? Innumerevoli: la nostra intesa più che decennale ha raggiunto ormai livelli davvero altissimi. E non voglio parlare della nostra comune vocazione al motteggio e alla schermaglia ironica. Gli antipasti corrono euforici: come al solito, del resto. Qui il pesce si mangia bene: e io non mi faccio mai mancare l'insalata di polpo e patate, sempre tenerissima e gustosa. Ma c'è chi non sa proprio rinunciare ai bocconi, e cioè a quella specie di lumaconi di mare che mi fanno un po' ribrezzo, ma che invece mi dicono succulenti. Non può certo latitare a tavola la bottarga: che consiglio di adagiare a scaglie su un letto, se non di carciofi crudi, almeno di pomodori a fette, ma non di sedano, come invece si è soliti fare da queste parti. Deliziosi, seppure leggermente piccanti, i calamaretti in salsa rossa. Per chi ama il cibo di terra, la scelta dei salumi, rigorosamente locali, è vasta, soprattutto nel trionfo di salsicce, poco importa se essiccate o fresche. Così come quella dei pecorini. Più che la carta dei vini, a sorprendere è quella delle birre tedesche: che uno non si aspetterebbe di trovare in tale varietà in una periferia di borgata. C'è anche l'amico Guido Croci insieme a noi, il direttore amministrativo dell'ateneo turritano, accompagnato dalla biondissima Laura, esplosiva come sempre, con quel sorriso così contagioso. Si siedono vicino ai miei genitori che stasera sono particolarmente attenti a scegliere cibi di cui nemmeno conoscono il nome e che poi gusteranno: spaghetti preziosi (vongole e bottarga con una spolverata di prezzemolo), fregola con frutti di mare appena sporcata di pomodoro (ma ne esiste una variante, che ho mangiato solo qui, con zucchine e zafferano), pescato del giorno, e cioè orate sfilettate cucinate con patate e funghi porcini, stile mare e monti. Improvvisamente cala il silenzio e nella sala, non troppo affollata a dire il vero, arriva lui: il piccolo Celentano. Fa quasi impressione: il fisico esatto d'un bronzetto nuragico e una voce, accidenti, più celentanesca di quella dello stesso Celentano. Uno spettacolo sicuro, se la smettesse di fare col pubblico il simpatico a tutti i costi, credendo così di dilettarlo e coinvolgerlo: le sue battute sono imbarazzanti, sconfortanti direi, e tarate su un'audience da tv privata locale, epperò canta superbamente, gli va riconosciuto. Sarà per questa ragione che mia madre, all'improvviso, e come trascinata da una specie di *theia mania*, prende la situazione in mano: e, a sprezzo dei suoi settantatré anni, guadagna da sola il centro della sala e comincia a ballare con una grazia lenta, smagata, d'altri tempi. Nel frattempo, Guido sfila silenzioso alle mie spalle: fino a che non me lo ritrovo davanti, mentre affianca mia madre, perfettamente compreso del ritmo, col passo elegantissimo d'un bolognese del Michigan iniziato alla musica techno. Quando si dice prosodia.

Di ritorno verso Sassari, a quest'ora tarda, a giustificare la presenza silenziosa e operativa delle volanti della polizia, la 131 si trasforma in una specie di infernale Indianapolis, su cui sfrecciano ad altissima velocità non pochi improvvisati piloti, concentrati a erigere il monumento alla loro idiozia. E poi ci sono i cani randagi, stremati dalla fame, sempre più numerosi, e sempre più propensi a fare branco: ormai pronti ad attaccare l'uomo. Lo confesso: ho avuto paura d'essere io la prima vittima di questa probabile e forse prossima rivolta canina contro il genere umano, o di finire comunque travolto da qualche automobile sfrecciante sulla statale, durante le non poche notti, soprattutto estive, in cui, pericolosamente a piedi, dal Pomodoro ritornavo all'Opera salesiana dove ho alloggiato per ben dodici anni. Epperò, lo devo ammettere, è proprio lì che ho avuto anche i miei momenti di francescanesimo quotidiano. Frequentata soprattutto da stanziali (commessi viaggiatori, operai e studenti fuori sede, ma anche docenti continentali dell'università, dell'accademia, del conservatorio), io la consiglierei anche a un turista mordi e fuggi, che voglia farsi una vacanza decorosa, epperò spendendo poco. Prezzi modicissimi e nessun limite d'orario di rientro: si tratta d'una struttura alberghiera a tutti gli effetti, senza però servizio giornaliero di pulizia e cambio di lenzuola e asciugamani, che comunque vengono forniti all'arrivo insieme alle chiavi del cancello e del portone. Camere pulite e fornite di bagno, parte con riscaldamento centralizzato (per i più spartani come me), parte con pompe di calore autonome (con un piccolo aumento della pigione quotidiana). Poi c'è il fattore umano: a cominciare dall'imprescindibile signora Anna, che per anni, consapevole delle mie abitudini lavorative molto notturne, discretamente informandosi della mia presenza in sede, mi faceva trovare in tarda mattinata l'immancabile cornetto fragrante e il cappuccino, senza nessun aggravio di spesa. Abbiamo iniziato in tanti: Hugo Bowles, Massimo Dell'Utri, Pierfrancesco Fiorato, Giovanni Bianco, il mitico Ermanno Dosa, fino a che non ne sono diventato il decano. È rimasto soltanto il mio collega di Linguistica generale, Fiorenzo Toso: che divide ancora le notti tra il traghetto in arrivo da Genova e la militanza salesiana. E che rappresenta, con la generosa grazia del suo vivere, la più secca smentita al tristo luogo comune relativo all'avarizia dei genovesi. Ci penso con molta nostalgia a quegli anni salesiani, quando poteva persino capitare che, dal giorno alla notte, si provvedesse a mutare entrata e portoncino: sicché arrivati a notte fonda, e non muniti delle nuove chiavi, ci si ritrovava all'addiaccio: con Bowles e Dell'Utri in bilico sui cornicioni alla ricerca d'una finestra aperta che ci conducesse in stanza. Ci penso soprattutto riguardo ai tempi in cui, con soli dieci euro, si poteva sedere tutti insieme attorno a un tavolo per mangiare brodino con le stelline (mancava solo il formaggino Mio, a pensarci bene), bollito di manzo, bieda, robusto vino rosso senza etichetta, comprato chissà dove. E interminabili discussioni di estetica, tra professori, pittori e musicisti, critici e scrittori avventizi, sotto un cielo miracolosamente a picco.

Già, il cielo a picco: quello sotto cui mi raggiungeva immancabilmente, intorno alle due di notte, quando più forte era il desiderio di restarmene solo a fantasticare come una Bovary più sentimentale che mai, il giovane rumeno ancora minorenne alloggiato nella confinante Casa famiglia, che sarebbe di lì a poco diventato volontario della Croce rossa: il quale, indicandomi sempre la stessa stella più in alto, quella più luminosa, mi ripeteva ogni volta che s'era accesa proprio il giorno della morte della sua mamma: io, allora, quel cinico che fingo d'essere e non sono, pensavo a mia figlia, consumato dal senso di colpa. Lo stesso cielo, uguale a nessun altro, delle lunghe e impossibili, indimenticabili fumate di sigaro. Mario Soldati lo sapeva così bene da farsi progettare, e poi allestire, un singolare macchinario che provocasse artificialmente, mentre lavorava nel suo studio, il fumo del toscano, proprio come se qualcuno stesse effettivamente fumando, visto che non poteva farlo lui ininterrottamente, per ventiquattro ore. Lo sapeva così bene, aggiungo, da scriverlo chiaro in uno dei suoi libri più tardi e meno noti, *Rami secchi* (1989), ma rivelatori: «Siamo troppo deboli per rinunciare a questo velo profumato e impalpabile che ci stendiamo intorno, tra noi e la tragedia, qualche volta atroce, del vivere. A non fumare, si rischia troppo». Tutti e due consapevoli del rischio, del grande azzardo che è comunque l'esistenza, io e Nicola Martino ci siamo ritrovati non poche volte, sotto lo stesso cielo altissimo ma qualche ora prima, seduti l'uno accanto all'altro, in quello stato di concentrata reticenza cui il sigaro ti precipita sempre. E tutti e due molto consapevoli della serietà morale, se non addirittura religiosa, che la reiterazione quasi liturgica dell'atto comporta, proprio in relazione alle verità più silenziose e profonde della vita. La reticenza, non di rado, ci s'increspava: e ne veniva fuori una conversazione allegra, quasi euforica, e libertina, là dove il parlare di qualcosa finiva sempre per diventare un parlare di tutto, del tutto. Così è stato sino a ieri, e con la stessa allegria: sino a quando Nicola, dismesso il suo ruolo di direttore dell'Accademia di Belle Arti di Sassari, ha abbandonato la Sardegna ritornando a Roma, per trasferirsi poi, ormai in pensione, non so se in Abruzzo, mi pare vicino Pescara. Nicola è un artista preclaro, di lunghissimo corso, ma è stato, appunto, anche un rappresentante delle istituzioni, un uomo d'ordine: un artista di quelli che, negli anni Settanta, davano l'assalto al cielo, praticavano la contraddizione permanente, negavano quell'ordine a difesa del quale le istituzioni da sempre esistono. E tale è rimasto al fondo di se stesso, fedele com'è, da artista, a tutte le oltranze dei suoi colori. Come si tenevano insieme l'Es che ancora sogna e s'incendia, e il Super-Io del direttore in confidenza con norme e regolamenti, è stato sotto gli occhi di tutti coloro che, quotidianamente, gli sono stati vicini: perché, se l'immaginazione che disgrega non rinuncia a provocare il conformismo, ad incalzare l'ennesima idea ricevuta, l'intelligenza non gli fa dimenticare gli obblighi della decenza sociale e civile. Ecco, borghese per civiltà e antiborghese per pulsioni, Nicola è una specie di ossimoro vivente: con quella nostalgia per un'eleganza che è d'altri tempi – se i tempi sono quelli del trionfo dell'omologazione – e quel modo di continuare a credere, artisticamente, nel futuro come finale banco di prova, di ogni prova. Conservatore utopico, insomma: con una certa ostinata insofferenza per il presente. Ho detto ossimoro vivente, insomma figura retorica in carne ed ossa e vivo problema stilistico, per una filologia e una critica che vogliano essere, anche e soprattutto, filologia e critica della vita. Che è il giusto contrappasso per chi, come Martino, ha un passato da artista performativo, quando predicava – con la narcisistica celebrazione del proprio corpo, con l'estetizzazione della sua stessa quotidianità – la vanificazione dell'opera d'arte e la sua sostituzione con l'azione artistica. Poi sono venuti gli incredibili colori di tanti suoi quadri, i vortici che li agitano e si solidificano, fino alle aeree forme che dal colore misteriosamente si rapprendono, i memorabili aeroplanini. Quei colori che, all'improvviso, ovunque lo sorprendono. M'è parso d'avvertirlo durante quelle notti reticenti e concentrate: quando, chissà perché, la parola – come lo sguardo, come il sorriso – gli s'accendeva.

Ma ciò che mi manca, forse ancora di più, da quando mi son trasferito ad Alghero, sono le corse in autobus in tarda mattinata. Destinazione Sassari: linea Marchetto. Capolinea: Emiciclo Garibaldi, dove, incredibile solo a pensarlo, domina, quasi a rivincita postuma, il monumento a Giuseppe Mazzini. Ho valigia e borsa, perché devo tornare a Viterbo. Siamo in mezzo al traffico: allegramente concitato, come sempre qui. Sono al telefono con una persona carissima e ho gli auricolari. Una signora mi costringe a sederle accanto e, con fare complice e suadente, mi dice come una che la sa molto lunga: «Se arriva il controllore le fa pagare il biglietto per i bagagli: sa, c'è un sacco di gente qui che se ne approfitta. Questa è una linea pubblica, lo sa?». Sto per rispondere, quando sale un signore molto anziano, ma d'una certa bellezza e eleganza, assai profumato: ha dei curiosissimi occhiali gialli e trasparenti. Mi alzo per farlo sedere mentre lui mi guarda, poi, all'improvviso, mi apostrofa così: «Ma lei è un pescatore subacqueo?». Mi guardo intorno sbalordito, non siamo mica al mare: «Perché, ho la faccia da pescatore subacqueo?». La signora continua a blaterare di non so che, si parla addosso e non la finisce più. L'autista sbuffa vistosamente. L'anziano signore mi fissa a sua volta, stupefatto e un po' seccato: «Voi giovani dovete ascoltarli i consigli degli anziani». Un giovane di 50 anni suonati col giubbotto di pelle, che corre affannato in dipartimento per farsi le sue quattro ore di lezione. Una bisbetica petulante e non domata. Un vecchio signore un po' folle, ma euforico e dadaista. E non voglio dire di quella volta che, proprio davanti alla fermata del cimitero sempre assai affollata, trilla il cellulare di una ragazza di poco più di vent'anni e partono le note di una canzone. Resto basito: la voce, inconfondibile, è la mia, in falsetto. Sto cantando *Innamorata*. Ora me lo ricordo: qualche anno prima promisi che, a fine corso, avrei cantato una canzone dei Cugini di Campagna. Promessa che mantenni: non potevo immaginare che a Sassari sarebbe diventata – e ancora lo è – una suoneria *cult*.

Sassari: clamori e segreti

L'estate è ormai conclamata: quella che gonfia i desideri e sbeffeggia, almeno per qualche illuso giorno, l'infelicità. Un'estate che, come le altre, finirà senza sole: con la sua coda tumultuosa d'amori veri o immaginati, sempre sognati. L'autunno enfatizzerà i rimorsi e i pentimenti, o forse, con ancora più forza, la nostalgia: qualcuno se ne andrà per sempre; qualcun altro tornerà, purché sia per tutta la vita. Se, però, arrivate in Sardegna di questa stagione, o siete invece dei sardi che hanno deciso, magari con in tasca una buona guida, di restarsene qui per conoscerla meglio e godersela appieno, con esatta concentrazione, vi dico di non farvi distrarre, almeno per qualche ora, dalle seduzioni alcinesche del più bel mare del mondo, alla rincorsa di chissà quali emozioni su coste più o meno smeralde. Andate a Sassari invece: e cominciate da lì, con *Procedura* (1988) di Salvatore Mannuzzu nella bisaccia, proprio nel momento dell'anno in cui i sassaresi la disertano, quando gli amanti clandestini più disperati vi si danno convegno, finalmente lontani da occhi indiscreti. Sassari, dicevo, e le sue penombre: che d'estate diventa una città ancora più misteriosa di quanto non sia già. Perché di Sassari recondita e come introvertita, città ignota a se stessa, è stato proprio Mannuzzu a dare più alta testimonianza, più preciso sentimento di verità, in quel capolavoro che è, appunto, il suo romanzo d'esordio.

Non poteva capitare diversamente, del resto, con uno scrittore che, nel 2007, all'amico sassarese Costantino, che lo intervistava per *Lo Straniero*, aveva dichiarato: «Quando scrivo mi viene di partire dall'oscurità, da ciò che non so. Forse una storia si può raccontare in due modi: partendo da ciò che si sa o partendo da ciò che non si sa. Io parto sempre da ciò che non so». Anche una città può essere narrata in questo modo, con quella che, in Mannuzzu, diventa sempre eloquente reticenza. Per un romanzo, *Procedura*, dall'incipit memorabile: è il 17 marzo del 1978, il giorno dopo a quello del rapimento Moro da parte delle Brigate rosse, quando il giudice quarantasettenne Valerio Garau muore avvelenato nel bar di fronte al tribunale, mentre sta scherzando con la collega e amante Lauretta Oppo Martinez, sposata al più stimato magistrato della città, Giomaria Martinez, il quale sa tutto della loro relazione, che pure tollera. Poteva iniziare meglio – e cioè nei pressi di quel «sepolcrale» edificio di sentenze, parossismi giuridici e cavilli, vero emblema della città – un romanzo che, appunto, s'intitola *Procedura*? Non senza che la voce narrante sia affidata a un giudice continentale, meteoropatico e malinconioso, che ricostruisce i fatti a distanza di poco più d'un anno. Un romanzo in cui, al netto di tutto, nessuno è mai completamente innocente, tanto più che Mannuzzu ne è già convinto: nessuna investigazione umana potrà mai essere in grado d'approssimarsi, nemmeno lontanamente, alla verità, figuriamoci poi se si tratta di una verità di natura morale. La Sassari che ci restituisce, a ogni modo, non è quella del Duomo, dell'elegante via Roma, della subalpina eppure mediterranea piazza d'Italia – così incendiata d'azzurro quando il maestrale spazza via tutta la nuvolaglia –, o magari del centro storico, oggi sempre più multiculturale e multicolore. Ma non è neanche quella dell'imbarazzante grattacielo – così lo chiamano tutti in città –, che al meglio potrebbe fungere da trista e triste location per un noir di terz'ordine. La Sassari dello scrittore, potrebbe essere, magari, quella di piazza d'Armi, che ritroviamo anche in un romanzo come *Le fate dell'inverno* (2004), dentro quei palazzi aviti in cui certe famiglie conducono una vita di sicura agiatezza borghese. Già, la famiglia: come rimorso o, al massimo, come nostalgia. E che in Mannuzzu si rivela sempre d'una normalità che normale, invece, non è mai, con ambigue, torbide implicazioni, e un che di compresso. Se è poi vero che il giudice Garau, il quale traffica reperti archeologici clandestini, ha una moglie dalla quale è divorziato che però ancora lo venera, tanto è vero che non hanno mai smesso di frequentarsi. Per tacere del suo molto conturbante rapporto di orfano precoce con l'amatissima sorella Biba, madre d'una bimba handicappata e morta suicida. La Sassari di Mannuzzu, insomma, sempre facile da riconoscere, non è mai però del tutto coincidente con se stessa: circonfusa com'è da una luce che, se non la strozza, però la muta di grado. Una luce metafisica, dolorosa e irreparabile: entro cui s'agitano uomini che implorano Dio affinché accetti la loro vita di peccatori, tolto il peccato. Epperò, tolto il peccato, cosa ne resterebbe?

Dietro ogni libro, si sa, c'è sempre l'uomo che l'ha scritto: affermazione che, per essere condivisa, non necessita, per forza di cose, d'un ritorno all'ottocentesco e supremo Sainte-Beuve, e all'interpretazione delle opere letterarie in chiave psicologica, magari in sprezzo a Proust e alla novecentesca distinzione tra "io che scrive" e "io che vive", alla cosiddetta autonomia del significante. Ecco: che uomo c'è dietro *Procedura*, *Le fate dell'inverno*, *Un morso di formica* (1989), *Le ceneri del Montiferro* (1994), *Il catalogo* (2000), *Snuff o l'arte di morire* (2013)? Mannuzzu è nato nel 1930: come, per ricordare un uomo e un critico che m'è stato carissimo, Luigi Baldacci, insomma due anni più giovane, che so, di Francesca Sanvitale, e uno più anziano di Rossana Ombres. Appartiene, cioè, a quella generazione per cui l'esercizio della scrittura imponeva obblighi non solo nei riguardi della letteratura, ma anche della cultura nel suo complesso. Direi l'ultima generazione che non ha voluto, né potuto, eludere le responsabilità d'una qualche paternità. Chi altri avrebbe potuto scrivere oggi, se non uno scrittore dell'anagrafe di Mannuzzu, parole come quelle che trovo nel bellissimo *La contraddizione di Dio*, il saggio che chiude il notevole *Cenere e ghiaccio. Undici prove di resistenza* (2009), generato da una frase dell'enciclica del 25 dicembre 2005, *Deus caritas est*? Sentite qua: «Così capita che i vecchi perdono di vista l'approdo della loro personale salvezza. Non perché, temerari, presumano di poterlo facilmente raggiungere; non perché nutrano un'insana fiducia nell'esercizio della loro libertà e ritengano chiusi in attivo i loro conti con Dio; ma perché più della loro vita e (persino) della loro anima amano le vite e le anime dei figli. Senza la cui salvezza – pensano quasi loro malgrado – non c'è salvezza che valga». Non riuscirei a pronunciare, per quanto mi riguarda, parole più vere di queste. E che mi hanno aiutato a capire con la massima esattezza possibile quell'idea di resistenza, anche biologica, che sostiene lo scrittore in piena forza, sul promontorio dei suoi ottantacinque anni, come quando, pochi giorni dopo la morte di sua moglie, la compagna d'una vita accudita con amorevole e ostinata pazienza sino alla fine, ci ha fatto il piacere di venire ad ascoltare la lezione che il mio allievo Cadoni dedicava alla sua opera. Una serata memorabile: con Mannuzzu vigilissimo e lucido interlocutore, maestro sicuro, non importa quanto riluttante e involontario. In cui mi fu tutto chiaro: sinché ci saranno i figli – e quei loro speciali supplenti che sono i lettori, meglio ancora se criticamente attrezzati –, sinché sarà in giuoco, insomma, la loro salvezza (e quella della loro anima), non si potrà dare mai il tempo della disperazione per un padre, per uno scrittore. Io, che sono padre ansioso e perduto d'una figlia incommensurabilmente amata, non saprei trovare una via migliore, più concreta, per la salvezza: qui e ora, in questo mondo.

Non sarà inutile sostare ancora su *Cenere e ghiaccio*. Ecco: quali sono i temi e i personaggi dei saggi raccolti? Don Chisciotte e Don Giovanni, il diario di Anna Frank e il Verdoux di Chaplin, il concetto di modernità in letteratura, un quadro di Francis Bacon, poi usato come copertina per un libro, le persone carissime di Natalia Ginzburg e Antonio Pigliaru, il venerato Gramsci. Una materia, come si vede, composita, che dalla Bibbia e i classici di tutte le letterature (Kafka, insieme a Cervantes, vi ha un posto davvero speciale) si spalanca su un paesaggio che è quello del nostro sgomento: per una scrittura di riflessione e accanita moralità che, alla fine, resta il vero oggetto d'indagine con cui si misura Mannuzzu, proprio mentre in quell'indagine s'esercita e s'organizza all'uopo. Lo dico chiaro: nell'esercizio del saggio, le ossessioni dello scrittore restano esattamente le stesse che nel romanzo. E restano le stesse non soltanto nel modo d'incalzarle e corteggiarle, ma anche in quello di pronunciarle. Prendete *Il soldino dell'anima*, contributo incluso in *Cenere e ghiaccio*: che ci fornisce l'opportunità ulteriore di comprendere a fondo un altro aspetto della sua personalità e che ha a che fare, questa volta, col sentimento dell'amicizia, col suo essere stato allievo e, se vogliamo, anche figlio. Si tratta d'un saggio dedicato all'indimenticabile amico e maestro Antonio Pigliaru: un saggio di intensa bellezza, in declinazione critico-letteraria e memoriale, nella restituzione di quell'eloquente reticenza – che m'è già capitato di evocare – dentro la cui grammatica Mannuzzu lavora sempre i suoi personaggi d'invenzione. Soltanto che qui (ed è il vero valore aggiunto), mentre ci si misura con la vita vissuta, prima ancora che con la letteratura, risulta ancor più evidente che quella reticenza si sostanzia di preoccupazioni di ordine, diciamo così, religioso, non certo in un senso confessionale. Mannuzzu, provandosi a vincere il riserbo e la ritrosia per via della quale s'è sempre impedito di scrivere di Pigliaru, si trova a citare Blanchot: per il quale, appunto, «nominare significa far morire». Sicché, ritrovare il maestro al fondo della memoria, serbarne l'eredità e la verità umana, comporterà, di necessità, un restituirlo di scorcio, per luci oblique, e per forza di sottrazioni, in modo da nominarlo, appunto, «il meno possibile»: «perché anche dopo possa farci – chissà – un po' di compagnia».

Non ho citato di proposito la *lectio magistralis* su Giobbe quale campione del desiderio inappagato – inteso come la vocazione più vera della vita e della letteratura –, che aveva già dato il titolo a un librino precedente del 2007, che, in perfetta calligrafia, mi aveva così dedicato: «"A non fumare si rischia troppo". E io non ho mai fumato. A Massimo Onofri. Con gratitudine e amicizia». Bisognerà anche aggiungere che, in questa sede saggistica, l'eloquente reticenza di Mannuzzu si traduce in una modalità quasi spasmodica di rendersi – seppure non arrendersi – al dubbio, in una sua furiosa apologia: restando permanente, non certo la rivoluzione dei significati, ma la loro problematizzazione. In tal senso, il saggio *Variante (con altri nomi)*, quarto del volume, resta emblematico d'un modo che, prima di scrivere, è di pensare. Mannuzzu si sta interrogando sul concetto di modernità letteraria, procedendo da Cervantes a Flaubert, da Kafka a Salvatore Satta, laddove ogni convincimento gli vale sempre, nel contempo, come acquisto e ritrattazione, in modo da risolvere il discorso, tutti i discorsi, in «premesse vane», restando ogni pagina critica come quel quadro di Bacon che s'intitola *Blood on the Floor*: «solo una domanda: lancinante, incomprensibile». Ho parlato di problematizzazione permanente. Non per niente, per questo gauchista perplesso, per questo cattolico della sconfidenza, se Lenin e Trockij non sono forse più utilizzabili e attualizzabili, non si può dire lo stesso per Gramsci, la cui pagina sull'esploratore artico Nansen – insieme a quella su Giobbe che si gratta con un coccio seduto in mezzo alla cenere – è all'origine del titolo del libro, *Cenere e ghiaccio* appunto. Perché Gramsci? Per il semplice fatto che, pur dentro il gran mare del mistero che la vita sempre resta, «nei flussi della realtà non si entra senza un'idea delle correnti che li muovono». Che è poi, questo primato dell'idea, la residuale traccia, dentro una fede religiosa sempre più agognata, d'un illuminismo, d'un razionalismo che persino io, che non ho la controspinta della fede, faccio fatica a preservare dentro di me.

Dall'ottobre al dicembre del 2013, Mannuzzu ha tenuto quotidianamente su *Avvenire*, in prima pagina, una rubrica di 1300 battute intitolata, manco a dirlo, *Procedura*. Vi ha parlato senza reticenza, né infingimenti, della sua vita di ieri e di oggi – che so? –, della sua infanzia, della nonna, di suo padre, del fratello morto tanti anni fa, della malattia della moglie, delle figlie, della sua casa, e vi ha impegnato, con l'asciuttezza concettuale, la forza morale e l'eleganza rastremata che volentieri gli riconosciamo, tutto se stesso. Cito, a caso, dal giornale del 26 novembre: «Nella decadenza della nostra povera casa vivo la mia personale decadenza umana. Sarebbe possibile un restauro radicale della casa? Talvolta me lo domando, quando non riesco a dormire, rigirandomi nel letto. Sarebbe possibile, magari, e liberatorio. Dopo penso alla mia età e alle mie non restaurabili speranze (si chiamano così) di vita. E sempre concludo, voltando il viso verso il muro: vedranno le eredi». Lo devo confessare: iniziare la giornata con queste sue poche e magre righe, fraterne e lucidissime – là dove la speranza del credente si arma quasi sempre contro la disperazione biologica di un uomo che non può non invecchiare –, è stato per me, che vivevo un periodo di sofferenza e grande confusione, di molta consolazione: e un pretesto costante di riflessione, un concretissimo avvertimento morale per gli impegni e gli affanni del giorno che verrà. Ho detto concretezza: perché Mannuzzu resta tale anche quando parla di scrittura – delle sue ragioni e delle sue non ragioni –, e tutto coniuga a quelle della vita, convinto com'è che l'ordine dell'una si possa rispecchiare e, insieme, fortificare in quello dell'altra. È ciò che accade, per esempio, nel pezzo del 16 novembre, significativamente intitolato *Le regole e l'anima*. Ne è venuto fuori, prodigiosamente, l'autoritratto dello scrittore. Mannuzzu riflette sull'importanza del limite di battute che una rubrica – proprio come quella che tengo io stesso su *La Nuova Sardegna* ogni lunedì (1250, le mie) – sempre impone: e sulla sua preferenza a tagliare, piuttosto che a riempire, trovando debole e pretestuoso ogni riempitivo. La scrittura – la vita – «è fatta anche di osservanze alle regole». Ecco: «Senza disciplina, l'anima non si libera, non diviene mai se stessa».

Il fatto che Mannuzzu sia un classico della nostra contemporaneità, e venga pubblicato da un editore aggressivo sul mercato come Einaudi, non garantisce una facile circolazione dei suoi libri. Pochi mesi fa cercavo *Un morso di formica*, che, seppure molto amato, non ho mai avuto sugli scaffali della mia biblioteca. E lo cercavo da Koinè, la libreria non solo universitaria (e con un eccellente reparto per i più piccoli) adiacente al nostro dipartimento di Scienze umanistiche e sociali, proprio in cima a via

Roma, poco prima che, salendo, la stessa non affluisca in via Duca degli Abruzzi. Niente da fare: e guardate che se un libro non c'è da Koinè, né risulta ordinabile in quanto indisponibile persino nei magazzini continentali, è inutile perdere altro tempo. Non è facile per niente, in effetti, vendere libri in Sardegna: vi basti sapere che, per un incontro a Cagliari dedicato alla mia *Ragione in contumacia* (2007), distribuita nientemeno che da Messaggerie, nonostante l'organizzatore fosse stato allertato con un paio di mesi di anticipo, i libri non sono mai arrivati a destinazione. Una presentazione senza libri: non è meraviglioso? Me la sono presa così poco a male che, a quel punto, ho preferito parlare d'un romanzo non ancora stampato, e cioè *Silenzi vietati* del mio allievo vetrallese Francesco Ceccamea, il primo «reality-book italiano», come mi sarebbe capitato poi di definirlo, e che sarebbe diventato uno dei casi letterari più appassionanti dell'anno successivo. Invece da Koinè, se i libri sono ancora in distribuzione, si riescono ad avere con una certa facilità: in pochi giorni, una volta ordinati, se non riposano già, ben sistemati, sui banchi della libreria. Koinè significa soprattutto Aldo Addis, un quarantesettenne alto, col riso largo e cordiale da bel ragazzone in salute, che fa il libraio, come oggi suo figlio del resto, da quando portava i pantaloni corti, avendo ereditato l'azienda di famiglia dal padre nel lontano 1991. Ma significa anche sua moglie Maria, la dolcissima Maria, e un'agguerritissima squadra di giovani collaboratori, gentili e competenti (Salvatore, Stefano e Luca), che ha poi gemmato a Porto Torres e, d'estate, a Porto San Paolo, proprio sotto Olbia, altre due librerie, per non parlare di Elia e Gianmario che, autonomizzatisi dal grande capo, hanno aperto Cyrano, un ulteriore esercizio attrezzato anche come raffinato *wine bar* a Alghero, in giusta gloria della mondanissima cittadina. Devo dire la verità: a me, Aldo, capita di incontrarlo più spesso a Fiumicino di lunedì che in libreria, quando sto per ripartire per l'isola mentre lui, spesso accompagnato dall'affabile Tiziana Marranci, la proprietaria della libreria Messaggerie Sarde di piazza Castello, torna da una delle tante riunioni dell'Associazione Librai Italiani per la quale cura la Scuola Librai.

L'uomo, lo si sarà capito, è generoso, ipercinetico e promotore di tante iniziative culminate ora nel movimento di Lìberos, che ha fondato con Giannina Canu, Francesca Casùla, Pier Franco Fadda, Michela Murgia, Daniele Pinna e Sarah Poddighe, diventandone presidente nel 2013. Quella di Lìberos è una storia virtuosa che merita di essere raccontata: e che tiene viva ancora qualche speranza, seppure fioca (non facciamoci troppe illusioni), sul futuro del libro come bene culturale non negoziabile, prima ancora che commerciale. Di che si tratta? D'un gruppo di persone unite dalla convinzione che la lettura, in Sardegna, sia un fatto soprattutto comunitario, e che le energie e le competenze che si muovono intorno al libro possano essere fonte di coesione sociale e consapevolezza civica, oltre che, ovviamente, di ricchezza economica. Una comunità, insomma, che s'è messa in rete – una rete virtuale e fisica – e s'è data un codice etico facilmente consultabile sul sito liberos.it, sottoscritto da precisi soggetti che lavorano in sinergia, promuovendo la lettura in Sardegna e sostenendosi a vicenda: librerie; associazioni culturali; case editrici; scrittori; agenzie letterarie;

biblioteche; festival. Librerie: che garantiscono a scrittori e editori sardi un'attenzione privilegiata, offrendo spazi e supporto nell'attività promozionale. Associazioni culturali: che assicurano a librerie, biblioteche, case editrici e scrittori una presenza costante nell'organizzazione degli eventi, mentre garantiscono alle librerie l'affidamento della vendita dei libri. Case editrici: che consentono alle librerie di usufruire di condizioni economiche di vantaggio, mentre si affidano, oltre che alle stesse librerie, alle biblioteche, alle associazioni culturali, ai festival, per le proprie attività promozionali. Scrittori: che delegano la presentazione e promozione dei loro libri a biblioteche, librerie, associazioni culturali e festival. Agenzie letterarie: che mettono a disposizione di biblioteche, librerie, associazioni culturali e festival la propria rete di relazioni. Biblioteche: che s'impegnano a valorizzare la professionalità delle librerie del circuito, privilegiandone il rapporto di contro a tutti quei soggetti che mirino, coi loro comportamenti, ad aggirare la legge Levi (la quale, lo si ricorderà, per contrastare lo strapotere dei grandi gruppi editoriali e della grande distribuzione ai danni dei librai indipendenti, fissava al 15% il limite massimo di sconto applicabile sui libri), mentre concedono a editori e scrittori sardi spazi privilegiati e supporto promozionale. Festival: che si dispongono a inserire nei loro programmi scrittori, case editrici e agenzie letterarie del circuito, mentre consentono a librerie, biblioteche e associazioni culturali di altre zone dell'isola di mutuare parte delle loro attività, accordando una preferenza nell'affidamento della vendita dei libri alle librerie consociate. I risultati, secondo Lìberos, sarebbero molti e sicuri: eventi su tutto il territorio per tutto l'anno; riduzione notevole delle spese e grande visibilità per tutti. Insomma: «un festival letterario diffuso e permanente».

E meno male che una malevola vulgata, non so di quale origine e provenienza, dipinge i sardi come solitari e individualisti, isole in se stessi insomma, diffidenti se non addirittura corrosi dalla verde bile dell'invidia, dunque del tutto incapaci di collaborare tra di loro: dal mio canto, non saprei davvero indicare un'altra regione italiana in cui, come in questo caso, i valori della solidarietà si coniughino così virtuosamente con l'intelligenza imprenditoriale. E non voglio nemmeno considerare tutte le banalità, alimentate talvolta dagli stessi isolani identitaristi, relative alla presunta antimodernità dei sardi, alle loro tentazioni d'arcadia perenne. Su un aspetto, però, che ha a che fare, diciamo così, con l'ideologia fondativa del movimento, non riesco a consentire coi miei amici di Lìberos. Leggo su liberos.it, alla voce *Perché siamo Lìberos*: «Quando ci si rincontra dopo molto tempo, qui ci si saluta chiedendosi reciprocamente un racconto. Non sono la strada o la casa, ma è la domanda *ite mi contas*? che diventa il luogo dell'incontro, il punto esatto in cui due storie si ascoltano a vicenda e possono riconoscersi l'una come parte dell'altra». Tutto questo per arrivare alla molto discutibile consacrazione della Sardegna quale «isola delle storie». Ecco: «siamo figli di un antico racconto orale e quella voce ce la siamo portata dentro fino al giorno in cui è diventata parola scritta. Dai poeti improvvisatori all'ultimo dei romanzieri odierni, nella nostra terra chi sa raccontare bene è stato sempre accolto e ha trovato un orecchio attento e una mano piena di rispetto nel voltare le pagine». Per approdare infine a quell'idea, per me pericolosamente estetizzante, che così viene enunciata: «Essere un popolo per noi significa prima di tutto essere una comunità narrante». Un popolo come comunità narrante? Ma che significa? E poi: popolo in che senso? Quand'anche fosse così, quand'anche la vocazione al racconto (e alla celebrazione di esso) fosse in Sardegna così spiccata (ma non mi sembra che lo sia mai stata, proprio in un senso storico-filologico e geografico, tale da giustificare il presunto privilegio toccato in sorte all'isola), questa disposizione antropologica alla pura e rituale narratività non sarebbe per nulla da incentivare, ma risulterebbe assai perniciosa, proprio per tutti coloro che avessero a cuore il futuro del libro e della lettura, della sua qualità. In che senso? Nel senso che ormai, in letteratura, in virtù della sola necessità (e importanza) di raccontare storie, si è arrivati ad autorizzare tutto e il contrario di tutto. Se ognuno vuole solo raccontare, spesso dipende dal fatto che nessuno è più disposto a capire e a spiegare, a decostruire e demistificare ciò che i racconti, spesso, acriticamente implicano. Col risultato che tutto è diventato racconto, compreso ciò che al racconto dovrebbe per natura riluttare: pena la fine stessa, non dico della numinosa verità, ma della sua anche umile ricerca. La politica è diventata mero racconto. E, prima della politica, persino la filosofia. Quanto alla vita, siamo così impegnati a raccontarcela, che abbiamo smesso quasi del tutto di viverla. Non è la prima volta, né sarà l'ultima, che dico queste cose ad Aldo Addis: ma poi Angelo Tilocca, formidabile conoscitore e collezionista d'arte, e Paolo Porcu, già colto direttore della Banca di Sassari, e lettore fortissimo, ci raggiungono per andare a cena e proseguire la nostra discussione interminabile. Quando era ancora tra noi l'indimenticato e squisito Maurizio Longinotti, medico e professore universitario, non era possibile sottrarsi al suo munifico invito a Le due lanterne: cucina forte e rigorosamente sassarese.

Parlare di libri a Sassari, per me, non significa solo dire di Koinè, ma anche della *Nuova Sardegna*. Adesso, la sede del quotidiano cittadino fondato nel 1891 da un gruppo di intellettuali progressisti, tra i quali Enrico Berlinguer (l'omonimo nonno dell'indimenticabile segretario del Pci), poi acquistato nel 1980 dal Gruppo Editoriale L'Espresso, si trova nella zona industriale, a Predda Niedda: e per me, che sono un uomo disorientato, riuscire a raggiungerla diventa sempre, letteralmente, un'odissea. Sarà per l'impossibile rintracciabilità di vie senza nome che l'industria sassarese è rimasta, di fatto, una pia intenzione di pochi capitani coraggiosi? Potrebbe essere un'ipotesi da verificare. È pur vero, però, che al giornale non ci vado mai, uso come sono a molestare telefonicamente la segretaria di direzione, Giovanna Piga, con i più inquietanti interrogativi fiscali-amministrativi: la quale, con pazienza soave, mi libera ogni volta dall'ansia e da ogni cruccio. A ogni modo: *La Nuova Sardegna*, per me, vuol dire soprattutto la sua pagina culturale, al cui timone, almeno da quando lavoro qui a Sassari, è sempre stato l'amico Costantino Cossu. Intendiamoci: non posso certo dimenticare l'ex direttore Stefano Del Re, che, se non sbaglio, ha fatto esordire Costantino proprio su quella pagina, quando ne era il caposervizio. Quel Del Re con cui ho consumato allegrissimi, memorabili pranzi, dettati dall'unica prosodia di un'antica e civile conversazione settecentesca: impossibile infatti cenare con lui, visto che era sempre l'ultimo ad abbandonare il giornale, che chiudeva quasi sempre di persona, controllando ogni articolo prima che andasse in stampa. Del Re è stato uno dei pochi direttori, tra quelli che ho conosciuto, che non detestasse gli intellettuali, in specie i letterati: essendo lui stesso uomo di lettere e di ottimi studi, nato per altro, se non ricordo male, proprio sulle pagine culturali. E come potrei dimenticare l'amabilità, la cortesia, la civiltà e l'intelligenza dei vice di Costantino, prima Paolo Merlini e poi Pasquale Porcu? Ma Costantino è Costantino: uomo di poche parole, rigoroso, con una passione per la letteratura e la critica che lo avrebbe con profitto indirizzato, con ogni probabilità, allo studio e alla scrittura, se non avesse accettato con disciplina – almeno così a me pare – di portare il cilicio dell'organizzazione e della direzione di quella che, tra gli addetti, si chiama cucina: per la confezione dei pezzi, con tanto di titoli e occhielli, e la strutturazione della pagina. Io lo so, perché gli son stato vicino e ho collaborato con lui, suggerendo e indicando: questa riluttanza alle incombenze, per così dire, redazionali, che pure assolve impeccabilmente, non gli ha impedito in questi anni di progettare e sperimentare, di investire sui giovani insomma, quelli che oggi collaborano alla pagina dei Libri del lunedì e che, nonostante si stia parlando d'un giornale regionale, seppure d'un gruppo editoriale di primissimo piano, non hanno nulla da invidiare, quanto a qualità di scrittura e intelligenza letteraria, ai loro migliori coetanei in azione sulle grandi testate del Continente: anzi, talvolta li superano. A cominciare da

Alessandro Marongiu, talento puro della militanza, ma anche principale nemico di se stesso, che s'incarica di recuperare e smistare ai colleghi i libri da recensire che Costantino assegna. E poi Giuseppe Mussi, Alessandro Cadoni, Silvia Lutzoni, Barbara Pasqualetto. Meraviglie della provincia italiana e della sua meglio gioventù: ma quanto durerà? Costantino, sempre più malumoroso e perplesso, quotidianamente resiste alle ineludibili trasformazioni strutturali, e planetarie, della carta stampata: mentre gli Spettacoli hanno preso il posto che, una volta, occupava la Cultura. Non c'è da stare allegri, ma, finché dura, questa pagina noi ce le teniamo con orgoglio. Anche questa è *Slow Life*.

Der Mensch ist was er isst, l'uomo è ciò che mangia insomma: così la pensava il filosofo materialista che aveva rimesso sulle gambe l'uomo capovolto di Hegel. Sicché, prima di lasciare Sassari, vorrei che fosse chiaro all'eventuale forestiero che mi legge, poco importa se per turismo o per lavoro, che qui si mangia molto bene: con soluzioni a disposizione per tutte le tasche, e per tutti i gusti, nel rispetto delle tradizioni più radicate, ma anche con aperture, più o meno caute, a una *nouvelle cuisine* che alla tradizione, talvolta, con originalità si declina. Volete mangiare ad altissimi livelli, soprattutto pesce, con prezzi in città ritenuti alti (seppure onestissimi), ma che a Roma o a Milano sarebbero considerati incredibilmente modesti, se rapportati alla qualità? Allora ecco una lista di eccellenze: L'Asfodelo, proprio sotto il dipartimento a via Roma, coi suoi delicatissimi camerieri, le sue strepitose grigliate di carne, le zuppe di ceci e pecora (o maiale), sempre rigorosamente aperto sino a mezzanotte; Il Giamaranto, a via Alghero, di Gianni e Amedeo, il più delicato e creativo, davvero sorprendente; l'elegante Liberty, coi suoi meravigliosi pesci al sale, che s'affaccia su corso Vittorio Emanuele II dalla deliziosa piazzetta Nazario Sauro, non lontano dal Teatro Civico; il San Martino, in via Enrico Costa, raccolto e riservato, con un eccellente gratinato di mare in guscio di capesante e un filetto di orata, carciofi e patate, assolutamente da assaggiare, quando non si opti, se è stagione, per un menu di funghi; La Vela Latina, a largo Sisini, per una cena semplice, spaghetti allo scoglio e frittura di calamari, accompagnati da vini bianchi rigorosamente locali, da consumare d'estate e all'aperto; e infine Il Cenacolo, a via Ozieri, dove in questo momento, se accettate l'euforia provocatrice d'una architettura finto neoclassica, potete mangiare come non si mangia da nessun'altra parte in città, a cominciare dai sontuosi antipasti su cui spiccano i fritti d'anemone e di neonata, senza dire del tonno tostato con il sesamo, della *crudité* di pesce, dei meravigliosi fiori di zucca ripieni, per continuare coi tagliolini in nero di seppia o con pasta fresca in tutte le proposte della casa, finendo col pescato del giorno e una strepitosa scelta di dessert. Se invece volete mangiare popolare a prezzi contenutissimi, magari *culurgiones* e ravioli con ripieno di carciofi, *cordula* con piselli e favette, carne di asinello o cavallo, *seadas* con miele, dopo la chiusura del mitico Antonio Lu Panzone, non avete che da dirigervi alla trattoria L'Assassino, al centro storico, in via Pettenadu, o entrare, per pranzo magari, in quel ghiotto self service che è Zia Forica, a corso Margherita di Savoia (zona Emiciclo Garibaldi).

Quanto alle pizzerie, a Sassari c'è di sicuro ottima scelta, ma io ne voglio consigliare una sola, l'unica che frequento, direi settimanalmente, quando mi va di mangiare una pizza, garantito dalla qualità altissima degli ingredienti, l'eccellenza dell'impasto, la maestria di chi la prepara e poi la cuoce, nel perfetto equilibrio della resa. Mi riferisco alle Antiche Mura, gestite con professionalità e sobria eleganza, con grande garbo, da Elisabetta, giovane proprietaria, paziente e gentile in sala, sempre discreta. A due passi dalla stazione ferroviaria e a ridosso di quel che resta delle storiche mura cittadine, la pizzeria si trova a piazza Sant'Antonio, proprio all'inizio del corso, con una deliziosa veranda riparata dal verde. Basta entrarvi che subito si palesa il grande forno a legna, sul quale, immancabilmente, regna lui, il maestro Lattuneddu, storico e celebratissimo pizzaiolo di Sassari, ma credo originario di Tempio, con la sua aristocratica semplicità, le poche e curiose parole, magari per commentare l'ultimo mio articolo del lunedì. Un maestro si giudica sull'essenziale: ordinate una margherita, dunque, e potrete rendervi conto di persona come si possa attingere, ascendendo per lievito mozzarella e pommarola, al sublime. Io, però, non posso rinunciare quasi mai alla pizza, di terra, che porta il nome del locale, con varianti studiate, ogni volta, insieme a Elisabetta: via la rughetta, allora, ma conservando le cipolle di Tropea. E poi, se siamo in inverno: taleggio, antunna selvatica, pancetta coppata da aggiungere rigorosamente fuori cottura. Il tutto annaffiato da Ichnusa cruda, principessa delle birre italiane, ma, nella variante non ordinaria, difficilissimamente presente nelle pizzerie isolane, forse a causa del costo eccessivo, per una *gens*, quella sarda, ai più alti livelli di consumazione nazionale di birra, sin dalla prime ore del mattino.

Non avrei detto nulla, se non accennassi a quello che è il mio percorso enogastronomico quotidiano, dalla colazione alla cena, quando sono per lavoro in dipartimento. Un percorso in cui tutto si concatena, con qualità, alla meraviglia. Che comincia di mattina dalla pasticceria Puggioni, dove si fa una panna montata così saporita e fresca, che, oggi, si può assaggiare, se va bene, solo nei più prelibati laboratori siciliani. Il mio ordine è sempre lo stesso: marocchino (talvolta me lo consento al cioccolato bianco) con frittella ripiena di crema, spesso rinforzata da una seconda eguale, che, se mangiata ancora calda prima delle dieci, può consentire, come sa il mio golosissimo collega Dell'Utri, alcuni attimi di mistica ascensione glucidica. La pasticceria la conoscono tutti, e tutti la glorificano, ma pochi sanno che la più giovane delle Puggioni, soavissime alla cassa o dietro il bancone, e cioè la bella Noemi, diplomata in decorazione alla limitrofa Accademia di Belle Arti, è una notevolissima fotografa. Me ne accorsi quando, sfogliando l'*Almanacco gallurese 2011-12*, mi sono imbattuto in un suggestivo inserto fotografico, *Visti da vicino*, di cui aveva curato anche il testo, dove, per raggiungere quei risultati di rara grazia aveva cancellato dal suo orizzonte tutto ciò che fosse umano e – come un antico fanciullino pascoliano che ingigantisce il dettaglio per lasciarsene stupefare – aveva avvicinato millimetricamente l'obiettivo fotografico ai suoi oggetti naturali (foglia, erba fiore o tubero che sia), riproponendoceli, d'incanto, inconsueti se non addirittura irriconoscibili. Oggetti, appunto, il cui nome era «impronunciabile», facendoci finalmente vedere là dove, fino a quel momento, eravamo restati ciechi. Oggetti che diventavano solo «forma e colore», a dimostrarci così, con la fotografia, come tutto l'astrattismo novecentesco sia nato dalla natura, più che dal furore iconoclasta delle avanguardie. Si può iniziare una giornata meglio di così? Ma non vi ho ancora detto dell'appuntamento del pranzo, consumato velocemente quasi sempre con Michelino Cuccu, qualche volta persino intorno alle quindici, se c'è troppo da fare in dipartimento. Dove? A La Genuina, ovviamente, in via Duca degli Abruzzi: capitale sassarese del cibo d'asporto, che però, rigorosamente pagato a peso e non a porzione, può essere degustato ai tavoli nel locale da poco ampliato. Io e Michelino siamo abitudinari e compulsivi. Lui sempre: cannelloni, pollo arrosto e acqua naturale; io molto spesso: minestrone di verdure, cotoletta di manzo (o polpettine), fritturine di funghi e melanzane, una lattina di Fanta. Ma c'è davvero di tutto, tra mare e terra: e una squadra di donne, più o meno giovani, allegre e dallo spirito pronto. Il pomeriggio, poi, se non ci sono riunioni, dura molto a lungo, quando, in ufficio, leggo e scrivo almeno sino alle 22.30: e cioè l'ora in cui mi ricongiungo a Alessio Giannanti, antico allievo di Madrignani (l'allievo da ogni maestro desiderato), e Filippo Sani, anche loro lavoratori notturni, per andare a cena. Quasi sempre c'è anche l'amabilissimo e signorile Giampaolo Mele, medievalista e innologo, che, però, resta nel suo studio all'opera: con la concentrazione d'uno stilita. Noi, invece, si va a La Perla Rosa, a via IV Novembre, una traversa di via Duca. Il proprietario, Pierfranco Carta, è un tifoso della Torres con cui è un piacere parlare di calcio, anche della mia Viterbese. A La Perla Rosa c'è, ma come ho già detto non per me, anche la pizza, che è eccellente. A me, qui, interessa la cucina: e ogni sera cambio menu, considerata la vasta scelta alla carta. Questa volta niente fritto misto e verdure croccanti, ma, seguito con entusiasmo da Giannanti, chiedo un antipasto che ho mangiato solo qui: insalata di fagioli polpo e bottarga di muggine, laddove il borlotto, squagliandosi, s'amalgama superlativamente alle scaglie, alla loro pastosa consistenza. Poi: tagliatelle alle vongole veraci e asparagi. E per finire: gamberi fasciati al bacon e aceto balsamico. Il tutto bagnato da un Vermentino di Sardegna, meglio se un Costamolino. Alessio e Filippo sono i compagni di desco che ognuno vorrebbe avere, quando si può mangiare con grazia e qualità: di finissima cultura e di affettuosa, empatica compagnia.

Ricordo, a La Perla Rosa, una cena tenutasi alla fine del convegno su *La critica come critica della vita*. C'erano, oltre che tutti i miei allievi, alcune star della critica letteraria italiana: Alfonso Berardinelli, Giorgio Ficara, Salvatore Silvano Nigro. E alcune sicure giovani promesse: Matteo Marchesini e Raffaello Palumbo Mosca. Eravamo al digestivo e la discussione viaggiava tra temi letterari e confessioni personali. Stefania Zanda, vera trascinatrice, con la complicità di Gabriele Tanda, ebbe l'idea, allegra e provocatoria, di chiedere ai convitati quante volte avessero detto «ti amo» nella loro vita. I giovani, ovviamente esagerarono: Marchesini disse che almeno tre o quattro, se si escludevano, ovviamente, tutte quelle volte in cui, a letto, l'aveva detto per cortesia; Palumbo Mosca, con insolente e beffardo candore, che l'aveva fatto con tutte le ragazze con cui era uscito. Più prudenti i maestri. Berardinelli, con un sorriso complice, disse che le volte erano state solo due, quelle in cui era stato sincero, ma che l'avesse ripetuto qualche volta in più. L'elegante Ficara, che aveva capito il giuoco, subito si schernì, dichiarando che lui avrebbe risposto come l'amico Berardinelli. Mentre Nigro, non so se più ironico o malinconico, affermò di non averlo detto mai. Toccò a me rimettere le cose a posto: confessando che lo dicevo a me stesso ogni mattina davanti allo specchio. Pago, mentre Pierfranco ci offre generosamente, come sempre, quel mirto rosso con cui, qui sull'isola – e lui lo sa bene –, concludo sempre ogni pasto. Stanotte non ho fretta e domani posso dormire beatamente fino a tardi. Salgo in macchina con una certa allegria che già la canticchio. È una canzone di Riccardo Cocciante: una delle poche sue tutte a giorno, di radiosa felicità. S'intitola *Margherita*, ma io me la canto così: «Poi corriamo per le strade/ e mettiamoci a ballare/ perché lei vuole la gioia/ perché lei odia il rancore/ poi coi secchi di vernice/ coloriamo tutti i muri/ case, vicoli e palazzi/ perché lei ama i colori/ raccogliamo tutti i fiori/ che può darci primavera/ costruiamole una culla/ per amarci quando è sera/ poi saliamo su nel cielo/ e prendiamole una stella/ perché Ini è buona/ perché Ini è bella/ perché Ini è dolce/ perché Ini è vera/ perché Ini ama/ e lo fa una notte intera/ perché Ini è un sogno/ perché Ini è il sale/ perché Ini è il vento/ e non sa che può far male/ perché Ini è tutto/ ed è lei la mia pazzia/ perché Ini adesso è mia».

Un editore a Tissi

Partendo da Sassari, conviene arrivarci da via Napoli, direzione piazza Salvator Ruju, senza finire sulla tangenziale, ma sottopassandoci, raggiungendo la strada provinciale 15m, sino ad arrivare ai tornanti ripidissimi che, sovrastando valli roride, portano a Tissi e al suo altopiano, da percorrere magari a primavera inoltrata, quando l'aria s'insapora di spore e fiori, con un cielo che di notte smisura di stelle, favorito anche dal nessun inquinamento di luci artificiali. E poi: Ossi, Usini, Uri, Ittiri e Ittireddu, la piccola Ittiri diremmo noi, che appartiene però a tutt'altra geografia, seppure sembri nata per gemmazione dalla più ricca madre. Una catena di paesi che fanno, onomasticamente, quasi nazione a sé, come una specie di mappa anatomica del territorio, tra ortopedia e gastroenterologia. Chissà perché, nel 1954, Mario Monicelli volle girare proprio a Tissi *Proibito* (e, in parte, nella valle del Coghinas, sui monti di Aggius e Ittiri, a Florinas e nella vicina basilica di Saccargia), invece di scegliere un comune del nuorese, come logica e letteratura avrebbero voluto, se è vero che quel film, con le musiche di Nino Rota (ma anche di Brahms) e la scenografia di Piero Gherardi, fu ricavato assai liberamente da uno splendido romanzo di Grazia Deledda, *La madre* (1920), a partire da un trattamento firmato da Giuseppe Dessì, che in quegli anni aveva, per altro, un giudizio severo sulla grande scrittrice barbaricina. Fatto sta che la sua opera d'esordio in solitudine, senza la collaborazione di Steno, vero grande successo nelle sale (l'incasso accertato, in data 31 marzo 1959, fu di lire 279.887.420), con Amedeo Nazzari e Lea Massari, fu ambientata proprio qui, con ampia partecipazione dei locali tra le comparse, senza dire degli attori professionisti, che furono ospitati nelle case di Tissi per tutto il tempo delle riprese. Dicevo d'un rifacimento molto libero del libro della Deledda, così pagando probabilmente un qualche tributo al mito della Sardegna feroce e selvaggia che il pubblico continentale s'aspettava di vedere celebrato: in effetti, sulla storia deleddiana scarnissima d'eventi del giovane parroco Paulo, qui Paolo Solinas (interpretato da Mel Ferrer), ritornato al suo paese natale, innamorato ricambiato di Agnese Barras (Lea Massari), la donna che lo aveva incatenato a sé «con uno sguardo che implorava aiuto e amore», viene infatti innestato il tema della faida tra due famiglie rivali: i Barras, appunto, e i Corraine, il cui capoclan, Costantino, assume le fattezze di Amedeo Nazzari. Completamente svaniti però – dentro il clima cinematografico cruento di banditi e sparatorie (memorabile quella in cui muore il maresciallo dei carabinieri, scena girata, però, ad Ardara, sotto le rocce di Pianu Inzas) – la combusta dialettica del romanzo, tra devastante senso del peccato e bruciante desiderio, nonché il sentimento disperato, irredimibile, di quella «solitudine che li premeva attorno, li spingeva l'uno verso l'altro».

A rivederlo oggi, quel film, non ci colpisce per gli uomini a cavallo coi fucili in spalla o per le sue donne vestite in abiti tradizionali: abiti della stessa Tissi, di Osilo, di Sennori, di Ittiri (uno dei quali indossato proprio da Lea Massari), oggi in uso solo tra i membri dei gruppi di ballo e canto ancora molto attivi in questi paesi. Quegli stessi che conservano con devozione patria e ancora indossano con grande eleganza, in performance folcloristiche, due sorelle che ci restituiscono nel volto un'intensità molto antica, Elena e Maria Teresa Pisuttu, le quali pure vivono con allegra serenità la loro modernissima vita, l'una di dottoranda in Italianistica, l'altra di studentessa dell'Accademia di Belle Arti. Né ci colpisce per quella spettacolare scena girata intorno alla bellissima chiesa della Santissima Trinità di Saccargia, che s'accampa nella polvere gialla d'una valle completamente deserta, incoronata appena da qualche albero, fondata nel 1116, tra le più famose romanico-pisane dell'isola, che nel nome (*s'acca àrgia*, cioè la vacca pezzata) e in un capitello del portico con una mucca scolpita su quattro lati, pare alludere a una leggenda legata alla sua origine: la quale vuole che una giovenca s'inginocchiasse là, dove ora la basilica sorge, come volesse pregare e offrendo il proprio latte ai frati d'un convento vicino. A rivederlo oggi, quel che incanta è, piuttosto, la fila di casette a schiera che digradano, appena sbozzate, nel calcare che si sfarina, ai lati della strada sterrata, credo l'attuale via Roma, mentre si staglia sotto un cielo azzurrissimo, come calcinata, la chiesetta di Santa Vittoria, col suo campaniletto a vela, e la notte le pecore belanti sul sagrato, edificata nel XII secolo, epperò ricostruita nel XVII, dopo che, disfatto dalla peste del 1528, il paese fu ripopolato, pare, da alcune decine di famiglie della vicina Ossi. Senza dire delle tante donne velate di nero che lo attraversano affaccendate nelle occupazioni quotidiane, e che, come la deleddiana madre di don Paulo, continuano a mostrarci «dure mani di serva, ancora umide della risciacquatura delle stoviglie». Oggi Tissi è diventata, perlopiù, il tranquillo rifugio di sassaresi che hanno voluto trasferirsi in mezzo al verde, lontano dallo smog e dal traffico della città, in case del centro ristrutturate con gusto borghese, o in ville adagiate nel verde. Con qualche sorpresa: come, per esempio, l'elegante abitazione avita, messa a disposizione per cerimonie private con sontuosisissimo catering, che la preside della vecchia facoltà di Lingue, Giulia Pissarello, scovò non so in che modo, e che ci propiziò una serata memorabile.

Quando si pensa alla più qualificata editoria sarda, alle eccellenze culturali e letterarie della regione, non si può non citare subito Nuoro che, dell'isola, s'è guadagnata la fama di piccola Atene. Nulla da obiettare, soprattutto se ci si riferisce a un'azienda come Il Maestrale, responsabile d'un eccellente lavoro di *scouting*, che le è valso la scoperta di molti autori sardi poi diventati famosi (anche qualcuno immeritatamente noto, che ha ben pensato di ripagarli con una specie di *damnatio memoriae*, ma che già non esiste più), sotto la guida d'un editor del calibro di Giancarlo Porcu, di nobile formazione filologica, rigoroso e puntuale come pochi, tra i tantissimi che ho avuto la ventura di conoscere. Ma anche se si pensa alla Ilisso della generosa Vanna Fois, impegnata soprattutto nella valorizzazione della cultura e della letteratura isolana, soprattutto dei classici. Mi verrebbe da citare, se non avesse già chiuso i battenti, la cagliaritana Aìsara: che poteva contare su una redattrice di notevolissimo talento critico come Francesca Casùla e che, negli anni della sua breve esistenza, aveva cominciato a fare un ottimo lavoro di *scouting*. Nessuno, comunque, penserebbe mai, sulle prime, a Tissi: e alla possibilità che in questo piccolissimo paese si possa fare, con difficoltà sempre più grandi, un raffinatissimo lavoro editoriale. Si tratta di Angelica Editore, con sede a via Municipale, fondata da due motivatissime donne, Lucia Angelica e Anna, accompagnate da una schiera di entusiasti collaboratori impegnati a tutto campo, dall'editing alla grafica. Una casa editrice che ha puntato tutto su tre collane: *Gli Azulejos*, *I Papassini*, *I Sottolio*. *Gli Azulejos*: che si occupa di narrativa e che, come il nome portoghese suggerisce, con quel che di slontanate malinconie oceaniche, ha l'ambizione di offrire ai lettori «un cammino lastricato da tante mattonelle, come tessere ideali di un mosaico policromo», nella proposizione di opere della più diversa provenienza geografica e storica. *I Papassini*: come gli eleganti e buonissimi biscotti sardi che richiama, si porta dietro un incanto d'infanzia che si riverbera sui libri della collana, pensati, appunto, per i bambini. *I Sottolio*: che propone saggi, i quali, per l'appunto, ambiscono a conservarsi bene nel tempo. Si sono poi aggiunte *Solo Andata* (di memorialistica), *Semes* (a tutela del patrimonio culturale dell'isola), *I Rinati* (dedicata alle opere ancora inedite o completamente dimenticate di importanti scrittori del passato). E non mancano sorprese: come l'esordio di quella che io oggi ritengo senza incertezze la più dotata prosatrice della sua generazione, allieva dello storico d'adozione torinese Giovanni De Luna e che, in effetti, come storica nasce. Sto parlando della trentottenne Carmen Pellegrino, napoletana del Cilento, e del suo *'68 napoletano. Lotte studentesche e conflitti sociali tra conservatorismo e utopie* (2008). Curioso destino quello di Carmen Pellegrino che ha da poco pubblicato *Cade la terra* e che, mentre lavorava a questo romanzo ambientato in un paese abbandonato, s'è inventata un nuovo mestiere, ma anche la parola per designarlo: il mestiere di abbandonologa. Così recita l'enciclopedia Treccani *on line*, che ha già registrato il neologismo: «Chi perlustra il territorio alla ricerca di borghi abbandonati, edifici pubblici e privati in rovina, strutture e attività dismesse (luna park, orti, giardini, stazioni, ecc.), di cui documentare l'esistenza e studiare la storia». Ho saputo che s'è già fruttuosamente occupata di villaggi minerari e di chiese campestri dell'isola. Dove poteva esordire, se non in Sardegna, una scrittrice di questa sorta? Una giovane donna così *lost and slow*?

Da Siligo a Ghilarza: Ledda e Gramsci

L'estate, quando arriva senza clamori, ma con una sonnolenta aria di famiglia, da vacanze in calzoncini, porta con sé amenità e frivolezze: magari da leggere, sulle gazzette di provincia, sotto gli ombrelloni, quando le notizie scarseggiano e salgono alla ribalta gli intellettuali della domenica, pronti alla retorica facile e ai buoni sentimenti. Come quel tale emigrato nel Nord America, autore di non so più quale libro sui sardi, che, alla domanda su chi andare a trovare nell'isola, rispondeva così, serio e tutto compreso di sé: «I pastori e la gente di campagna. Perché sono quelli che, in Sardegna, parlano meglio di chiunque altro le lingue straniere. Parlano correntemente gli idiomi della terra e degli animali, della dignità e del dolore, della solitudine e della timidezza, dello stupore e dell'allegria». Gli idiomi della terra e degli animali? La lingua dello stupore e dell'allegria? Ma di cosa sta parlando? Ho subito pensato: è arrivato il momento di andare a Siligo, che è poi il paese del mio amico Tonino Delogu, filosofo morale. Tanto più che ci si arriva facilmente da Sassari, dopo nemmeno mezz'ora di macchina, percorrendo la statale 131, fino a guadagnare l'uscita Bessude-Banari-Siligo-Ardara, per poi immettersi sulla provinciale 41.

Ma perché a Siligo? Un paese, mi si dirà, che non arriva a novecento abitanti e non ha nulla da offrire al turista ciondolante, se si esclude un insediamento nuragico sul Monte Sant'Antonio e l'antichissima chiesa dei Santi Elia ed Enoch, in cima al Monte Santu? Perché a Siligo, quattrocentoventiquattro metri sul livello del mare, è nato e tuttora vive il settantasettenne Gavino Ledda, lo scrittore che fece scandalo, nel 1975, con *Padre padrone*, pubblicato da Feltrinelli, poi vincitore del Premio Viareggio "Opera prima", addirittura tradotto in quaranta lingue. Un caso molto più che letterario: non per niente, soltanto due anni dopo, era già a disposizione nelle sale la riduzione cinematografica dei fratelli Taviani, conquistando la Palma d'oro a Cannes. Un caso che divampò cogliendo molto di sorpresa i lettori, nonostante quelli fossero gli anni in cui, dato per morto per l'ennesima volta il romanzo, arrivavano copiose sul mercato le tante testimonianze di studenti e operai, di femministe, di giovani in rivolta contro la famiglia, della sua proclamata morte, tra David Cooper e Ronald Laing. Certo, gli estremi del documento linguistico, antropologico e sociologico dal carattere sconvolgente c'erano tutti: quello che portava alla ribalta la feroce condizione sociale di un'isola selvaggia, arcaica, spogliata d'ogni arcadia, vissuta e raccontata dal di dentro delle inaccessibili mura domestiche, degli ovili, senza alcun compiacimento estetico. Una condizione che ha come fulcro un conflitto eterno, quello tra padre e figlio, un bambino pastore, ma declinato all'incrocio di anni che sono quelli dell'incipiente modernizzazione del Paese, e in un contesto, la Sardegna agro-pastorale, che a quella modernizzazione (innanzi tutto di costumi) si provava a resistere. *Padre padrone*, in questo senso, è, col suo realismo asciutto, un racconto di formazione autobiografico, che conoscerà il lieto fine, ma per niente conciliato, dell'emancipazione da un terribile servaggio filiale: epperò l'apprendistato resta tra i più duri affidati in sorte a un personaggio, figuriamoci, poi, se si tratta d'un uomo in carne e ossa.

Gavino non ha nemmeno sei anni quando il padre si presenta a scuola a riprendersi il figlio («È mio: ne ho bisogno in campagna»), per iniziarlo alla vita di pastore, che sarà preparata dalla severa pedagogia delle percosse a sangue, e misurata sui fasti solitari di una sessualità cruenta e ferina: «E una mattina di febbraio, mentre la maestra si sforzava di farmi scrivere alla lavagna, mio padre, sorretto dalla convinzione morale di essere il mio proprietario, con lo sguardo terrificante di un falco affamato (*de unu astore famidu*) dalla strada fulminò la scuola. La raggiunse con impeto fragoroso piombando in classe». Ci vorranno quasi vent'anni perché Gavino, approfittando del servizio militare, e ripresi gli studi, trovi il coraggio di ribellarsi definitivamente e abbandonare così la casa paterna per Salerno, andando a insegnare in un istituto privato: che è poi il punto in cui il romanzo si chiude. La civiltà agro-pastorale sta per entrare irreversibilmente in crisi: ma il «patriarca» (che è poi l'appellativo con cui Ledda si rivolge spesso al padre) s'aggrappa a riti e comandamenti che hanno l'inesorabilità di leggi naturali. Scrive Ledda nell'ultima bellissima pagina, dopo aver riflettuto sull'analogia tra il comportamento dei servi e quello dei cani: «L'ordine sociale del pastore coincideva con un intimo ordine diventato biologico. Contravvenire alle leggi del padre equivaleva, dunque, a negare l'ordine naturale e immutabile delle cose». Ma equivaleva, anche, a entrare nella Storia: per diventare finalmente uomini in un'umana accezione. Il punto di forza del libro, ad ogni modo, non sta qui - solo qui -, nella rappresentazione dettagliata e onesta, sino all'impudicizia e allo scandalo, d'un mondo (e della concezione su cui s'appoggia), o di quelle equazioni tra natura e cultura (d'una cultura che si pretende natura). Sta nella sua lingua: non per caso, i suoi lettori migliori furono linguisti come Tullio De Mauro. Una lingua in cui, per stare alla citazione appena riportata, l'italiano scritto vale - nei confronti del sardo orale (il logudorese) riportato tra parentesi sulla pagina - come una conquista di cultura, che ha già in sé il momento della coscienza e del giudizio, insomma del riscatto. Solo in tal senso tutta una metaforica recuperata dal dialetto, e che attinge al lessico della natura (d'una natura vissuta in profondità e quotidianamente), può guadagnare, trascritta in questo italiano singolarissimo, momenti di grande originalità e, insieme, di demistificazione critica, come, per esempio, nel caso di tutti quegli epiteti con cui il «padre padrone» è evocato: «uragano punitivo», «furia educativa», «ciclone pedagogico».

Ho l'impressione che *Padre padrone* non sarebbe mai potuto nascere, se non si fosse costituito come una replica, altrettanto feroce, al mito d'una società immobile e chiusa, fondata su un'araldica dell'onore: mentre, in qualche modo, ne rappresenta come l'ombra inquietante, il versante rimosso e impronunciabile. Ritornando a un discorso soprattutto letterario, seppure d'una letteratura che contrae in se stessa un'antropologia, si potrebbe metterla in questi termini: se Grazia Deledda è stata la madre di ogni Sardegna ancorata a riconoscibili codici culturali, se Salvatore Mannuzzu (in ciò discendente di Giuseppe Dessì), viceversa, resta il figlio d'un disconoscimento di quei codici (pena, in caso contrario, un'ingiustificabile regressione nell'oleografia d'un mondo che non esiste più), Gavino Ledda ci appare ormai, con *Padre padrone*, lo scrittore d'un conflitto drammatico («dramma patriarcale» lo chiama lui), d'una testimonianza lancinante, di un'offesa e di una perdita, altrettanto irreparabili. I nomi, talvolta, nonché designazione delle cose, finiscono per essere le cose stesse, se non una loro misteriosa preconizzazione. Sicché, giuocando, non posso non pensare a un passaggio del celeberrimo *Sea and Sardinia* (1921) di David Herbert Lawrence, il quale, attraversando la via principale di Nuoro, si ricorda che quella è la patria della scrittrice Grazia Deledda, mentre quel nome gli si materializza davanti all'insegna della bottega d'un barbiere: De Ledda. Lawrence non avrebbe mai potuto immaginarlo, ma in quel cognome c'era come una profezia, l'annuncio d'un avvento: De-Ledda. D'un Ledda, insomma, che nasce, per frantumazione, dentro una Deledda, mentre insieme a lei implode, per la di lui mano, tutta la civiltà agro-pastorale. Gaínu, il bambino pastore, si è poi laureato in Glottologia ed è stato ammesso all'Accademia della Crusca, per diventare assistente di Linguistica sarda e Filologia romanza all'Università di Cagliari. Dice di parlare, pensare e sognare in sardo: e di avere tradotto mentalmente dal dialetto il suo romanzo, che non sarà stato mai veramente scritto, finché non sarà vergato nella sua «vera lingua», con traduzione a fronte. Nel frattempo, ha avuto anche modo di riconciliarsi col padre Abramo, genitore di ben sette figli, molti anni prima che, nel 2007, il «patriarca» morisse quasi centenario, e s'è come specchiato in lui, per la stessa ostinazione, per la medesima tenacia, per un uguale e incrollabile modo d'aver fede nella vita: epperò, come confessava in un'intervista, l'ha visto chiudersi progressivamente dentro «un pessimismo ironico e istrionico che è la sua forma di difesa e di esorcismo», non rispondere più al telefono, nonostante fosse convinto d'aver avuto una vita gratificante e piena di soddisfazioni, si cucinasse la carne da solo, passeggiasse, leggesse, incalzasse i giovani e il futuro. Riconciliazione col padre che è stata anche riappropriazione profonda del mondo che ci ha generato e riconoscimento delle proprie radici: se è vero che, oggi, Gaínu ha attrezzato dietro casa un piccolo teatro per farne un luogo di resistenza della lingua e per tenervi lezioni, mentre, con l'aiuto di un paesano, lavora tutti i giorni all'orto botanico, cinque ettari e mezzo a poco più d'un chilometro da Siligo, in cui coltiva solo piante sarde. E lo fa avendo in testa un progetto culturale e antropologico ben preciso, stando all'appello che, nel 2014, ha rivolto al presidente della Regione Francesco Pigliaru: fare dei luoghi di *Padre padrone* una sorta di museo della pastorizia, dalle terre, dove ha fatto il pastore sin quasi all'età di venti anni, sino all'ovile di Baddhevrùstana e a tutto il resto. Disposto com'è a concedere in eredità la casa in paese dove vive con tutti i suoi scritti e i suoi documenti, i terreni che ancora gli appartengono, e la parte di casa del padre-padrone e di mamma Mintòi che ha avuto in eredità, anche per sdebitarsi con lo Stato, che gli ha concesso il vitalizio previsto dalla legge Bacchelli per gli scrittori in difficoltà economica: «così come lui ha pensato a me, è giusto che io pensi a lui».

Se le cose stanno così, potremmo anche provare a confrontarci con *Padre padrone* in un modo diverso, senza per altro rinunciare a quegli irrefutabili dati di denuncia e contestazione: a leggerlo, cioè, non sul versante dei totem e dei tabù, dei miti e dei riti, della Siligo degli anni Quaranta, ma dal basso, dalla parte di quel bambino atterrito che guarda e racconta, e che, mentre si rapporta al padre, al gigante impossibile da scalare, si dispone alla ricerca d'una pronuncia sua, d'una lingua che gli consenta d'impossessarsi di quel mondo e, così, di nominarlo per la prima volta e per sempre. In questa prospettiva, soprattutto per le pagine che son venute dopo e che hanno messo capo a opere come *Recanto* (1998) e *I cimenti dell'agnello* (1995), tutta la vicenda non solo letteraria di Gavino Ledda, vissuta a un livello d'alta consapevolezza ideologica e critica, ci si profila in una luce nuova e sorprendente, sconcertante e radicalmente innovativa. Una lingua presociale, pre-storica e superindividuale, polifonica e oltreumana, in quanto capace di inglobare anche quella degli animali (l'agnello intirizzito che ci nutre, l'asino buono e intelligente che ci salva, il cane amico che ci guida) i quali convivono col pastore e lo arricchiscono ogni giorno. Una lingua che è fondata su un *ethos* preesistente a ogni nascita, e non è convenzione, ma anima segreta e misteriosa delle cose, capace com'è di restituirci il senso e il suono d'una comunità, quella agro-pastorale, che, sino all'atto di ribellione di Gaínu, aveva secolarmente scelto di non tradursi in scrittura. Una lingua che forse esisteva prima d'ogni codificazione: «Sento che le parole devono tornare alla flessibilità che avevano prima di essere irreggimentate nelle grammatiche». In vista, magari, di quello che Ledda ha chiamato «un nuraghe di suoni» tutto suo. Dicevo di *Recanto*, magmatico poemetto in prosa con traduzione a fronte in italiano, che con la sua lingua aedica, ipnotica e flessa, si misura con furia cosmica con le verità metamorfiche della materia, con le sue stesse origini abiogenetiche, gareggiando al meglio con l'unico altro scrittore italiano di analoga disposizione cosmogonica, il siciliano Giuseppe Bonaviri. C'erano già state, è vero, le novelle dei *Cimenti dell'agnello*. Quello di cui il pastore, a un mese dalla nascita, decide il destino, «o di allevarlo o di macellarlo, *o de lu pesare o de lu masellare*»: «Se l'annata è buona, il pastore, in genere, decide di rinnovare il gregge allevando le femmine e solo qualche maschio per la monta, *pro sa juttèra*. Gli altri, i maschi e le femmine, le cui madri non sono state ottime per il latte e per la lana, li scanna, *los iscánnada*, e li dà al macellaio». Questa è la pecora *sa berbèghe*: e così comincia la sua vita, *sa biúrra sua*. Ma se, senza malattie e deformazione, arriva ai dieci dodici anni d'età, e cioè a farsi *tzurra*, con ormai i denti deboli e cascanti, la sua sorte non muta: «Il pastore quindi, prima che la *tzurra* invecchi molto e diventi improduttiva, al termine della stagione primaverile, quando è ancora grassa (*cando est ancora rassa*) e in carni (*in petta*), la annovera tra i capi di scarto dell'anno, *tra sos fiádos de iskartu*, e la dà al macellaio. Così il nostro animale dà l'addio per sempre al suo gregge e ai campi dove ha mangiato l'erba e le frasche di tante primavere». Gavino Ledda, come nessun altro scrittore, ha saputo infine farne metafisica e inaudita oltranza di scrittura. E come pochissimi altri è stato capace di leggere, in quello dell'agnello, il nostro atroce, dolorosissimo destino, di tutte le creature venute al mondo. Perché gli agnelli, come tutti gli animali che vivono in esatta coincidenza con se stessi, sono i più vicini alle verità della vita: che sono biologiche e cieche.

Per arrivare da Siligo a Ghilarza, una cinquantina di minuti di macchina comodi, basta tornare sulla statale 131 in direzione Cagliari e poi, dopo una sessantina di chilometri, imboccare l'uscita per Nuoro-Olbia, quindi, percorsi altri cinque chilometri, siamo finalmente all'uscita per Ghilarza-Sorradile e tutto diventa molto semplice: neanche ci accorgiamo e siamo già arrivati a corso Umberto I. Ghilarza rappresenta l'ultima e più importante tappa di quello che è ormai riconosciuto come l'itinerario gramsciano. Si parte, infatti, da Ales, dove Gramsci, quarto di sette fratelli, è nato nel 1891: la casa natale, per insolente paradosso, è stata destinata per poco meno di vent'anni a sede del Fascio, anche se oggi funge da luogo ove s'organizzano eventi culturali. Nella piazza, che oggi prende il suo nome, il turista devoto al secolo breve (alle sue tragedie, ai suoi sogni, alle sue utopie) potrà ammirare un monumento in suo onore dello scultore Giò Pomodoro inaugurato nel 1977, per il quarantennale della morte, e voluto dalla Casa Gramsci di Milano, dal titolo quasi sovietico: *Piano d'uso collettivo*, a sottolineare la sua disposizione comunitaria, di totale agibilità. Il monumento, a dire il vero, coincide con la piazza stessa, la vecchia piazza del mercato, e qualche anno fa ha subito un buon restauro: un piano rigorosamente geometrico, tagliato in modo triangolare, con elementi simbolici, come per esempio la fontana e il focolare quadrangolare ribassato, la lastra commemorativa e le panchine, con uso di pietrame della più diversa provenienza, in gloria d'una più universale solidarietà tra le genti. Il Comune di Ales aveva già commissionato a Costantino Nivola, nel 1968, un'opera celebrativa: sicché non mancarono le polemiche sul lavoro di Pomodoro, inteso come un'ennesima e prevaricatrice prova di colonizzazione culturale dell'isola. Da quanto si legge anche nelle *Lettere dal carcere*, quelli «della fanciullezza» furono anni di «molti dolori e molte sofferenze», per i noti problemi familiari e di salute, seppure illuminata dalla cara e forte immagine materna («le tue mani sempre affaccendate per noi, per alleviarci le pene»), sicché ci risulta in qualche modo come simbolico risarcimento il fatto che Ales oggi ospiti un Museo del giocattolo tradizionale della Sardegna. La seconda tappa dell'itinerario è in Barbagia, a Sorgono, il paese d'origine della madre Giuseppina Marcias, capoluogo del Mandrolisai a settecento metri d'altitudine, dove Gramsci visse dal 1891 al 1898, anno dell'arresto del padre per peculato concussione e falsità in atti, ammalandosi di quella tubercolosi ossea che gli deformò per sempre la colonna vertebrale: paese che, però, non conserva tracce del passaggio dei Gramsci e si consiglia qui al visitatore per il fatto che nel suo territorio presenta uno tra i più suggestivi allineamenti di menhir del Mediterraneo, in numero di circa duecento, a testimonianza della più antica presenza umana di tutta l'area. Non posso tacere, però, che qui il mio amico Filippo Martorana, di Caltanissetta, ha vissuto per anni, e con soddisfazione, insegnando italiano e latino, per poi ritornare in Sicilia, a Carini, ma col cuore colmo di nostalgia. Chissà se proprio questa esperienza, sull'altra e più vera isola, non gli abbia ingenerato, quasi naturalmente, una diversa etica dello sguardo, in quanto ottica della distanza, del distanziamento, forse dello straniamento che gli ha consentito di scrivere il suo curioso romanzo d'esordio, *Come avvenne che spiegai la Sicilia ad un Marziano*, modulando una tradizione che risale sino al persiano di Montesquieu (ma anche all'extraterrestre di Flaiano). Martorana, infatti, ricorre al personaggio del Marziano – Sketi del pianeta Ronet –, il quale, in una desolata contrada dell'interno dell'isola, incontra l'io narrante, Antonio, un «insegnante di letteratura»: un romanzo sottile e affabile, scintillante d'idee e molto istruttivo, sulla Sicilia e i siciliani, qualora non molto si conoscesse di quel mondo e di quella cultura. Terza tappa di questo itinerario è sicuramente Santu Lussurgiu, nel Montiferru, a diciotto chilometri da Ghilarza, dove Gramsci trascorse due anni, dal 1906 al 1908, per frequentare il ginnasio a Santu Lussurgiu, paese in cui poi scelse di tornare a vivere dopo la scarcerazione, se la morte non l'avesse ghermito prima. In questo paese è possibile visitare il Museo della Tecnologia Contadina, che ha sede in una casa padronale del Settecento situata al centro del paese, coi suoi ventitré vani, undici dei quali raccolgono gli oltre duemila strumenti da lavoro e oggetti d'uso quotidiano donati dalle famiglie lussurgesi. Accanto alla casa, di più recente edificazione, un vasto salone ospita oggi manifestazioni teatrali e cinematografiche. Ma torniamo a Ghilarza: dove Antonio vivrà con la famiglia dal 1898 fino a che non abbandonò l'isola per sempre. La casa di residenza, una piccola abitazione di fine Ottocento in pietra lavica, era situata nel centro storico, trasformata ora in museo, centro di documentazione e biblioteca, dotata di nastroteca ove, in sei sale, si ricapitola tutta la vita del grande pensatore, dagli anni sardi sino alla morte, attraverso gli studi e l'opera, l'attività giornalistica e politica, fino alla detenzione. Ma, al di là del fatto che ora fungano da ambiente di studio o incontro, interessante resta l'aspetto di questi vani una volta abitati dalla famiglia, come la cucina, col soffitto a *cannitzada*, tipico delle antiche case sarde, nonché il pozzo nascosto dietro uno sportello a due ante, o la camera da letto, ricostruita rispettando gli arredi di quegli anni, con il letto, il comodino e tutto ciò che era necessario per le pulizie personali: un supporto di ferro che sostiene il lavamano e il boccale.

Quanto rimosse, se non volutamente cancellò, nella sua vicenda di rivoluzionario e padre d'una prole sovietica, di questa Sardegna atavica e familiare? Quanto conservò invece di essa dentro di sé, e quanto ne resta nelle sue opere? Già Palmiro Togliatti, nel famoso discorso cagliaritano del 27 aprile 1947, coglieva esattamente il rapporto tra questione sarda e questione sociale, in direzione, se non già rivoluzionaria, di certo in termini di ribellione: «Debbo dire che il suo stato d'animo era allora, nei primi anni della giovinezza, fieramente non soltanto sardo, ma, direi, sardista. Egli sentiva profondamente il sentimento comune a tutti i Sardi contro i torti fatti all'isola e questo diventava anche per lui risentimento verso i continentali e il continente». Memorabile e di grande suggestione, ad alta temperatura esistenziale e antropologica, però, mi sembra ancora il ritratto che l'assai più giovane Piero Gobetti ne tracciò su *La Rivoluzione Liberale* nel 1924: «Pare venuto dalla campagna per dimenticare le sue tradizioni, per sostituire l'eredità malata dell'anacronismo sardo con uno sforzo chiuso ed inesorabile verso la modernità del cittadino. Posta nella persona fisica il segno di questa rinuncia alla vita dei campi, e la sovrapposizione quasi violenta di un programma costruito e ravvivato dalla forza della disperazione, dalla necessità spirituale di chi ha respinto o rinnegato l'innocenza nativa». E poi, con accenti da fisiognomica positivistica: «Antonio Gramsci ha la testa di un rivoluzionario; il suo ritratto sembra costruito dalla sua volontà, tagliato rudemente e fatalmente per una necessità intima, che dovette essere accettata senza discussione: il cervello ha soverchiato il corpo. Il capo dominante sulle membra malate sembra costruito secondo i rapporti logici necessari per un piano sociale, e serba dello sforzo una rude serietà impenetrabile». Ecco: in Gramsci il cervello ha soverchiato il corpo, avendo la meglio delle sue fragili, malate, membra. E pare di sentir vibrare qui, con quattro anni di anticipo, seppure con valore esattamente opposto, le parole pronunciate dal pubblico ministero Michele Isgrò, poi esaudite dalla corte, nella sua requisitoria del 2 giugno 1928: «Per vent'anni, dobbiamo impedire a questo cervello di funzionare». Inutile dire che, per Gobetti, quella testa importante e quel ritratto di «serietà impenetrabile», che si staglia così autorevole, rigoroso, come «tagliato rudemente e fatalmente per una necessità intima», sono frutto d'un imperioso, drastico, atto di volontà: quello che, concentratissimo nello sforzo, in «sovrapposizione quasi violenta», impone al corpo inerme il millenarismo spietato dell'uomo nuovo, l'abbacinante sogno d'un futuro redento, capace di annullare secoli di tradizioni che si ripetono immobili, in questo caso rappresentate dall'«eredità malata dell'anacronismo sardo».

In effetti, non sono pochi, nel documento più vivo e toccante della sua opera, le *Lettere dal carcere*, i momenti in cui, rivolto ai familiari, oppone all'atavica angustia paesana il sentimento consapevole e orgoglioso d'una moralità vissuta come superiore. Come quando, il 20 novembre 1926, si rivolge così alla madre: «Rassicura tutti: di' a tutti che non devono vergognarsi di me e devono essere superiori alla gretta e meschina moralità dei paesi». O la volta che, in data 12 settembre 1927, scrivendo al fratello Carlo, lo ammonisce sul fatto che il suo «stato d'animo non è degno di un uomo»: «non lasciarti sommergere dall'ambiente paesano e sardo: bisogna sempre essere superiori all'ambiente in cui si vive, senza perciò disprezzarlo». Oppure quando, il 1° giugno 1929, ancora a Carlo, rimprovera insincerità e un malinteso senso della dignità: «Mi era parso che ti fossi liberato da queste preoccupazioni meschine, da questa piccola psicologia da "piccolo borghese di villaggio sardo", secondo la quale non bisogna che "tia Tana" sappia che a mezzogiorno abbiamo mangiato pane e cipolle». Epperò, l'interesse per la Sardegna resta sempre vivo, finanche spasmodico se si tratta di Ghilarza, quando, ripetutamente e con insistenza, prega la madre di non lasciarlo privo di notizie su quel che accade in paese. Come in questa lettera del 3 ottobre 1927, dove, dopo aver chiesto per sé alcuni libri d'argomento isolano che dovevano ancora trovarsi a Ghilarza, e «qualcheduna delle canzoni sarde che cantano per le strade i discendenti di Pirisi Pirione di Bolotona», vuole avere informazioni dettagliate sullo svolgimento di alcune feste religiose paesane, per concludere così: «Sai che queste cose mi hanno sempre interessato molto; perciò scrivimele e non pensare che sono sciocchezze senza *cabu* né *coa*». Non voglio dire, poi, della non rara evocazione dei cibi di casa, letteralmente assaporati nella loro fonetica d'origine, laddove il significante e il significato, il sapore e il suono, paiono i momenti d'una stessa degustazione. Cito dalla lettera alla madre del 26 febbraio 1927: «Sono sicuro che ci vedremo ancora tutti assieme, figli, nipoti e forse, chissà, pronipoti, e faremo un grandissimo pranzo con *kulurzones* e *pardulas* e *zippulas* e *pippias de zuccuru* e *figu sigada*». Mentre nella sua idea di sardità non manca, per così dire, un'implicazione etnogenetica, come quando, il 27 marzo 1927, così si rivolge alla sorella Teresina, sposata dal 1924 a Paolo Paulesu, a proposito del loro primogenito: «Mi ha colpito molto che Franco, almeno dalla fotografia, rassomigli pochissimo alla nostra famiglia: deve rassomigliare a Paolo e alla sua stirpe campidanese e forse addirittura *maureddina*». Si tratta della stessa lettera in cui Gramsci fa importantissime affermazioni sull'uso del sardo, parlando ancora di Franco e della nipote Edmea, figlia del fratello Gennaro, Nannaro, il più grande, riparato all'estero per motivi di lavoro e politici: «In che lingua parla? Spero che lo lascerete parlare in sardo e non gli darete dei dispiaceri a questo proposito. È stato un errore, per me, non aver lasciato che Edmea, da bambinetta, parlasse liberamente in sardo. Ciò ha nuociuto alla sua formazione intellettuale e ha messo una camicia di forza alla sua fantasia». E poi: «Non devi fare questo errore coi bambini. Intanto il sardo non è un dialetto, ma una lingua a sé, quantunque non abbia una grande letteratura, ed è bene che i bambini imparino più lingue, se è possibile». E più avanti: «Ti raccomando, proprio di cuore, di non commettere un tale errore e di lasciare che i tuoi bambini succhino tutto il sardismo che vogliono». Tutto questo – e sia detto sottolineandolo – contrassegnato dalla rivendicazione continua d'una sorta di araldica dell'onore, come ancora si legge anche in questa importante lettera a Teresa: «Tu e gli altri dovete cercare di far stare allegra la mamma [...] e di assicurarla che la mia onorabilità e la mia rettitudine non sono affatto in questione: io sono in carcere per ragioni politiche, non per ragioni di onorabilità. Credo proprio che avvenga l'inverso: se non tenessi alla mia onorabilità, alla mia rettitudine, alla mia dignità, se cioè fossi stato capace di avere una così detta crisi di coscienza e mutare d'opinione, non sarei stato arrestato». E ancora, alla carissima mamma, il 12 marzo 1928: «Il carcere è una bruttissima cosa; ma per me sarebbe anche peggiore il disonore per debolezza morale e per vigliaccheria». Ma anche nella lettera del 23 aprile, quando prega la madre di non cancellare «il timbro del carcere» dalla fotografia del figlio Delio che presto le spedirà, a futura memoria: «Non solo io non mi vergogno di essere in carcere, ma anzi me ne sento estremamente onorato; certamente questo sarà anche il sentimento del bambino quando sarà in grado di comprendere queste cose».

Pazienza, tenacia, grande capacità di sopportazione, fiero orgoglio, altissimo senso della propria dignità: tutti elementi che vanno a costituire, in queste *Lettere*, come una sorta di araldica dell'onore. Ecco: l'uomo nuovo di

Gramsci si portava dietro, in realtà, un uomo antichissimo. Si trattava soltanto di estrarre, della sardità, il nocciolo etico e razionale dal guscio folclorico e mitico. Quella sardità che non mancò di glorificare l'altro grande comunista isolano, Enrico Berlinguer, nel discorso tenuto, ancora una volta a Cagliari, nel 1977, per il quarantennale della morte: «Tutta l'elaborazione gramsciana è un filo che si dipana dalla sua terra natale, dalla vita sarda, dallo spirito sardo. Qui, a contatto con la miseria della sua gente – che anch'egli patì – Gramsci divenne prima un ribelle, ma un ribelle che presto seppe prendere contatto con il movimento operaio e socialista. Il rivoluzionario nasce dal ribelle, come egli stesso scrisse». E più avanti: «La Sardegna era dunque alla radice del suo pensiero politico, ed egli, anche dopo averla lasciata, continuerà non solo ad amarla, ma a parlare di essa, riferendosi specialmente alla vita del popolo». E poi: «Sta di fatto che Gramsci ebbe sempre vivissimo il senso dei caratteri specifici della storia e della vita sarda, anche in ciò che le distinguevano dal resto del Mezzogiorno». Infine: «E la sua eredità vive e fruttifica ancora oggi nell'animo della gente e della sua e della nostra terra, e nell'animo dei lavoratori e di tutti gli italiani che aspirano alla giustizia, alla dignità, alla libertà. Gramsci è con voi che lottate, con voi operai, intellettuali e contadini della Sardegna. Con voi che sognate e volete la redenzione e il riscatto dell'Isola, un'Italia nuova e giusta, un mondo unito senza più guerre e oppressioni». Me lo chiedo sempre più spesso ora che vivo in Sardegna: da dove proveniva la politica berlingueriana dell'austerità e quella degli onesti? L'ossessione per la questione morale? La difesa di un'irriducibilità antropologica, prima ancora che storica, della classe operaia e del partito, mentre gli operai in carne e ossa, i dirigenti più giovani, cambiavano e si corrompevano alla stessa velocità del mondo? Di certo erano elementi che travalicavano la tradizione marxista, ne fuoriuscivano, forse anche alternativi all'idea stessa di modernità. Ci piaccia o no, questa era l'originalissima via sarda al comunismo, quella che l'ha reso unico. Libertario socialista tentato dall'anarchia, e insofferente d'ogni disciplina di partito e d'ogni compromesso storico, mi divideva quasi tutto da Berlinguer: a partire dalla sua idea pedagogica e totalizzante della politica. Epperò, davanti alle immagini di repertorio, contemplandone la vita e gli atti, la forza di carattere e il rigore, la mitezza e il pudore, la solitudine e quasi il disinteresse per se stesso, il coraggio immane innestato, come in Gramsci, su un corpo fragile, non posso non costatarne la bellezza struggente, remota: quella d'una forza del passato che oggi può immaginarsi soltanto come utopia. Mentre mi chiedo se possa esserci ora qualcosa di più necessario, in una nazione travolta dall'immoralità, ove è già tramontato persino il concetto stesso di persona, di quell'antico sentimento della virtù, di quella sobrietà privata e pubblica, che furono di questo grande sardo.

Alghero forever

L'ha canticchiata chiunque, in questi ultimi vent'anni, arrivasse nella dolcissima e elegante capitale della Riviera del Corallo: «Voglio andare ad Alghero/ in compagnia di uno straniero./ Mia madre non lo deve sapere, non lo deve sapere, non lo deve sapere». Epperò, in contraddizione al celebre adagio di Giuni Russo, ad Alghero bisogna venirci da soli, o, se si è veramente innamorati, in compagnia di chi si ama: per brindare sui bastioni al sole che tramonta memorabile su Capo Caccia, magari accarezzati da un maestrale aperto e franco, con tutta l'enfasi sentimentale di chi sa accogliere in sé, almeno una volta da giovane, tutta la pienezza della vita. E farlo, quel brindisi, con la stessa disposizione d'animo con cui il ventiquattrenne Elio Vittorini si preparava al viaggio del 1931, che avrebbe poi pubblicato per l'editore Parenti nel 1936, ma che solo nel 1952 sarà intitolato *Sardegna come un'infanzia*. Un taccuino di viaggio che gli era valso il premio promosso da *L'Italia letteraria*, ma a pari merito con Virgilio Lilli, assegnatogli da una giuria che contava tra i suoi membri una Grazia Deledda per niente entusiasta delle pagine del fervoroso e bellissimo siciliano, così pieno di baldanza, così lirico e illusivo, così agitato da astratti furori. Dicevo della disposizione d'animo del Vittorini che arrivava in Sardegna: «Io so cosa vuol dire essere felice nella vita». Che poi voleva dire un atto di fede nella «bontà dell'esistenza»: e cioè «il gusto dell'ora che passa e delle cose che si hanno intorno, pur senza muoversi, la bontà di amarle, le cose, fumando, e una donna in esse». Già, una donna in esse: «e il cuore di lei sotto le labbra».

Quando gli appare dal piroscafo, Alghero sembra «chiusa in una piega della costa oscura coi suoi campanili dentati», tutta accesa «di lumi azzurrognoli», che il vento, o una sua impressione, fa quasi palpitare. Ma a colpire Vittorini è il fatto che vi si parli catalano, un catalano – mi piacerebbe dire – del tutto immaginario, utopico, ancora oggi cantilenato da qualche anziano pescatore, mite e malinconico, e che ho ritrovato nelle cadenze struggenti e d'oro d'una poetessa scomparsa circa tre anni fa: «Los fills/ que neixen/ quan venen al món/ la mare los fa,/ mes són altra gent». Tradotto in italiano: «I figli che nascono/ e vengono al mondo/ la madre li fa, /ma sono altra gente». Grande verità, questa: i figli nati dalla nostra carne seguono il caso della carne ma – scriveva Alberto Savinio – «il caso non a caso fa diversi i figli da come i genitori li avevano sognati». La poetessa qui citata è Maria Chessa Lai, una madre che di figli ne ha avuti cinque, tutti amatissimi: Pasquale, Antonio, Franca, Enza e Maria Vittoria. Ma che ha saputo implicare nella sua maternità un senso della libertà e della solitudine che è di pochi privilegiati. Ho avuto l'onore, la fortuna e il grande piacere di conoscerla di persona, e di mangiare al suo stesso tavolo, lei così felice di avermi ospite a cena, sotto la regia attenta e appassionata di Franca, che insegna russo nel mio dipartimento. La grande bellezza spirituale di Maria, il suo sentimento del mondo, il naturale farne quotidiana poesia - dico la poesia del vivere, dei gesti e delle parole, degli affetti, della civile conversazione –, ancora adesso, nel ricordo, mi commuove. Dal promontorio dei suoi novant'anni s'affacciava fino al presente di mia figlia poco più che undicenne. E ci arrivava così: con un paio di scandalosi pantaloni e una Lambretta per correre a scuola come supplente, nella Sardegna degli anni Quaranta. Da lì, minutissima ma di tenace concetto, Maria ci si rivolgeva soave: curiosa di sé, di noi, di tutto. La soavità lieta d'una vita che coincideva felicemente, e serenamente, con se stessa.

Arrivo ad Alghero dall'aeroporto di Fertilia, in una notte di dicembre, tiepida e stellata. Ci arrivo con nessuna straniera per compagna, ma in un giorno davvero speciale: per metterci su finalmente casa da solo. Un giorno, insomma, da celebrare come si conviene, secondo il rito di un'iniziazione a quella che sarà, ne sono sicuro, una nuova vita, se non una *vita nova*. In mattinata, infatti, sono passato dalla mia amica Antonella, parrucchiera di fiducia, che gestisce a Viterbo, insieme a Lory, Accademya: un meraviglioso gineceo in cui non ci si può impedire qualche momento di beatitudine, magari conversando d'amore al modo cortigiano, tra Castiglione e Aretino, in tutte le sfumature del rosso, mentre a fianco qualche *formosa puella*, nata per la festa della vita, si fa fare il colore pensando al fidanzato che l'aspetta. Il taglio è nuovo e pensato per me da Antonella, con affettuosità augurale: linea da antico latino, forse console di prima nomina, sottolineata da due basette appena insolenti. Antonella è soddisfattissima e io mi sento d'una bellezza devastante e spavalda, travolgente. Devo dire che ero già passato in profumeria da Massimo Curti, il quale aveva studiato per me una fragranza adatta all'occasione. Abbiamo scelto Creed, che fa i profumi dal 1760, prima a Londra e poi, dal 1854, a Parigi: la variante Acqua Fiorentina, creata in omaggio della Firenze rinascimentale di Leonardo e Michelangelo. Note di testa: bergamotto e prugna greengage, usata in cucina soprattutto per i dolci. Note di sentimento: garofani rosa e limone calabrese. Note di fondo: cedro della Virginia e sandalo indiano. Sono ad Alghero, dunque: a condurmi qui dall'aeroporto, in macchina, come spesso accade, è stato il mio allievo Giuseppe Mussi, Beppaccio, un dadaista naturale dell'intelligenza, coltissimo, brillante, di euforia contagiosa, e, tra i moltissimi studenti che ho avuto, decisamente il più divertente. Tutte qualità che, seppure non conclami a ogni passo bellezza e aitanza, ne fanno un dongiovanni involontario, epperò impenitente, grazie anche a una spavalderia biologica che lo rende irresistibile, come sanno tante giovani e giovanissime fanciulle, anche tra le mie allieve, assai più procaci e floride di lui, che hanno avuto la disgrazia, o la fortuna, diciamo la ventura, di conoscerlo. Non si capisce poi perché, e per chissà quale insondabile nevrosi, si incateni soltanto a quelle – io ne ho conosciuta una di persona: soave, devo dire – che gli si neghino drasticamente, ma insieme lo pretendano e lo obblighino a mille teneri servigi, cui pure si sottomette. Di certo, Beppe ha una personalità insolita e prepotente, una mente velocissima, di mille escogitazioni, quella che, per dirne una, il giorno della laurea gli fece inviare alla commissione (e cioè a me, che ne ero il presidente) un telegramma di felicitazioni, firmate «il tuo caro zio», da parte dell'allora ministro dell'Università, l'omonimo Mussi, che, ovviamente, non gli era nemmeno lontano parente. Mi accoglie col solito sorriso complice e le profonde occhiaie: che potrebbero segnalare, come alternativamente capita, una notte di bagordi, oppure di letture matte e disperatissime, se non addirittura i postumi delle micidiali emicranie di cui ciclicamente soffre. I vecchi, una volta, dicevano che si trattasse d'una feroce disposizione onanistica: e che il diavolo ci avesse messo la coda. Stasera è più provocatorio del solito: «Io sono proprio uguale a te, caro Massimo: ma, a differenza di te, io le donne me le porto a letto». Sono finalmente a casa e Beppaccio se ne va, a fare danni chissà dove. Entro, accendo le luci e la stufetta a zibro: la cucina, la camera matrimoniale, due bagni, di cui uno nella stanza in cui dormirà la mia Nicoletta e, magari, qualche sua amica in vacanza con lei. E poi il balcone, col tavolino e le sedie, sotto il cielo aperto e smisurato, rigato soltanto da inquieti gabbiani, il mare avvistabile a sinistra, a trenta metri, dietro le poche palazzine che mi separano dalla spiaggia. A destra l'edificio che ospita la Telecom, il supermercato della Sigma e quello della Conad, con le sue sorridenti e gentili commesse. In mezzo, nello spiazzo che fa da parcheggio al centro commerciale del Commer+, un ristorante in legno che sembra uno chalet di montagna, ma col nome in *sa limba sarda*: Sa Mesa. Guardo di sotto, mentre l'ultimo cameriere – è già mezzanotte – chiude con pigra lentezza i cancelli scorrevoli dei tre punti d'accesso al piazzale e penso che è stata davvero una fortuna avere un ristorante così, proprio sotto casa, particolarmente votato, per altro, ai piatti di carne, meravigliosamente lavorati. Posso andarci in ogni momento che voglio, senza troppi impegnativi preparativi, un attimo dopo aver finito di leggere o scrivere: e troverei sempre Anna, Enzo e Gigi soccorrevoli, indicarmi il mio solito tavolo, sotto il calorifico, per consigliarmi il miglior piatto del giorno. Per la prossima volta, però, ho già deciso: *maccarones de busa* ai funghi porcini (ché questo è l'unico posto, qui in Sardegna, dove i porcini li sanno cucinare bene) e, come secondo, una prelibatezza solo loro, una bella frittura di cervella e antunna, infine, per chiudere, uno dei loro memorabili semifreddi, magari quello al torrone. Ci sono le stelle scintillanti stanotte, l'aria è limpida e il mare riposa nella sua bonaccia: è quasi sicuro che, domattina, io mi possa svegliare col sole alto e l'odore di salsedine a incalzarmi. Si tratta, in fondo, della felicità, proprio quando non si sa di possederla. L'unica possibile: istantanea e fugace, integralmente biologica. Ecco, *Slow Life*: non c'è bisogno di null'altro qui a Alghero, soprattutto d'inverno, per provare a riprendersi la vita, qualora, com'è capitato a me, ci si fosse fatti trovare distratti.

Me lo chiedo: si possono scialacquare beatamente dieci minuti d'una tarda mattinata magari anche lavorativa, per discutere di crema pasticciera? All'Hollywood Cafè di Claudio Piga, davanti casa mia, a via Azuni, vicino alla Conad per intenderci, non solo si può, ma si deve. Pura accademia della crusca, se posso dire così: e non sto certamente parlando di quella gloriosissima istituzione linguistica nata a Firenze tra il 1582 e il 1583, per iniziativa di cinque illustri letterati fiorentini. Ma sto parlando esattamente, diciamo così, di farinacei. Claudio, che coltiva una sua insofferente libertà e un certo gusto del vivere bene e minutamente, non riesce a farsi una ragione del fatto che i suoi clienti, in larga maggioranza, preferiscano ormai consumare col cappuccino un cornetto surgelato precotto, di quelli magari delle Tre Marie che trovi ovunque, a Milano o a Enna, d'identico sapore a ogni latitudine, come i pasticcini o i salatini che ti servono sugli aerei di linea: quel non-cibo per non-luoghi, che comincia ormai a darmi la nausea. E li preferiscono, i cornetti precotti e surgelati, ai farcitissimi croissant alla crema o al cioccolato (non certo alla Nutella), che gli prepara un eccellente pasticciere di qui, il quale, per altro, ha dovuto anche subire l'onta supplementare delle imposizioni della Comunità europea in merito al trasporto degli alimenti, e aggiungere così certi conservanti di legge che, l'ho constatato coi miei occhi, hanno come depresso quel colore d'uovo razzolato sull'aia, zabaionato, che era già, di per sé, puro godimento per la vista. Quando la mattina inizia, dico da Claudio, in questo modo, prosegue poi, per i giornali, da Alessandra e Cristina, che hanno l'edicola a cinquanta metri in diagonale dal bar, all'entrata del parcheggio del Commer+, proprio davanti alla vecchia Sigma. Lenta e oziosa consultazione delle terze pagine di tutti i quotidiani, per acquistarne almeno tre o quattro (il *Corriere della Sera* e *La Nuova Sardegna*, immancabilmente), quindi amenissima chiacchierata, con l'una o l'altra, per il solo gusto di ridere e vivere lenti, di mettere il tempo sotto scacco, di modo che, come tra parentesi, passi anche il suo passare. Gli argomenti? I più diversi e divaricati: la più o meno alta presenza fuori stagione, ad Alghero, dei continentali; la ricezione turistica e il lungo letargo invernale degli alberghi; il bello dei voli low cost, e l'allegra naturalezza con cui, molti miei studenti, si prenotano un volo d'andata e ritorno per Londra o Barcellona a due euro, solo per bersi una birra o una *sangría*; il grado d'umidità, che è il solo vero nemico di questa dolcezza del vivere; la politica editoriale dei due quotidiani sardi concorrenti, *La Nuova* e *L'Unione Sarda*; gli uomini e le donne in Sardegna, e quel che già Lawrence, in *Sea and Sardinia*, aveva descritto come «l'ardita, splendida spaccatura tra i sessi, lei e lui ciascuno dei due assolutamente deciso a difendere il proprio lato dell'assalto», se è vero che, come aggiungeva il grande inglese, inviso ai suoi connazionali per l'immoralismo e il pacifismo, queste donne «devono badare a se stesse, tenere dura la spina dorsale e i garretti saldi», a preservare quel che in loro resterebbe sempre «riservato e ardito e inaccessibile». È l'inizio, se vogliamo, della per me ideale giornata algherese, quando mi posso consentire dodici ore d'ozio di seguito, che le due giovani donne, professionalmente ineccepibili, battezzano sempre con una gentilezza indiscriminata e luminosa, concentrata anche sul minimo dettaglio, che è un vero spettacolo ammirare: poco importa che si tratti dell'immigrato di colore che vuole cambiare in carta moneta gli spiccioli che ha accumulato durante la mattinata vendendo accendini, oppure di ricaricare il cellulare a un'anziana e delicata signora che ha pochissima confidenza con gli smartphone, o magari di rimandare la resa dei quotidiani e delle riviste al pomeriggio, con tutto quel che comporta per i propri impegni familiari, soltanto perché un signore perditempo ha ancora voglia di dire la sua, ben oltre l'orario della chiusura delle tredici.

Acquistati i giornali, c'è solo una cosa da fare, se il sole è ancora glorioso e i venti tacciono o bisbigliano clementi, perché la giornata possa continuare nel migliore dei modi: percorrere trenta metri in direzione del lungomare e sedersi a leggere, faccia al sole e all'arenile, sul muretto. Di tutti i mari della Riviera del Corallo, questo vicino al porto, proprio all'inizio del lido – là dove in estate s'impiantano i primi stabilimenti balneari, come il Magic Beach che forse è ancora del mio amico Antonello, il primo ad aprire e l'ultimo a chiudere –, è di sicuro il meno nobile, seppure, per cristallinità e dolcezza, per struggenti lontananze di rocce e promontori, dentro una luce di febbre, supera di molto la più suggestiva delle spiagge della Tuscia e, ormai, dell'intero Lazio, cui son stato abituato sin dall'infanzia. Basta fare, però, meno d'un chilometro per guadagnarsi uno scampolo di paradiso, quando comincia la pineta di Maria Pia, con le sue resine odorose e l'arenile già candidissimo, impalpabile, se proprio non si ha voglia di arrivare sino alle Bombarde e alle sue ossigenatissime acque, dove teneva villa, tra i folti pini sovrastanti, il maestro Luigi Nono, e si poteva incontrare l'allora genero Nanni Moretti; per non dire del Lazzaretto o della meravigliosa Mugoni, nella baia di Porto Conte, tra Punta Giglio e Capo Caccia, dove gli alberi arrivano sin quasi al mare, offrendo ai bagnanti frescura e riparo naturali, oltre che un panorama mozzafiato. Il suo nome, Mugoni, si porta dietro un che da paleontologia marina, mentre invece deriva da quello della famiglia che possedeva i pregiati terreni antistanti a quel mare da sogno, ove si produceva cotone, poi lavorato a Alghero, e un vino notevolissimo, appena liquoroso, che ricordava il Porto. Per chi ne avesse voglia, può ancora ammirare, a pochi metri dal mare, i resti della villa liberty in cui erano stati ricavati gli alloggi familiari e gli uffici direzionali. Non lontano dall'ampio parcheggio a prezzi davvero modici, e sempre all'interno della tenuta, ma tornando sulla strada provinciale 55, si può raggiungere anche il Baia di Conte, che è, forse, il più grande, se non il più imponente, hotel del circondario. Dicevo del rito della lettura dei giornali, da officiare con tutta la comodità possibile e la massima lentezza: perché non è da poco lo spettacolo che se ne può ricavare, in fantasticante solitudine, le acque increspate e appena murmuranti, senza seccatori di sorta nelle vicinanze. Guardando verso il mare e la spiaggia, certo, col sole che ci bacia: soprattutto da quando la Ryanair, a prezzi veramente bassi, ha cominciato a sbarcare qui, anche d'inverno, tedeschi, inglesi e spagnoli. Ma rivolgendosi anche, di tanto in tanto, in direzione della strada che percorre tutto il lido: là dove le magnifiche ragazze di qui – e qualche sparuto e solitario rappresentante dell'altro sesso –, se non stanno lavorando, non aspettano nemmeno che la mattina invecchi troppo, per concedersi qualche ora di jogging, in una specie di abbandonato smemoramento.

In una giornata così, di tenero sole, finita la consultazione dei quotidiani, è assolutamente d'obbligo incamminarsi verso il porto, là dove via Garibaldi quasi finisce sulla piazza dei giardini, per andare a mangiare al Milese, che si chiama così perché i coniugi Porcu, che lo aprirono al pubblico, costituito soprattutto da pescatori, per vendere agrumi e vernaccia, venivano da Milis, un piccolo paese della provincia di Oristano. Ma la storia vera del Milese comincia quando, nel 1971, fu prelevato dalla famiglia Fiori, di rientro dall'Australia dov'erano emigrati, e si trasformò, grazie all'assoluto talento della *mater familias*, la signora Maria, in una prelibatissima focacceria, tra le più rinomate non solo sull'isola. Tanto più se si pensa che una focaccia e una bibita, da esserne sazi, si possono consumare piacevolmente seduti al tavolo per un costo che non supera nemmeno i cinque euro. Se uno ci capita, ci ritorna, perché quella focaccia che porta il nome del locale, e che lo staff prepara con miracolosa grazia davanti ai clienti che attendono in fila, resta assolutamente unica nel suo genere, nonostante l'ampia scelta d'ogni gusto di cui si può disporre. Com'è fatta la focaccia Milese? Con quel tipico pane fragrante di notevoli dimensioni, ma non troppo spesso, che viene sezionato e riempito a strati progressivi: fette di pomodoro fresco, tonno di qualità, uova sode sbriciolate, acciughine minutamente tagliate, rucola e deliziosa pancetta, cui s'aggiunge l'inconfondibile e misteriosa salsa inventata dalla signora Maria. Quando capito al Milese, devo dire la verità, spero sempre che la mia vecchia allieva Manuela Madau, laureatasi con me su Sciascia e Montalbán, non sia di turno alla Hertz, in aeroporto, ma si trovi a casa, a due passi da lì, per farci due riposate chiacchiere e bere placidamente un caffè. Manuela è figlia del vecchio guardiano del faro di Capo Caccia, ma non è solo questo che la rende così affascinante: l'ovale basso del viso che s'allarga, di modo che le labbra, dal disegno molle e caldo, carnale, possano trovarvi gloria; gli occhi nocciola pronti ad incendiarsi, scintillanti quando dilaga quel sorriso contagioso, ma d'un nocciola di cui s'intuisce anche qualche pagliuzza dorata, che, in talune ragazze di qua, arriva al colore tenero, malinconico, dell'acqua marina. Suo, poi, un bel naso, cordiale e importante: che le presta un che di mercuriale e un'intelligenza che, non ne so il motivo, non ha voluto prendere troppo sul serio.

In una giornata così, dopo aver mangiato all'aria aperta dal Milese, si può trovare il tempo per visitare la città, la bella capitale della Riviera del Corallo che deve il suo nome a quel noto e antico proliferare di alghe (*L'Alguer*, in catalano), magari muovendo da piazza Civica, che, liberato il tavolo per un altro avventore in trepida e sicura attesa, si raggiunge in pochi minuti, attraversando via Garibaldi in direzione del porto. Ci si accede dal molo, a piazza Civica, oltrepassando la cosiddetta Porta a Mare, preceduta, a destra, da una rapida scalinata che ci immetterebbe sui bastioni, che a quest'altezza sono appellati Lungomare Magellano, per proseguire poi col nome di Marco Polo, quindi con quello di Cristoforo Colombo, affluendo infine nel luogo più mondano della città, della sua movida, e di tutte le gioventù, cioè piazza Sulis, con la sua imponente torre eponima, così chiamata per via del fatto che vi fu recluso il riottoso, rivoluzionario e capopopolo, Vincenzo Sulis, tra il 1799 e il 1821, quando, graziato, raggiunse come esule La Maddalena, ove morì nel 1834, non senza averci lasciato una venturosa autobiografia. Non è inutile aggiungere che, una volta salita quella scalinata, giunti proprio sopra quanto resta del Forte de La Magdalena, la testimonianza più significativa di quel che furono i bastioni spagnoli a sorveglianza da nord-est della città, non sarebbe male sedersi per un po' al Cafè Latino, a pochi metri da dov'era la sede della Zecca, magari al tramonto, dove si può gustare, grazie al panorama, uno dei più spettacolari aperitivi che ci possano esser dati in sorte. Prima d'arrivare a piazza Civica, però, non posso fare a meno di sostare qualche minuto all'interno dei giardini vicino piazza Porta a Terra, là dove finisce via Garibaldi. C'è ancora il trenino su cui la mia Nicoletta di nemmeno tre anni, in un giugno dolcissimo di molti anni fa, trascorreva tutti i suoi smemorati pomeriggi. Quel trenino che sferragliava fin quasi sotto a quello che, per lei, era indiscutibilmente il monumento eretto per nonno Franco. Chissà perché, poi, visto che Giuseppe Manno, cui la statua è dedicata, non somiglia nemmeno lontanamente a mio padre. Dico il barone Giuseppe Manno, lo storico nato nel 1786 ad Alghero – da un ufficiale della Marina, autonomista, che aveva preso parte ai vespri sardi antipiemontesi del 1794 – e morto a Torino nel 1868, dopo aver ricoperto persino l'incarico di presidente del Senato del Regno d'Italia. Lo storico, aggiungo, che ha datato la nascita della sua città al 1102 per opera dei Doria, nello stesso anno in cui, secondo la sua tesi, gli stessi fondavano Castelgenovese, l'odierna Castelsardo. Mi chiedo: ci sarà stato risentimento edipico nella nobilissima vita di ligio servitore sabaudo fedele al re continentale che Giuseppe Manno condusse ineccepibilmente? Fu insomma una vita vissuta anche a onta del padre? Si potrebbe rispondere che, se ci fu, allora quel risentimento non venne mai meno, quando è vero che nella sua monumentale *Storia di Sardegna* (1825-27) e nella *Storia moderna della Sar-*

degna (1842), la sua avversione per la cosiddetta «Sarda Rivoluzione» restò immutata.

Mi accorgo solo ora che il monumento innalzato in suo onore nel 1894 (il centenario della «Sarda Rivoluzione»: ironia o malignità della sorte?) è di Pietro Canonica, ma non mi sorprendo che la fama dello scultore torinese sia arrivata sin qui. Pietro Canonica? E chi era costui, mi direte voi? Lo confesso: di Pietro Canonica, se non fosse stato il nome dell'istituto commerciale di Vetralla in cui ho insegnato per qualche anno materie letterarie, io stesso non avrei saputo nulla. Eppure, Pietro Canonica è stato, nei primi quindici venti anni del secolo scorso, uno degli italiani più noti nel mondo, almeno quanto lo sarebbero stati poi Guglielmo Marconi e Enrico Fermi. Parlo del mondo che allora contava. Morto novantenne nella casa all'interno di Villa Borghese, La Fortezzuola, che il Comune di Roma gli donò e che ora è un piccolo ma interessantissimo museo a lui dedicato, Canonica aveva a Vetralla diverse proprietà, ma anche l'officina dove ha fuso e forgiato molte sue memorabili opere di bronzo: tutto lasciato in eredità alla diciamo ridente cittadina viterbese. Scultore, ma anche musicista compositore e addirittura primo senatore a vita della Repubblica italiana, Canonica fu, quanto all'arte monumentale e celebrativa, uno dei più acclamati autori planetari, come testimoniano le numerose cappelle funerarie di tutta Italia e i moltissimi monumenti ai caduti da lui approntati. Inseguito, se non braccato, da una committenza mondiale ricca, potente e anche molto esigente, fu il ritrattista in marmo delle più belle e famose donne del tempo: da Franca Florio alla principessa Olga Nicolaewna di Grecia. Suoi monumenti importanti e magnificenti si trovano ovunque. In Inghilterra: per la regina Vittoria a Buckingam Palace. In Turchia: ben due per Kemal Atatürk. In Argentina: per il presidente della Repubblica José Figueroa Alcorta, al cimitero della Recoleta. In Bolivia: per Simón Bolívar. Per non dire di quello in Russia, poi distrutto dai bolscevichi, dedicato a Nicola II zar di tutte le Russie, con cui fu anche in confidenza. È vero che fu estromesso, non senza ragioni, ma con estrema violenza, da ogni storia dell'arte contemporanea: e a seppellirlo fu proprio, in uno dei più feroci ritratti del bellissimo e rivoluzionario *Scoperte e massacri* (1919), quell'Ardengo Soffici che diventerà, negli ultimi anni della sua vita, con Papini, il padre di tutte le reazioni e i reazionarismi.

Ma torniamo a piazza Civica: la più elegante della città, con le sue lussuose boutique del corallo che, poi, si moltiplicano e disseminano, con offerte per tutte le tasche e per ogni esigenza e gusto, anche lungo il percorso della bella, festosa, allegra, via Carlo Alberto, che è per tutti gli algheresi il vero e unico corso cittadino. E si moltiplicano, per tutto il centro, insieme ai ristorantini, le pizzerie, le focaccerie, i pub e i caffè. A conferma che la storia della città non sia stata tra le più traumatiche e tumultuose, né folte d'eventi drammatici o diversamente memorabili, si conserva ancora una grande eco della visita di Carlo V, che, diretto ad Algeri in spedizione con quaranta galere, sostò qui nel 1541, ospitato nel bellissimo Palazzo De Ferrera con tutte le maestranze. Affacciatosi sulla piazza, l'imperatore pronunciò la famosa frase: «*Estode todos caballeros*». Di cavalieri, invece, ne nominò soltanto tre.

Epperò, in compenso, requisì un gran numero di bovini, ovini e caprini per i soldati, facendone euforica macelleria proprio in piazza. Concedetevi tutto il tempo per visitare la Cattedrale dedicata a Santa Maria, col mausoleo di quel Savoia, Maurizio Giuseppe duca del Monferrato, morto qui nel 1799; la chiesa della Misericordia e quella di San Michele, accanto alla quale, da un lato c'era il vecchio carcere, mentre dall'altro si trovava sino a poco tempo fa la biblioteca civica, quel Collegio da cui i gesuiti dominarono a lungo la vita culturale della città; nonché il complesso di San Francesco (chiesa, convento e chiostro). Concedetevelo tutto, dicevo, ma prima d'andare a cena una sosta al già citato Cyrano di Elia e Gianmario, la libreria vineria di via Vittorio Emanuele II, proprio davanti ai giardini, fatevela con gusto. Lo spazio raccolto, ma con i tavoli in strada per chi preferisce il rumore della vita, rende il dialogo coi competentissimi librai assai intimo e rilassante, mentre al resto ci pensano i vini selezionati (non il solito Cannonau, che pure non manca), spesso di nicchia o frutto di sperimentazioni, accompagnati da generosi piatti di formaggi e salumi sardi di grande qualità. Per i veri golosi, poi, dei meravigliosi muffin all'albicocca e all'amaretto. Niente di industriale insomma: persino le deliziose bevande alla cola sono assolutamente artigianali. Connessione wi-fi gratuita: per non farci mancare niente.

Come chiudere una giornata così, perfetta in se stessa? Per quanto mi riguarda in un solo modo: cenando al centro, a Lo Romanì (il rosmarino, in catalano) di Gigi Sau e sua cognata Vittoria, in via Principe Umberto 29, che considero un po' casa mia. Ci vado spesso col mio caro amico Sergio Sotgiu, filosofo e saggista, algherese di origine più che controllata, con un passato di raffinato elzevirista, e, quando sono da me ad Alghero, anche coi miei genitori, i quali per Gigi e Vittoria, campioni di gentilezza e cordialità, ma anche precisi competenti e pazienti se interrogati su cibi e vini, hanno una predilezione particolare. Ma può capitare anche una serata speciale, come quando sono venuti a trovarmi Benedetta Centovalli, critico letterario ed editore di lungo corso, e suo marito Carlo, il Bagnoli, e, entrando non annunciati in quel locale così intimo e accogliente, grottificato al naturale, abbiamo trovato Gigi, che intratteneva i clienti di fine serata, interprete di rara grazia, con alcune canzoni di Paolo Conte. Gigi è barbaricino di Tonara (dove mangiare, se non qui, i famosi ravioli che portano il nome del paese, ripieni di patate e mentuccia di montagna, deliziosamente conditi con pomodoro e basilico?), ma resta, della barbaricinità da protocollo folclorico, dico quella celebrata dai romanzieri isolani mediocri e di poca immaginazione, la più drastica confutazione, a conferma che non c'è niente di meno comune, nella vita vera, dei luoghi comuni: effervescente, loquace, spiritosissimo e teatrale, lontano da ogni araldica dell'onore e dell'omertà. E quando gli va, o ve n'è necessità, persino cuoco di primissimo livello. Vittoria, ironica e lunare, deliziosamente provocatoria, gli va dietro, o davanti, come di contrappunto: per un giuoco di squadra perfetto, coadiuvato dalle "sperte" cameriere, Ilaria e Sara, e dalle soavi figlie di Gigi, Carla e Marta, che – ho scoperto poi – è studentessa del nostro dipartimento. Le cameriere: che ho sentito motteggiare divertite con una coppia di anziani tedeschi, di quelli che hanno il Super-Io al posto del volto, e che, come sembra i teutonici facciano spesso, avevano immerso con le posate bisunte, a fine antipasto, i candidi tovaglioli nel sugo dell'agliata. Benedetta è in gran forma stasera e molto rilassata: non se ne sta acquattata in se stessa, come quando c'è troppa gente intorno, al modo d'una gatta pronta a uncinare la preda di turno. La sua grande intelligenza graffia sempre all'uopo, anche se con affetto e con arresa sensuosità, non bisogna fidarsene troppo, ma non c'è ombra in lei di malumore: sembra una di quelle ore dolci e magiche, sospese in chissà quale sideralità degli affetti cari, in cui, bellissimi e giovani ancora, andavamo a trovare nella sua casa fiorentina il nostro amico e maestro indimenticato e indimenticabile: Luigi Baldacci. Carlo non lo vedevo da qualche anno, ma è sempre come lo ricordavo: si muove con sicurezza e classe, coordina con garbo le ordinazioni e orienta autorevole le scelte, non sbaglia una battuta (che, per un ingegnere, tra letterati incalliti e talvolta malevoli come noi, è cosa ardua), ed è così rassicurante e amabile, che lo chiederei subito per marito, se mi dimenticassi almeno per un istante del fatto che è già sposato con la mia Benedetta carissima e che, per di più, io sono un eterosessuale, estremista e impenitente. E poi c'è Sergio, l'amico che tutti vorrebbero avere, quello che sa rendere facile e felice ogni serata: squisito, soccorrevole, di gentilezza antica e nobile, coltissimo e di conversazione irresistibile. Non c'è una volta che io non abbia imparato qualcosa.

Stasera l'allegrissimo Gigi non ci vuole sentire da nessun orecchio e ci impone le bavette al granchione, perché, dice, col sugo di pomodoro è assai più buono dell'aragosta. Artusizzatelo subito, secondo i riti della grande Loggia degli enogastroaristocratici, il nostro anfitrione: che fa seguire agli spaghetti un cappone in umido, pesce che ho sempre detestato, che, è proprio il caso di dirlo, fa accapponare la lingua e ogni papilla gustativa. Il tutto annaffiato da Argiolas Costamolino. Benedetta e Carlo, milanesi d'elezione e fiorentini d'origine, sono estasiati. Sicché sono costretto, per non fare andare Gigi e Vittoria in conflitto di interessi, a illustrare il menu, che cambia ogni giorno: dato che Gigi, che fa la spesa di persona tutte le sante mattine, attentissimo com'è alla qualità della materia prima e alla sua assoluta freschezza, il pesce non te lo fa mangiare nemmeno sotto tortura, se la sera prima i pescherecci sono rimasti in porto a causa del mare cattivo. Comincio, allora, coadiuvato da un competentissimo Sergio, con gli antipasti, a partire dal tagliere di prosciutti e formaggi di assoluta genuinità: per poi continuare con agliata all'algherese, un assaggio di fritturina di paranza o, magari, di calamari in umido. Se no guazzetto di cozze e vongole: che ha letteralmente annullato i ricordi civitavecchiesi d'infanzia di mio padre, che della cozza femmina, così la chiama lui, è golosissimo. Quanto ai primi, se ci si vuole immergere nella tradizione, si ordini subito il pane *frattau*, singolarissima zuppa di pane, appunto. O concentrarsi sul *pitzudu*, l'incredibile raviolone di Ovodda, da non confondere, per l'aspetto, con la *seada*, che si può friggere come antipasto, ma che al Romanì preferiscono servire con pomodoro e basilico: un chilogrammo di farina tipo granito, due uova intere, sale, acqua tiepida quasi bollente, settecento grammi di formaggio pecorino freschissimo (assolutamente non stagionato, meglio se di giornata), trecento grammi di patate. E poi, via mare: i tagliolini (o bavette), in bianco, con gli scampetti freschi o le portentose linguine al cartoccio. Ma, soprattutto, i campanellini con spada, pesto di rucola, pachino e bottarga. Memorabili, tra i piatti di terra, gli gnocchi al forno con carciofi e fiore sardo. Per i secondi: salsiccia con cavolfiori, agnello con le olive o, meglio ancora, coi carciofi e uno stufato di pecora – io che non mangiavo pecora – che non si può dimenticare, proprio per la sua – *incredibile dictu* – leggerezza e digeribilità. Il *porceddu*, poi, è da strabiliare per come si scioglie in bocca, se è vero che qui, a gustare il maialino, arrivano apposta dal Continente. Sui piatti di mare basti quello che ho già detto: ma una bella orata selvatica algherese alla griglia, con un filo d'olio, se Gigi e Vittoria ve la danno per disponibile, io almeno una volta l'assaggerei. Aggiungo solo che i prelibati dolci li fa Vittoria. Che so? Mousse al limone con frutta fresca di stagione, semifreddo al torroncino, *menjar blanc*. E poi liquore al corbezzolo. Lasciamo Gigi e Vittoria in preda a una leggera ebbrezza. Se fosse giugno porterei i miei amici al mercatino sul Lungomare Dante dove la mia allieva Silvietta Rattu vende i bellissimi monili etnici da lei lavorati con delicatezza su una materia che importa personalmente dalla Thailandia e comprerei qualcosa per mia figlia Nicoletta. Ma non è giugno: lo stellatissimo e tiepido giugno di Alghero e del sorriso contagioso di Silvietta.

Dolcezze di fiume e miraggi di mare: da Bosa a Stintino

Chissà perché, per taluni scrittori sardi, e tra i più grandi, Bosa, cittadina di fiume quieta e molle, quando viene evocata sulla pagina, si porta sempre dietro come un presentimento, se non un'idea, di morte. Penso, intanto, a *Paese d'ombre* (1972) di Giuseppe Dessì che per altro è ambientato a Villacidro (col nome di Norbio) nel sud della Sardegna. Si sta parlando di Valentina Manno, la prima e amatissima moglie di Angelo Uras, il virtuoso protagonista del romanzo. La stessa che, giovanissima madre, morirà di parto nel dare al mondo la loro figlia. Ecco: «Aveva visto pochi morti: a Bosa, sua madre e un giovane annegato nel fiume; a Norbio, solo persone estranee». E ancora: «L'orto era fiorito, la campagna in rigoglio, il grano aveva accestito dappertutto e cresceva vigoroso. Ma una strana paura che ritrovava solo nei più lontani ricordi dell'infanzia, nella casa di Bosa, dopo la morte di sua madre, ossessionava Valentina: aveva paura della notte, del buio». E infine: «Quella notte Valentina sognò Bosa. Dalla foce del fiume che scendeva al mare serpeggiando per la campagna ricca di frutteti e di vigne, vedeva il profilo bruno e diruto del Castello Malaspina; ricordava di essere stata felice, giù nei frutteti, o scendendo il fiume in barca, tanti e tanti anni prima; ma la felicità era un ricordo lontano, sbiadito dal tempo: Angelo non c'era, morto soldato come l'antico fidanzato di comare Verdiana. Nel sogno era un pugno di terra che lei stringeva inutilmente e che le sfuggiva di tra le dita come la rena della spiaggia». Senza dire di Salvatore Mannuzzu che, a Bosa marina, nel romanzo *Le fate dell'inverno*, nel bagno della casa estiva, fa suicidare la moglie di Franz, il personaggio principale che incontriamo già vedovo e non più presidente del tribunale di Sassari. È altrettanto vero, però, che in *Paese d'ombre* Bosa riaffiora, qua e là, anche per quel che di dolcezza – dico dolcezza del vivere –, che ancora oggi gli amanti del vino non possono non riconoscergli: come dicono, per esempio, quelle «bottiglie di vecchia Malvasia» che il signor Manno custodisce in cantina gelosamente e che immancabilmente compaiono su un tavolo imbandito per la festa, magari di fidanzamento, accanto alle mandorle abbrustolite, i mandarini, le arance vaniglia «appena colte dal frutteto». Mi chiedo se si tratti della stessa Malvasia «luminosa», con una gradazione oscillante tra 16 e 18, che Mario Soldati degustò, solo tre anni dopo, nella cantina di Salvatore De Riu Mocci, detto il Ciecone, consigliatogli addirittura dallo stesso Veronelli. Scrive Soldati: «La Malvasia di Bosa appartiene agli Sherries naturali di Sardegna, come la Vernaccia. Ma è di una classe superiore». E poi: «La Malvasia di Bosa prodotta dal Ciecone è finissima, leggera, setosa, profumata e saporosa di rosa e di ginepro. Soprattutto completamente secca».

A Bosa, sollecitato proprio da queste suggestioni letterarie, ci sono stato per la prima volta coi miei genitori:

in una di quelle riposatissime gite primaverili. E mi è piaciuta molto, se non per un aspetto che non è per niente diffuso tra i sardi che lavorano nel commercio o nella ristorazione, i quali, in genere, sono molto onesti e precisi: una certa disposizione, di bar e caffè – quelli dell'elegante centro, dico – a scorticare il turista che osa sedersi al tavolo, magari sotto la verandina d'una bella giornata di primo sole, con prezzi – per una coppetta di gelato, per un aperitivo – che nemmeno a piazza Navona o sul Canal Grande oserebbero estorcerti. Ma lasciamo stare, che la splendida cittadina meriterebbe ben altro: «città reale» nella seconda metà del Trecento (coi suoi cittadini delegati, per concessione degli Spagnoli, allo Statamento regio del Parlamento), mentre nella seconda metà del secolo successivo ottiene persino l'onore di battere moneta. Città reale, con le sue case insolitamente alte, anche per la naturale eleganza: differente, come Castelsardo se si vuole, ma per diversi e forse opposti motivi, da tutti gli altri paesi della Sardegna, chiusa com'è in una deliziosa e placida conca, alla destra del dolcissimo, ozioso, fiume Temo, e così tentata di rinserrarsi ancor più in se stessa, quasi in sfida al mare, che, nel 1528, preoccupati per un possibile sbarco dei Francesi, i suoi cittadini ne ostruirono la foce, provocando, per altro, oltraggiose inondazioni e una recrudescenza della malaria. Già, il Temo, probabilmente l'unico fiume navigabile in Sardegna: con quelle case subito fuori porta, allineate e gentili che vi si affacciano, coi loro vialetti, se non sentieri appena tracciati, che digradano sino al moletto con la barca immancabilmente attraccata, con quei giardinetti dove, più e prima della bicicletta, trovi, già predisposta all'uopo, un'agilissima e spavalda canoa. Cosa che non sorprende davvero: il Temo è risalibile in barca per almeno sei chilometri (che diventano sette in gommone), per quanto, con le onde che frangono di traverso talvolta assai minacciose, non sia per niente facile entrarvi. Epperò, come ci riesci ecco lo spettacolo della cittadina: più bella ancora se ammirata dal fiume, con le sue famosissime concerie di pelle ormai dismesse (*sas Conzas*: ora monumenti di archeologia industriale sotto tutela dal 1989), adesso che una diga ha per sempre unito l'Isola Rossa alla terraferma. E quindi la bella vista ordinata delle palme sul lungofiume, i ponti, mentre ci si lascia alle spalle la città per spingersi nel molle e selvatico entroterra, tra i canneti, irrorati da quelle acque dolcissime. Se, poi, con la barca si torna indietro, risospingendosi in mare aperto, magari sino a Capo Marrargiu, non è impossibile imbattersi nel volo maestoso d'un uccello ormai in estinzione, il grifone maestro, con la sua impressionante apertura alare, che arriva sino ai tre metri. Ma, tornando in città, non bisognerà farsi mancare una visita al Castello dei Malaspina, col suo complesso scenografico di torri e cinta muraria, e con al suo interno la chiesa di Nostra Signora de sos Regnos Altos, dove, nel 1972, è stato rinvenuto l'imprescindibile ciclo affrescato attribuito alla scuola del cosiddetto Maestro di Soriguerola. Il Castello dei Malaspina, dicevo: che, con arroganza feduataria, ancora sovrasta la città libera che, talvolta, gli si oppose a disfida, con la sua elegantissima arteria, corso Vittorio Emanuele II, parallela al lungofiume, col suo acciottolato in basalto, le case sette-ottocentesche che vi s'impennano coi loro deliziosi balconcini, mentre qualche portale si apre alle vie affluenti. A un certo punto, oltre la chiesa del Rosario, il corso s'allarga su un lato in piazza Costituzione, ove s'affaccia il Palazzo di Don Carlos, risalente al Settecento, mentre centralmente s'accampa il Fontanone, terminato nel 1882, per glorificare la costruzione del primo acquedotto cittadino nutrito dalle acque di Scano sul Montiferro: argentine e fresche come il sorriso della mia allieva Giulia Del Rio, che lì vive. Prima di abbandonare Bosa, tutti mi dicono che bisognerebbe fare una veloce escursione all'ex cattedrale, la molto antica e stratificata chiesa di San Pietro, fondata nella seconda metà dell'XI secolo, meno di due chilometri lungo la strada che dal ponte sul Temo risale verso le scaturigini del fiume.

Per andare a Stintino da Bosa, la strada più lunga, ma più confortevole e più veloce, sarebbe quella che ci conduce a Macomer, dove poi prendere la statale 131 dritti per Porto Torres. Consiglio invece la vertiginosa provinciale a picco sul mare che porta a Alghero, con momenti di stordimento panoramico che non si possono dimenticare, per imboccare quindi la strada dei due mari che arriva a Porto Torres, già in direzione di Stintino: da lì non si sbaglia, il percorso resta sempre quello. Stintino (dal sassarese *isthintinus*, intestino, per via della forma delle due insenature, oggi adibite a porti, che lo delimitano), insomma: un borgo a struttura elementare (case uniformi anche nel colore pastellato, massimo due piani, disposte regolarmente attorno alla chiesa matrice dell'Immacolata Concezione) che, d'inverno, supera di pochissime centinaia il migliaio di abitanti. Vedremo più avanti come il paese nascerà dall'arrivo, nel 1885, di un certo numero di famiglie di pescatori e allevatori migrate dalla vicinissima Asinara: sino a quel momento, tutti gli insediamenti dipendevano dalla produttivissima tonnara (nei pressi del porto turistico, se ne può, oggi, visitare il museo), la cui attività è cessata negli anni Settanta, con la conseguenza che tutti i locali dell'importante struttura – da quelli per la lavorazione ai depositi, sino alle abitazioni di chi vi lavorava – sono stati riconvertiti in villaggio turistico. Ma l'economia di Stintino cambia davvero nella seconda metà del Novecento quando comincia il turismo di massa e le bellissime spiagge circonvicine – le tropicali La Pelosa e La Pelosetta, le più selvagge Saline – vengono prese d'assalto da folle di bagnanti, democratizzando, per così dire, un'abitudine che era stata propria soltanto delle grandi famiglie alto borghesi sassaresi: gli Azzena, i Berlinguer, i Satta Branca, i Segni. Sono nati così, accanto agli alberghi, anche i villaggi turistici a prezzi del tutto abbordabili e un'edilizia di massa, secondo un'idea, che ha il suo eroe nell'ingegner Canessa, e che, negli anni Settanta, prevedeva, quanto alle lottizzazioni, un investimento diffuso, con quote di proprietà assolutamente popolari, con affitto pregarantito tutto l'anno, che però s'accontentasse, anche a vantaggio degli eventuali affittuari, d'una mercede non esosa. Diciamo però la verità: se si vuole fare un bagno a Stintino con un certo agio, e senza correre il rischio d'una calca insostenibile, rumorosa, se non facinorosa, bisognerà raggiungere le sue spiagge i primi di giugno, non oltre, o dopo il 20 settembre: per il resto dell'estate, se si vuole, si potrà avere la prova di come inferno e paradiso possano diventare le due facce d'una stessa medaglia. La massificazione del turismo, insomma, ha prodotto a Stintino una situazione paradossale, che, alla fine, coincide con una specie di esproprio che la democrazia ha fatto a se stessa: se prima, a godere di quel mare, era un manipolo di pochi privilegiati, nell'odierno assalto di massa nessuno può più davvero farlo fino in fondo, né può lontanamente immaginare quanto dovesse essere dolce la vita lì un agosto di sessant'anni fa. È così che, ad ogni modo, Stintino, per le sue acque incredibilmente cristalline sino alla fantasmagoria, è diventata una vera leggenda popolare: e come ricapitolativa della straordinaria bellezza marina di tutta l'isola. Il mare più bello del mondo: così ebbe a dire mia figlia Nicoletta, di nemmeno quattro anni, quando si trovò di fronte l'acqua chiarissima e calda della Pelosetta, mentre s'allontanava dalla riva, senza paura, col passo caracollante degli infanti, in quella specie di piscina naturale, che sembrava creata apposta, chissà da quale Dio, per l'incauta felicità dei bambini. Già: la felicità. Si dice, in nome di non so quale dottrina, che i primi dieci anni di vita siano quelli decisivi, in cui la personalità d'un essere umano si forma completamente e il suo destino di gioia o dolore si finisce di scrivere. La bambina di Stintino che lancia la palla in aria e ride di cuore, con gli occhi scintillanti, agli spruzzi d'acqua, mentre va incontro alla giornata di sole, aveva tutto per crescere felice: e così è stato almeno fino ai suoi undici, dodici anni. Che l'amore la preservi integra e serena per sempre, soprattutto quando non ci sarò più: ma ho l'impressione che la vita, quella felicità, l'abbia già spezzata.

Una filologia del dolore: cose d'Asinara

In antichità Herculis insula, isola di un'isola, la quinta d'Italia per dimensioni, se si escludono Sicilia e Sardegna, ormeggiata a nord-ovest come uno smisurato cargo, però di natura, chissà da quanto tempo abbandonato, l'Asinara è stata, da sempre, un raggrumarsi di suggestioni, sogni e leggende, ma, di fatto, per più d'un secolo, l'ultimo e terribile, ha rappresentato invece l'inveramento d'un incubo, ancora concreto e palpabile. Com'è potuto accadere tutto ciò a un paradiso d'acque cristalline, d'aspri picchi rocciosi e dolcissime calette, in perfetto equilibrio ecologico, sorto dal miracoloso concorso di flora e fauna, tra le più singolari e beate d'Italia? Dicevo di leggende: a cominciare da quella riguardante il Castello forse eretto dai Malaspina nell'XI secolo (ma c'è chi cita i signori di Osilo e Bosa o, addirittura, i genovesi Doria) sul massiccio granitico di Fornelli, che, affacciato sullo stretto, guarda ancora l'isola Piana e Stintino, seppure oggi ridotto a rudere colossale. Ecco: pare che qui, nella prima metà del Cinquecento, trovasse riparo, dopo le sue continue scorribande, nientemeno che il corsaro Barbarossa. Il quale poi, fatto qui prigioniero un pastorello che portava al pascolo il gregge, convertitolo alla religione islamica col nome di

Hassan Agà, lo trasformò nel suo luogotenente più valente. Inutile aggiungere come sia qui sopravvissuto, non so quanto stevensonianamente, un mito da isola del tesoro, chissà da chi e quando ritrovato, e dopo quali cruente peripezie. Epperò, quanto a leggende, si potrebbe risalire anche molto più indietro nei secoli, e cioè al 300 dopo Cristo, quando re Barbaro, preside di Sardegna e di Corsica, prima del processo e della sua decapitazione, mandò sull'isola detta Cornicularia – che molti riconoscono, però, in una dell'Arcipelago della Maddalena – il martire Proto, perché le belve feroci che allora la popolavano lo divorassero, e che invece, per la sua azione miracolosa, si estinsero d'improvviso tutte insieme.

Si tratta di suggestioni e fantasie che, a dire il vero, prendono già corpo nel suo singolarissimo nome. Che, a detta di taluni, deriverebbe dal vocabolo latino *Sinuaria* (poi corrotto, come attestano le non poche carte nautiche, nelle varie *Asenara*, *Axinara*, *Sinarea*, *Zanara* e via dicendo), per la sua forma assai allungata, sinusoidale e frastagliata, considerato che, per una superficie di cinquantadue chilometri quadrati, noi ci ritroviamo un perimetro di circa quarantacinque chilometri, con una larghezza che, nel punto più stretto, resta addirittura al di sotto dei trecento metri. Ma che per altri, sulla scorta d'una notizia ricavabile dal libro di re Ruggero del 1154, deriverebbe dal fatto che gli arabi già la chiamavano «isola madre degli asini». Ecco, gli struggenti, se non strazianti, asinelli bianchi affetti da albinismo, popolazione, se non autoctona, di certo endemica dell'isola, presente com'è solo qui nel numero d'un centinaio di individui cui, ora, s'aggiungono i circa trenta che vivono nel parco di Porto Conte, unica popolazione in Europa – bisogna aggiungere – rinselvatichita, e come tale da conservare e mantenere in una condizione naturale, come solo qui resta possibile, sotto osservazione etologica, a preservare un patrimonio genetico che ha mostrato un'adattabilità non riscontrabile negli esemplari che vivono in cattività e al servizio dell'uomo. Gli asinelli bianchi, ripeto, che non si riuniscono in branco, se non d'estate in gruppi misti (anche fra anziani), vivendo il maschio in solitudine e la femmina col puledro: una testa pesante, quasi abnorme, con un'altezza di meno d'un metro misurata al garrese, e cioè in corrispondenza delle prime vertebre dorsali (una specie di nanismo, insomma); folto mantello, non setoloso ma piuttosto morbido che, da bianco candido, tende in seguito a opacizzarsi; pelle rosata e iride d'un celeste acquoso, che li rende, in un'isola quasi del tutto priva di alberi, fotosensibili, se non addirittura ciechi; arti esili ma robusti, che, visti anche i disturbi della vista, conferiscono loro quell'andatura incerta e quasi sbigottita. Gli asinelli bianchi, insomma, ovvero gli esseri più leopardiani rintracciabili in natura, i quali, allergici al sole, si riproducono esattamente là dove il sole più trionfa e acceca, così consegnandoci una grande e universale verità: che, cioè, la vita ci incenerisce, proprio mentre ci illude e lusinga. Gli asinelli bianchi, infine, probabilmente discendenti, come variante albina poi consolidatasi, dai tradizionali asini sardi, sulla cui origine, aggiungo, s'addensano altre meravigliose storie, che attingono quasi all'epopea: come quella che li vuole importati dall'Egitto alla fine del Settecento per volontà di don Antonio Manca Amat, divenuto nel frattempo duca dell'Asinara grazie a Amedeo

III di Savoia in virtù d'un esborso di quarantatremila e settecentocinquanta lire piemontesi, che comprendeva però anche l'isola Piana, come scrive Antonio Areddu nel suo libro sul *Marchesato di Mores* del 2011. Senza dire dell'altra che, sempre nello stesso torno di anni, tramanda del naufragio d'un vascello dagli stessi lidi africani con un carico di asinelli albini, che, finiti in mare, riuscirono nuotando a guadagnare la riva. Quanto all'Egitto, però, pare che un'importazione effettivamente ci fu, poco interessa se a integrazione o meno d'una popolazione già presente: stando almeno a quel che scrive lo stesso Areddu, che s'appoggia a documenti.

Suggestioni e leggende: epperò, ancora oggi, quando si arriva in battello all'Asinara da Porto Torres o da Stintino, per una di quelle gite così bene organizzate da molte agenzie dei due paesi costieri (con tanto d'escursione in Jeep e bagno in caletta tropicale o, se si preferisce, col trenino verde su pneumatici), la prima immagine che s'accampa, sotto il cielo d'un azzurro spietato, è ancora quella del carcere speciale di Fornelli. Qui risiedettero gli unici detenuti dell'isola che restavano reclusi, non avendo il permesso di lavorare all'aperto, e, successivamente, i detenuti del 41-bis, sottoposti a regime di carcere duro, fino a che lo stesso carcere non fu dismesso del tutto, quando, il 27 dicembre 1997, viene istituito all'Asinara il Parco Naturale. A visitarlo oggi, tutto sembra rimasto esattamente com'era, proprio un minuto dopo essere stato abbandonato dall'ultimo carcerato, che lasciò l'isola il 28 febbraio 1998: parlatori coi vetri ancora blindati; la cabina telefonica col filo divelto; il cortile per l'ora d'aria collettiva sormontato da grate metalliche che ingabbiano anche il cielo; le celle con le porte col doppio spioncino, d'un turchese insolente, ancora spalancate o socchiuse; le finestre a bocca di lupo; gli armadietti fissati ai muri; il lavandino spartano e una latrina alla turca nello spazio d'uno sgabuzzino a vista, con magari urine e feci affidateci dall'ultimo turista che, chissà, voleva mantener vivo lo spirito dei tempi. Di fuori, sulla piana desolata dove pascolano asini e cavalli, qualche vacca, magari qualche rudere o una macchina agricola arrugginita dimenticata tra gli sterpi. Mia figlia Nicoletta, che ha voluto visitarla da sola con la baldanza sfacciata dell'infanzia, dopo essersi persa in uno dei bracci del carcere, è ritornata alla luce degli spazi aperti, in lacrime e disperata. Del resto la storia dell'edificio carcerario di Fornelli, da quando diventa sezione speciale della colonia penale dell'Asinara, fa paura, solo a ricapitolarla per veloci e sommi capi. Ci provo: è il 25 giugno 1971 quando sbarcano nell'isola quindici presunti mafiosi, tra i quali c'è anche Gaetano Badalamenti e Mario Brusca. A settembre se ne aggiungono altri diciotto: spiccano i nomi di Giuseppe Brusca e Gaetano Riina. Gli anni Settanta conoscono una progressiva intensificazione di violenze e ribellioni, in concomitanza con l'aumento della popolazione "politica": ecco, allora, che l'Asinara diventa il luogo ideale, per il suo carattere di isola senza possibilità di fuga, ove raccogliere tutti i riottosi a qualsiasi disciplina penitenziaria, guadagnandosi la fama di nuova e terribile Alcatraz, che pure ebbe le sue ventinove evasioni, se non di «Cayenna del Mediterraneo».

Arrivano così, oltre che un membro della famosa banda Cavallero, Sante Notarnicola, anche Alberto Franceschini, Roberto Ognibene, Giuliano Naria. Quindi, il 13 maggio 1977, il leader storico e fondatore delle Br, Renato Curcio, che aveva già nel suo curriculum una fuga dal carcere di Casale Monferrato. I "politici" vengono tutti alloggiati nel cosiddetto Bunker, un complesso di nudi dadi di cemento armato, presidiati da barriere di filo spinato. Il 24 settembre 1979 viene arrestato Prospero Gallinari: nella sua valigetta viene trovato un brogliaccio con un dettagliato piano d'evasione dall'Asinara per ottanta detenuti, che contempla lo sbarco sull'isola con motoscafi e gommoni, e l'assalto alla struttura di Fornelli con mitra e bombe a mano. È un segnale: il carcere è diventato un obiettivo sensibile. In effetti, la sera del 2 ottobre divampa quella che poi sarà ricordata come «la battaglia dell'Asinara». Lancio di bombe ottenute dalle caffettiere, celle devastate e smantellate: fino a quando, dopo una notte di trattative, la sommossa è repressa con i lacrimogeni e, seppure alcune richieste dei rivoltosi siano accolte, col trasferimento di alcuni di loro. È paradossale che proprio in questo contesto storico, e precisamente il 12 marzo 1976, viene emanato il decreto che vincola paesaggisticamente l'isola, in virtù delle sue notevoli bellezze naturali. Epperò, seppure il braccio speciale di Fornelli, dopo il rapimento da parte delle Br del giudice D'Urso, sarà chiuso (se ci si pensa bene, proprio come da richiesta dei terroristi per la sua liberazione), altri eroi continueranno a fare la storia carceraria dell'isola: a cominciare dal capo della camorra Raffaele Cutolo, che transita a Fornelli, in un edificio ormai deserto, ma che qui si sposò.

Per non dire del ventottenne Matteo Boe, detenuto per sequestro di persona, il quale, il 1° settembre 1986, portò a compimento con un gommone, fornitogli da una donna innamorata, la prima e ultima evasione dall'Asinara. Fino ad arrivare al Natale 1993, quando Totò Riina mise piede a Cala d'Oliva, nord-est dell'isola, dove l'aspettava il fortino blindato solo per lui, chiamato presto «la discoteca», ché tale appariva a chi la contemplava dalla terraferma, per via delle luci esageratamente luminose, sempre accese giorno e notte: venti metri quadri senza mai vedere il cielo, un angolo bagno e un angolo cucina, telecamere in azione ventiquattro ore su ventiquattro, trenta guardie carcerarie rigorosamente sarde, perché comunicassero tra loro, senza essere comprese, esclusivamente in dialetto, con l'obbligo di annotare su un registro qualsiasi movimento del prigioniero. Unico svago: la vita di sant'Alfonso de' Liguori, la biografia di sant'Antonio da Padova e santa Rita da Cascia poggiate sul comodino. Lo raggiungerà non molto dopo, ma isolato nel Bunker di Fornelli, il cognato Leoluca Bagarella. Non si può non pensare al fatto che, proprio a Cala d'Oliva, nella foresteria del carcere, Falcone e Borsellino, nell'estate del 1985, giunti sull'isola con le rispettive famiglie, istruirono il Maxiprocesso e scrissero la celebre ordinanza di rinvio a giudizio, costretti a pagarsi le spese di soggiorno e, persino, di consumo delle bevande. Non mi dispiace avere scoperto che, dal 1992, anno della loro morte, i detenuti del 41-bis, che arrivavano a Fornelli, si trovavano davanti, appesa al muro nella stanza dell'ufficio matricola, la famosa foto dei due magistrati insieme e sorridenti.

Ma la storia penitenziaria dell'Asinara non comincia certo col supercarcere di Fornelli. Il suo inizio, se vogliamo, ha qualcosa da manuale foucaultiano, nella collaborazione e contaminazione di diverse istituzioni rivolte, diciamo così, all'isolamento e alla segregazione, nel senso del sorvegliare, punire e medicalizzare. Andiamo con ordine. E partiamo dall'archivio diocesano di Sassari, ove si trova un rilevante documento del 1703, relativo alla visita pastorale che, l'11 maggio, l'arcivescovo Giuseppe Sicardo fece sull'isola e che presenta notizie assai interessanti sullo «stato delle anime». Oltre al fatto che cresimò quindici persone, apprendiamo, sulla scorta della testimonianza di due servi pastori – uno di Sassari e l'altro di Bitti, ma trasferitisi lì da molti anni –, che sull'isola vivono continuativamente più di sessanta persone, nonché, per almeno otto nove mesi all'anno, genovesi e napoletani (che, per molti decenni, si contenderanno il monopolio della pesca in quelle acque), seppure non esistano né chiesa, né cimitero, figuriamoci un parroco, e i morti vengano sepolti sulla riva del mare. La situazione demografica muta di poco, se non di pochissimo, sino a quando, nel 1885, la popolazione, ora composta di circa quattrocento persone dislocate nei tre minuscoli centri di Cala d'Oliva, Cala Reale e Fornelli, dopo essere stata espropriata dallo Stato di ogni possedimento, viene espulsa. Quarantacinque di queste famiglie, sino ad allora residenti all'Asinara, che si erano riunite nella cosiddetta «Comunione», ebbero ciascuna un lotto di terreno sull'antistante costa, non lontano dalla tonnara, in un tratto isolato da due profonde insenature di facile approdo per piccole imbarcazioni: viene così fondata Stintino. Perché tutto questo? Per il fatto che, il 16 giugno dello stesso anno, Agostino Depretis, presidente del Consiglio e anche ministro dell'Interno, presenta un progetto di legge secondo cui l'isola diventa la sede d'una stazione internazionale di quarantena marittima per pazienti affetti da malattie contagiose (a Cala Reale), un lazzaretto insomma, di proprietà del ministero della Marina (in seguito, poi, della Sanità), ma anche, nel contempo, una colonia penale agricola (a Cala d'Oliva, con una «diramazione» a Fornelli), del ministero dell'Interno, nella convinzione governativa che non si dovesse lasciare incolta, a causa della costruzione del lazzaretto e dell'espulsione della popolazione civile, una vasta superficie dell'isola. Relatore l'onorevole Salaris: entusiasta come il resto della deputazione sarda, composta da Pasquale Umana e Francesco Cocco-Ortu, con l'eccezione del deputato del collegio sassarese, Francesco Pais Serra, le cui proteste, però, resteranno ignorate. Si diceva di Cala Reale, il cui nome deriva dal fatto che essa fungeva da approdo e da punto d'accoglienza dei Savoia: aggiungerò che, con l'istituzione del lazzaretto, gli edifici esistenti restano quello che sono, ma mutati drasticamente di funzione, mentre altri ne vengono aggiunti. Ecco, allora, la residenza della famiglia reale a due piani, oggi trasformata a scopo residenziale, che ancora ci stupisce arrivando dal mare, e che diventa subito la sede dell'amministrazione sanitaria, della foresteria, dell'alloggio del medico, degli uffici, ma anche dei magazzini: in asse col molo, si eleva sullo sfondo secondo una prospettiva centrale generata dall'elegante scalinata balaustrata e poi dal vasto cortile. Tutto intorno vari edifici: cucina e sale da pranzo per viaggiatori di prima e seconda classe, cucina e mensa per quelli di terza; lavanderia a vapore, ufficio postale e stabilimento per la disinfestazione; quattro baracche di legno e lamiera, ognuna con quattro letti, per la prima classe; due padiglioni di legno e lamiera, con cinquantasei letti per la seconda classe; un fabbricato con trecento letti per la terza classe; depositi, stalle, cisterne. Quindi: la cosiddetta Casa dei Faristi, un parallelepipedo razionalista con in cima un'altana di vedetta. Più avanti: il vecchio ospedale terminato nel 1889, col porticato di colonnine in ghisa e, all'interno, con i larghi stanzoni per la degenza. Verso il mare, il centro batteriologico: vicino al quale si trovava la farmacia, poi demolita. Più a occidente, quasi a picco sulle acque, il forno crematorio, con sala anatomica e cineraria, d'imbarazzante impostazione neoclassica, col pronao a colonne e il frontone in forma di triangolo. Una volta approdati alla stazione marittima, smistati e sottoposti a disinfestazione i candidati alla quarantena, separati i sani dai sospetti di contagio (meningiti, colera, peste bubbonica, tifo d'ogni tipologia), questi ultimi venivano avviati al percorso di cura, secondo un rigido protocollo, diviso in tre «periodi», che corrispondevano a tre diverse località d'alloggiamento, distanti un chilometro l'una dall'altra, dotate ognuna di più di centocinquanta letti: Campu Perdu, Tumbarino e Fornelli che poi, dismesso il lazzaretto, diventeranno diramazioni del carcere, insieme a Santa Maria, Stretti, Campu Faro, Trabuccato, Case Bianche, Elighe Mannu, Sa Zonca. Tra parentesi: la diramazione di Tumbarino, negli ultimi anni di attività del carcere, ha ospitato i cosiddetti "mangiabambini", cioè i carcerati per pedofilia e altri crimini di natura sessuale. Resta da dire di come viene organizzata, invece, la colonia penale a Cala d'Oliva, che può contare, come base di partenza, sulle case dei vecchi residenti espropriati e poi espulsi: la sede della direzione del carcere, gli alloggi per gli impiegati e le guardie carcerarie con le loro famiglie, la scuola per i loro figli, la chiesa, lo spaccio, il telefono e il telegrafo. Troveranno presto collocazione qui anche gli "sconsegnati", e cioè i detenuti di fiducia, che godevano di un regime di semilibertà e venivano impiegati nelle cucine e nella foresteria.

Nonostante il problema dell'acqua e delle strade (non esistendo nell'isola, fino a quel momento, che sentieri e poche mulattiere), come subito segnalato dagli ispettori inviati da Roma in vista dell'istituzione del lazzaretto, le strutture riescono inizialmente a supportare il flusso degli arrivi: almeno fino al 18 dicembre del 1915, data d'inizio della tragedia più grande della storia dell'isola, quella che vedrà impegnato il personale del lazzaretto, trovatosi del tutto impreparato, sino al 24 luglio dell'anno successivo. Quando, cioè, nella seconda metà del mese, da una decina di piroscafi, sbarcheranno circa ventiquattromila soldati dell'esercito austro-ungarico, insieme a non pochi serbi, ovvero quegli stessi che li avevano fatti prigionieri mentre si ritiravano in Albania, con ulteriori viaggi che si protrarranno sino alla primavera, anche perché, non di rado, le imbarcazioni erano costrette a restare per giorni in rada prima di poter sbarcare i propri viaggiatori. Si tratta di reduci con indosso pochi stracci militari, affamati e allo stremo, alcuni dei quali già ammalati di colera, altri in procinto d'essere falcidiati, oltre che dallo stesso colera, dal tifo, dalla malaria e dalla febbre "spagnola", altri ancora invece, disperati, muoiono per essersi cibati d'una velenosa e coloratissima euforbia che cresce ancora rigogliosa sull'isola, unico pascolo risparmiato dalle previdenti e intelligentissime capre che, oggi, l'hanno quasi del tutto spogliata di erbe e arbusti. Una situazione davvero drammatica, se si pensa che, nel momento di massima recrudescenza dell'epidemia, si perdeva la vita tra l'indifferenza dei compagni, che, ormai rassegnati, dormivano nelle tende accanto ai cadaveri o li nascondevano, per impossessarsi di viveri e vestiti, prima di abbandonarli nudi nei campi. Il numero finale delle vittime pare ammontasse a quasi seimila. Di quei mesi restano all'Asinara ancora visibili e commoventi tracce, a cominciare dai ruderi dei campi di Tamburino e di Stretti, dove fu eretta una stele ad opera dei prigionieri, per il trattamento umanitario riservato loro, in onore del comandante del campo di concentramento, il generale Giuseppe Carmine Ferrari, che di quegli eventi ci ha per altro lasciato un drammatico diario. Ma bisognerà almeno ricordare la deliziosa cappella austro-ungarica a Cala Reale, edificata sempre dai prigionieri, e l'impressionante Ossario di Campu Perdu, che s'affaccia su un mare incantevole, con i teschi di quei caduti a vista sotto vetro, ai quali i militi della Brigata Sassari ogni anno rendono omaggio. Senza dire del bel monumento celebrativo intitolato *Il lungo viaggio*, scolpito dall'ungherese Georg Vermess, testimonianza delle sofferenze patite sotto il giogo serbo e, insieme, un inno alla speranza e alla solidarietà umana, sperimentata proprio sull'isola, che recava, significativamente, questa epigrafe: I PRIGIONIERI DI GUERRA AUSTRIACI BENEAUGURANTI PER LA FRATELLANZA DEI

POPOLI IN MEMORIA. Ricorderò solo un'altra deportazione, quella conseguente alla campagna d'Etiopia, tra il 1937 e il 1939, quando molte centinaia di africani saranno qui confinati. Tra di loro una ospite illustre: Weizer Romane Work, la principessa del "Melograno d'oro", e cioè la figlia del negus Hailé Selassié, che morirà poi a Torino di tubercolosi, ma che all'Asinara perse il figlioletto, colpito da una gravissima infezione.

Che cosa resta, oggi, dell'isola che, ancora nel Festival di Sanremo del 1999, Daniele Silvestri poteva immortalare nella canzone *Aria*? Quella che iniziava così: «Alle otto e un quarto di un mercoledì d'agosto/ sto finalmente abbandonando questo posto/ dopo trent'anni carcerato all'Asinara/ che vuoi che siano poche ore in una bara». Quella, per intenderci, che, come s'è detto, è diventata Parco Naturale e Area Marina Protetta? L'isola che ritorna a coincidere col perimetro delle sue coste, là dove, quando entri in acqua – non importa se nel "mare di dentro", a est, quello del golfo, o se nel "mare di fuori", a ovest, aperto e furioso di correnti –, i pesci (le corvine, le occhiate, il dentice, le orate e le spigole, il sarago fasciato o pizzuto) vengono a spiarti mentre fai il bagno e, se sei sensuale, pigramente ti sfiorano, mentre le aragoste, la cicala di mare, l'astice e la granceola se ne stanno lì da secoli sommersi. L'isola che ti accoglie, appena sbarcato sul pontile di Fornelli, con il centro di recupero delle tartarughe marine, che, soccorse in difficoltà o ferite, vengono qui curate e guarite, e poi rimesse in libertà. L'isola che, nella casa di Cala d'Oliva appartenuta al direttore del carcere e che oggi funge da foresteria, ha ospitato, e forse ancora ospita, quattro ricercatori di Hannover che hanno scelto questo posto, tra tutti i luoghi di terra e di mare del Mediterraneo, per portare a termine le loro ricerche sulla biodiversità. L'isola che può incantarti con la sua flora, che sopravvive su una terra riarsa e aspra, come la *Centaurea horrida*, dai numerosi aghi acuminati. Per saperlo davvero, ci si può fare una bella chiacchierata con un uomo amabile e assai disponibile, cordialissimo, cautamente mondano, nonostante i tanti giorni di silenzio assoluto trascorsi sull'isola, diciamo così, in cattività e totale solitudine, soprattutto durante i lunghi soggiorni invernali. Me lo presentò, portandolo a Tarquinia per il Premio Cardarelli, la mia fidanzata storica, Paola Marinozzi. Sto parlando di Gianmaria Deriu, ispettore superiore in pensione che ha lavorato per tanti anni al supercarcere, noto ormai come «il giapponese dell'Asinara», l'ultimo rimasto dell'amministrazione penitenziaria, per altro senza nessuna intenzione d'andarsene. Uno che, per prendersi un caffè, quando la stagione è finita e tutti gli operatori hanno abbandonato l'isola, non esita a salire sul motoscafo per raggiungere il primo bar sulla terraferma. Non ho ben capito a quali patti, e con quali mansioni, si trattenga qui. Di certo, Gianmaria è, per larga parte dell'anno, l'unico che rimane a dormire sull'isola in letargo, dopo che i due carabinieri in servizio, le guardie forestali e qualche operaio al lavoro per il Parco hanno preso l'ultimo battello per tornarsene a Porto Torres. Chissà com'è l'isola al tramonto o di notte, quando i soli padroni ne diventano le volpi, i cinghiali, i daini sardi, i mufloni. Gianmaria lo sa bene: e non può farne più a meno. Ma anche io ho avuto la fortuna di fare questa esperienza, quando sono stato invitato per qualche giorno al Festival dell'Asinara, con l'obbligo di restare a dormire nel palazzo di Cala Reale. Il festival incrocia eventi dedicati a libri e film, con ospiti sempre d'eccezione, dentro quel palcoscenico naturale che diventa il cortile del supercarcere di Fornelli. Lo organizza l'amico Sante Maurizi, attore e regista, in collaborazione con la moglie Daniela Cossiga, attrice e cantante: non dico all'Asinara, ma se capitate a Sassari bisogna andare a vederli a teatro, il Ferroviario, che gestiscono dal 1990, con un particolare impegno negli spettacoli per l'infanzia e la gioventù, che li ha portati a risultati davvero notevoli. Se si escludono i ragazzi dell'organizzazione, che risiedevano alla foresteria ostello di Cala d'Oliva, quella sera, a dormire lì, c'erano Sante, Daniela e il loro figlio, io e la mia famiglia, il magistrato e scrittore Gianni Caria con la moglie, infine l'attrice Valeria Solarino e una sua amica. Seduti nelle poltroncine di vimini del bar che ora fa ala al palazzo, s'è bevuto qualche mirto e chiacchierato un po', poi sono andati tutti a letto. Era arrivato il momento dell'antico toscano: ho spostato la poltroncina in fondo al cortile, ora coltivato a pratino inglese e mi son messo di spalle alla scalinata. Gli occhi chiusi, ho lasciato che le mie fantasie bovarystiche avessero il loro sopravvento, il sapore rotondo e grasso del sigaro in bocca. Non so quanto tempo sia passato, ma, quando ho riaperto gli occhi mi sono trovato circondato da quattro asinelli albini, col loro accecante manto che violava il buio, forse risaliti dalle scale. Ho avuto un sussulto, mentre anche loro s'accorgevano improvvisamente della mia presenza: ragli mostruosi si sono sollevati altissimi da quegli animali in fuga, proprio nel momento esatto in cui uno stormo di uccelli in volo – sembravano barbagianni, se non fosse che il barbagianni è un uccello malinconico e solitario –, forse terrorizzati, mi hanno sfiorato i capelli, quasi artigliandoli. In pochi minuti è tornato il silenzio. Nessuna illuminazione artificiale inquinava la notte. Ho sollevato gli occhi alla luna e alle stelle, immobili e trepide. E per la prima volta nella mia vita ho capito quanto smisurata possa essere la generosa bellezza del cielo: mentre l'Asinara, muta e placata, ascoltava il suo cuore.

Senza fiato: da Fertilia a Le Prigionette

Chissà se qualche nostalgico del fascismo, di quelli d'una volta dico, non certo i futuristi senza memoria di Casa Pound, arrivato a Fertilia, la saluti ancora romanamente, celebrando nel segreto del suo cuore quel fascistissimo atto che, negli anni Trenta, condusse all'edificazione del borgo secondo una planimetria rigorosamente geometrica, attorno alla piazza rettangolare ove si solleva la parrocchiale di San Marco, in vista della bonifica forzata della Nurra, da Porto Torres a Alghero, sino ad allora terra ostile, funestata dalla malaria, e perciò percorsa solo da banditi e latitanti in fuga. Fertilia, razionalista e metafisica: che potrebbe fungere da scenario ideale per i manichini di De Chirico, quelli delle celeberrime piazze d'Italia, ché, se poi ti apre qualche sua porta, magari ti stupirebbe per certi suoi interni alla Casorati e alla Donghi. Fertilia la confortevole: con la sua via principale, su cui, da entrambi i lati, s'affacciano comodi porticati e riposanti caffè, spingendosi sino al delizioso porticciolo turistico e al molo che, attrezzato di panchine per il più bell'ozio, s'incunea dentro il mare della baia del corallo. Si tratta, lo devo dire, d'una delle mie mete preferite quando, rimasto miracolosamente a Alghero per lavorare, posso concedermi addirittura una mezz'ora per il caffè: confesso che sull'estremità sospesa di quel molo, se fossi biondo, mi sentirei come Leonardo DiCaprio sul *Titanic*. Fertilia minacciata dalle angosce e le offese della nostra contemporaneità: con l'albergo Bellavista, che sul molo s'affaccia generoso, e che ora è occupato dalle famiglie sfrattate. Con la scritta impressa sul lenzuolo che pende da uno dei balconi sopra il portoncino: DIRITTO, CASA, LAVORO E RISPOSTE. Fertilia, la conviviale: col suo ristorante per tutte le tasche sotto i portici, L'Acquario, dove talvolta mi fermo a mangiare un buon piatto di spaghetti alle vongole veraci col mio direttore di dipartimento, Gavino Mariotti, e la mia allieva Barbara Pasqualetto, che sa tutto di Navarro Della Miraglia, col Veneto nel cognome e la Sardegna più silenziosa e malinconica nel cuore. La carissima Barbarella, ripeto, con la sua eleganza antica e gli elegantissimi chignon, sempre presente, ce ne fosse bisogno: finita qui quando, i due suoi delicati genitori, entrambi insegnanti, hanno deciso di lasciare la via algherese dal nome importante, Benedetto Croce, per trasferirsi in questa pace. Citavo L'Acquario: ma non posso dimenticare l'altro ottimo ristorante, Il Paguro, con le sue tante delizie di pesce, pochissimo distante dal centro, in uno dei vialetti periferici che tagliano e disegnano il borgo. Fertilia cautamente mondana, soprattutto ad agosto, ancora in paradisiaca tranquillità, mentre altrove, e tutt'intorno, regna l'inferno: con la sua movida, lenta e discreta, di aperitivi e birre, di bruschette e piadine. Fertilia mia, con le sue bellissime ville, né sfarzose né pretenziose, d'atavico decoro borghese, sulla scogliera dirimpetto al mare: dove un giorno, se solo ne avessi la disponibilità, vorrei ritirarmi a scrivere e vivere il tempo che mi resta.

Adesso, però, c'è da correre verso Le Prigionette, e cioè al parco di Porto Conte, poco prima di Capo Caccia, quel promontorio a forma di gigante che giace addormentato, finito lì chissà come e sprofondato in un sonno che sembra senza fine. Prima, però, poco dopo Fertilia, una sosta s'impone: al nuraghe Palmavera. Attorno a una torre più antica in calcare, e un corpo in arenaria che le si aggiunge, il turista curioso di quei nostri albori si stupirà del vasto antemurale che li fascia e del suo giuoco di cortili e torri ulteriori. A fianco s'accampa magnificente una grande «capanna delle Riunioni», col sedile che corre lungo la circonferenza, nonché un tipico sgabello di età nuragica. Alle Prigionette, m'aspetta Fernanda Marreu, di Sorso, che lì fa l'operaia forestale. Non l'ho mai incontrata di persona, epperò mi accoglie col più gentile dei sorrisi, con una cordialità discreta: contro ogni luogo comune sulla ritrosia dei sardi, si diventa subito amici. Con una certa civetteria femminile si scusa di farsi trovare in tuta da lavoro: non so se lo sa – ma credo proprio di sì – che quella divisa forestale esalta invece la sua bruna e prepotente sensualità, gli occhi profondi e vivi. Insieme a lei ci sono anche Luca e Maurizio, che hanno fondato un'operosissima cooperativa di servizi turistici, ExplorAlghero, entrambi completamente a mia disposizione, e che, qualche giorno dopo, mi porteranno a visitare la colonia penale di Tramariglio e i Fortini di Punta del Giglio del 1943. La visita, ora, sarà parte a piedi, parte in automobile, che Fernanda, generosissima, mette subito a disposizione. Saliamo in macchina: la strada sterrata che conduce nel cuore del Parco è intitolata a Giovanni Meloni, operaio forestale: morto proprio qui, dove non si può andare con la macchina a più di venti all'ora, in un incredibile incidente d'auto. Non facciamo in tempo a partire che Fernanda mi indica, in direzione della mangiatoia, asinelli albini dell'Asinara e cavallini della Giara. Poco più avanti, in lontananza, un gruppo di daini: a dicembre, finita la stagione degli amori, mi spiega Fernanda, i maschi stanno per conto loro, mentre le femmine accompagnano i cuccioli, che nascono in primavera, generalmente nel numero d'uno per ogni femmina. Sul vetro dei finestrini ticchettano le tante mosche cavalline che vorrebbero entrare, mentre Fernanda mi mostra un blocchetto di miele grezzo, miele millefiori, che produce lei stessa qui nel Parco. Sicché mi viene in mente il mio caro amico Fabio Carapezza Guttuso, che fa colazione solo col miele di corbezzolo, e costringe la meravigliosa Tiziana, che lo vizia, a cercarlo ovunque, senza deroga alcuna. Senza quel miele, niente colazione. Ci inoltriamo a piedi nella macchia mediterranea. Fernanda accarezza le piante una a una, mentre le nomina e descrive amorevolmente. Resto ammirato della sua appassionata competenza botanica: palma nana, lentisco, un campo di cardi e asfodeli, ciuffi di elicriso e di ginepro (coccolone e fenicio), corbezzolo e mirto, euforbia velenosa. Ma, a un certo punto, la flora cambia e si notano i lecci.

Per una strada che gira più volte su se stessa mi porta al carnaio: la piazzola dove i grifoni vengono ad alimentarsi delle carogne, quelle degli animali morti del Parco, che vengono portati qui per garantire in qualche modo il circolo naturale della vita. L'unica coppia della zona, mi dice Fernanda, perché nidificano a Bosa. *Memento mori*: sterpi, ciottoli, ossa appena scarnificate e qualche inquietante bucranio, antico e levigato, come uscisse, così in mezzo ai colori, da una natura morta di Guttuso. Credo che nessun Montale redivivo troverebbe, oggi, posto migliore di questo per certificare al mondo il «male di vivere». Si ritorna giù, per prendere di nuovo la macchina: saliamo lentamente per oltre trecento metri d'altezza – ancora bellissima vegetazione mediterranea – sino alla torretta di avvistamento, funzionante soprattutto l'estate per gli incendi, e all'Osservatorio, che stanno in cima al Monte Timidone, mentre il sole appena declina: un panorama a trecentosessanta gradi, da Mugoni a tutta la baia di Porto Conte, Tramariglio, l'isola di Foradada, Punta Cristallo, le impressionanti falesie. Ma il bello – direi l'incredibile – deve ancora venire, quando mi porta, attraverso sentieri che si spingono verso la baia in avvistamento del mare, a Cala della Barca. Ve lo ricordate *Il viandante sul mare di nebbia* (1817) di Caspar David Friedrich? Dico quel gentiluomo dipinto di spalle mentre, dall'alto d'uno sperone di roccia, contempla l'abisso nebbioso sotto di lui. Una concrezione pittorica del sublime così come Kant e poi i Romantici l'avevano concepito e teorizzato, insistentemente rappresentato. Ecco: di fronte all'isola Piana, dove nidifica il gabbiano corso e la berta (maggiore e minore), a strapiombo sui maestosi flutti schiumanti e ferrosi del mare che intanto gonfiava, ho chiesto a Fernanda, che è anche una bravissima fotografa, di ritrarmi nella stessa posizione.

Abbiamo reinterpretato così quel quadro: d'un ipotetico Friedrich in Sardegna, duecento anni dopo.

Sono di nuovo alle Prigionette. Con Luca, questa volta, c'è Antonello, perché Maurizio resta in sede a lavorare. Saliamo su quella specie di trenino elettrico (soli sette posti, più il guidatore) che ci porterà a Punta Giglio, dove sono i Fortini di difesa contraerea e antinavale del 1943. Qui davanti, nel 1353, la flotta catalana e veneziana sconfisse quella genovese, strappando Alghero ai liguri. C'è qualche chilometro da fare, all'interno del Parco, ma non ci si può arrivare con le automobili ordinarie. Attraversiamo un verdissimo bosco, soprattutto di pini, ma mi colpisce una leccetta che porta all'incantata spiaggia di Bramassa, pochissimo frequentata anche in agosto, e collocata proprio all'ingresso della baia di Porto Conte, coi suoi ciottoli e tavolati rocciosi che si tuffano in un mare limpido, tale da restituirci integro, in tutta la sua bellezza, il fondale frastagliato. Luca e Antonello mi spiegano che il leccio è l'unico albero autoctono, perché tutto il resto è il frutto di un deciso rimboscamento. Completamente nascosto dalla vegetazione, mi dicono, si trova l'inghiottitoio di Dasterru, un profondo pozzo, in cui furono rinvenuti resti dell'uomo neolitico. Mimetizzatissima, là dove ora regnano il fico d'India e l'asparago pungente, appare finalmente la torretta in calcare, collocata in perfetta posizione strategica. Più avanti la caserma, che accoglieva una sessantina di unità tra truppa e ufficiali, sembra schiacciata sulla roccia, in avvistamento del mare, come la casa di Curzio Malaparte a Capri. Antonello ride: «Hanno atteso per tutta la guerra un nemico che non è mai arrivato». Come i tartari di Dino Buzzati: ma qui si stava decisamente meglio. E qualcuno passava il tempo appagando tentazioni artistiche, come l'anonimo che ha inciso il graffito in cui un aereo lancia un siluro in direzione d'un sommergibile. Peccato, ora che è tutto in quasi abbandono, che quei graffiti siano minacciati dalle scritte cosiddette vandaliche: anche se, non solo per correttezza medievistica, mi sento di difendere la civiltà degli antichi Vandali. Scritte, in qualche caso, affette da ipercorrettismo per così dire burocratico. Come questa che conclama un amore, ma nella curiosa anteposizione del cognome: CANEO MARIO E MURA SUSANNA. Quasi beffardo, per come sono andate le cose, campeggia un gigantistico slogan murale fascista: SE PER GLI ALTRI IL MEDITERRANEO È UNA STRADA/ PER NOI ITALIANI È LA VITA. Raggiungiamo un'altra delle tante torrette, questa con cremagliera, che domina l'ingresso della baia e tutta la rada di Alghero. Da qui, con la loro cooperativa, Luca Maurizio e Antonello portano i turisti ad ascoltare, se non c'è luna, il canto della berta maggiore (*Calonectris diomedea*), una specie di lungo miagolio, quando, animale marino e pelagico, viene a deporre sulla terraferma il suo unico uovo, e a covarlo per due mesi. La stagione dell'amore – cantava il romito di Milo alle falde dell'Etna – viene e va. I desideri non invecchiano: quasi mai.

Si va ora a Casa Gioiosa, dove ci raggiunge Maurizio, a visitare la «casa di lavoro all'aperto» di Tramariglio, che è qualcosa di ben diverso da una normale colonia penale. Come dimostra già la distinzione della popolazione carceraria tra "consegnati", quelli scortati da guardie armate, e "sconsegnati", che vivevano in regime di semilibertà (soprattutto pastori). Ogni mattina, infatti, era battezzata dall'inconfondibile cigolio della porta carraia attraverso cui, all'alba, con una buona mezz'ora di cammino, i detenuti raggiungevano il luogo di lavoro, soprattutto la vasta tanca di Cala Lunga, coltivata a cereali e ortaggi, non senza frutteti e vigne. Ma non si trascuri, per tutto l'attuale Parco di Porto Conte, l'attività di bonifica e dissodamento, nonché del taglio delle palme nane, che venivano essiccate e trasportate alla casa di reclusione di Alghero, dove erano poi trasformate in crine vegetale. Per non dire dell'allevamento di bovini, ovicaprini e suini, e della produzione di latte, formaggi e burro. Fondamentale, in quella terra riarsa e malarica, il ruolo dell'acquaiolo che scandiva i ritmi, con la distribuzione dell'acqua, della comunità al lavoro. La colonia di Tramariglio viene progettata nel 1939 dall'ingegnere Arturo Miraglia, funzionario tecnico dell'Ente Ferrarese di Colonizzazione e Bonifica Agraria, e autore del primo progetto per la creazione del borgo di Fertilia. Il quale a queste parole, con entusiasmo quasi utopico, affidava il suo sogno urbanistico e scenografico: «una vasta piazza rettangolare, con termine ad esedra, che si apre con ampie terrazze sul mare, e sui cui lati si allineano gli edifici pubblici principali [...] nel fondo della piazza, a fondale per chi viene dal mare, la chiesa, dominata dall'alto campanile centrale; sui fianchi la Casa del Fascio e l'O.N.D., l'edificio delle Poste e Telegrafi, l'edificio degli Affari generali, l'ambulatorio medico e la farmacia, un edificio a negozi ed abitazioni. Alla piazza adducono un sistema di strade radiali e una bella arteria lungo mare». La struttura, a ferro di cavallo, prevedeva anche le case per gli agenti, le villette per il personale amministrativo, la scuola per i figli, il forno, la mensa e i magazzini, nonché la caserma e le camerate di 50 posti letto circa per i detenuti. Dal 1941 fino al 1961, quando verrà chiusa, vi risiederanno complessivamente circa cinquemila carcerati: circa duecento nella sede centrale, e una ventina per ogni diramazione, quelle delle Prigionette, di Porticciolo e di Cala del Vino.

In vista di un vero e proprio archivio della memoria, la Regione Sardegna ha finanziato un progetto, che impiega i detenuti di oggi delle circonvicine case circondariali, per il recupero di documenti storici, testimonianze e interviste a chi ebbe contatti con la colonia. Il piccolo museo della storia carceraria è ora allestito lungo il corridoio delle celle di punizione: una coperta, il rigidissimo pancaccio, in legno o in muratura per dormire, e il water, per giornate a pane e acqua che escludevano la visita dei parenti. C'era, infatti, anche un consiglio di disciplina, composto da un presidente (il direttore dell'istituto), un segretario (il ragioniere), e due componenti, generalmente il cappellano e l'agronomo. Certe motivazioni alla base della punizione sono esilaranti: come quella che condanna un detenuto il 13 aprile 1943, perché «scorreggiava tre volte con tutta la sua forza e volontà», offendendo così «l'onore e il prestigio degli agenti in servizio e il decoro del corpo degli agenti di custodia». Il carcere aveva anche una biblioteca. Ne sfoglio il registro, fermandomi alla data del 4 agosto 1952: mi colpisce la grande quantità di libri, che in quella lontana giornata d'estate, sono stati consegnati ai detenuti. Sebastiano Masala ne ha presi addirittura tre, tra i quali un commovente *Importanza di vivere*. C'è annotato solo il titolo del volume, ma non il nome dell'autore: solo quello del carcerato. Ne riporto qualcuno, non solo per accendere un pietoso lumino funebre in onore di chi qui dentro patì, ma anche perché i titoli sembrano quelli d'un progetto sadico nei confronti del recluso, seppure di sicuro involontario, evocativi come sono d'un esotico sogno di libertà: Achille Corvini, *Vele nel sole*; Vittorio Delia, *Sul Nilo bianco*; Innocente Andreola, *La fiaccola sulla montagna*. C'è persino, tenerissimo, *Il cucciolo*, richiesto da Alfredo Dencher e un imbarazzante *Viva la libertà*, scelto da Paolo Scafini. Nel museo si conservano anche le locandine dei film proiettati di domenica, credo: pellicole da cassetta, come *Brama di vivere*, con Kirk Douglas, ma anche *Il segreto di una stella*, *Uomini senza casa*, *Ho ritrovato mio figlio*. Da un altro documento di quello stesso 1952, in cui è certificata la tipologia della popolazione carceraria, ricavo che il 68% ha solo la licenza elementare. Quanto alla composizione in ordine al reato commesso, solo il 10% sono colpevoli di omicidio, tutto il resto ha a che fare col furto aggravato e la rapina.

Non mancano, testimoniate da documenti del carcere o da articoli d'epoca, storie meritevoli di più ampia narrazione. Penso al detenuto Marcello Peruzzi, perito agrario con velleità letterarie, condannato per tentato omicidio nei confronti della ragazza che amava e che l'abbandonò, il quale ci ha lasciato un romanzo qui conservato, dal titolo inequivocabile: *Perché sparai alla mia ragazza*. Ne ricavo una citazione che bene lo definisce, per stile e per anelito: «Non è in un'aula di Corte d'Assise che galleggia la vera verità di una tragedia». Ma non si possono non ricordare alcune clamorose evasioni: a cominciare da quella esilarante di Vincenzo D'Aprile, dell'11 giugno 1961, «ortolano sconsegnato», catturato ad Alghero in abiti civili, intorno alle tre di notte, mentre si finge turista, trovato in possesso di «un orologio da polso da donna, un tubetto di rossetto, un accendino, un profumo, un pettine con astuccio, una penna stilografica senza cappuccio, un mazzo di cartine per tabacco già iniziato, un tovagliolo» e altre chincaglierie. O quella, del 21 settembre 1951, dei trattoristi Flavio Acerbi ed Enzo Portioli, del tutto sottovalutata dal direttore della colonia, convinto che non potessero andare lontani: «in quanto "continentali" e privi di aiuti da parte della gente del posto». Per la cronaca: Acerbi fu arrestato a Milano quattro anni dopo per furto e associazione a delinquere. Senza dire, nel 1943, dell'evasione ormai leggendaria del poeta bandito di Fonni, Bachisio Falconi, condannato a trent'anni di carcere per l'uccisione a Thiesi d'un carabiniere, ma dichiaratosi sempre innocente, e morto poi in un conflitto a fuoco sei anni dopo: l'autore della famosissima *Sa cantone sarda*, pubblicata postuma in opuscolo e venduta nelle feste e nelle sagre di paese, dove racconta la fuga tra paure e speranze. Il museo, così come il carcere di Alghero, porta il nome dell'agente Giuseppe Tomasiello, nativo di Benevento, morto il 24 gennaio 1960, a soli 27 anni: alla cui memoria Enrico Mereu, lo scultore dell'Asinara, ha dedicato una sua opera. L'aveva aggredito alle spalle con otto martellate, due giorni prima, Edoardo Corsi (pluricondannato, persino per furto sacrilego), addetto alla mansione di elettricista, mentre lo scortava per raggiungere una cabina elettrica sul Monte Timidone.

La cattura di Corsi a Sant'Orsola, alle porte di Sassari, fu rocambolesca, come recita la cronaca dell'*Unione Sarda* del 28 gennaio 1960: «Edoardo Corsi, un uomo deciso a tutto, ha avuto la ventura di imbattersi avantieri, nelle prime ore del pomeriggio, in due sassaresi più decisi di lui. L'operaio trentottenne Umberto Carneglias ed il cinquantunenne Antonio Poddighe, carrettiere, hanno con il loro contegno coraggioso posto fine ad una situazione che era ancora aperta a tutte le vie». Però: quando si dice la balentìa.

Arsura di Gallura

Fondata probabilmente dai Doria agli inizi del XII secolo, col nome di Castelgenovese, pressoché intatta nel suo nucleo originario, s'impenna per quasi centoventi metri su un'imponente massa di trachite, rinserrata da ogni lato nei suoi orgogliosi bastioni, a eccezione di quello che, vertiginosamente, s'affaccia a strapiombo sul mare, come a sentinella, si direbbe, del porticciolo e della spiaggia sottostanti. Ecco: come si fa a mettersi in viaggio da Alghero per la Gallura, senza fare una sosta a Castelsardo? Io ci passo sempre: anche solo per ammirarlo da lontano. Paese insolito, se non unico, qui in Sardegna e che, per ciò stesso, piace molto ai sardi, ma non stupisce, in se stesso, i continentali: proprio perché così tanto diverso dai borghi dell'isola, quanto arieggiante il Medioevo, che so?, d'uno ligure o toscano. Certo è che si tratta d'un paese delizioso e che ti devi conquistare a piedi, con pazienza e attenzione, per arrivare lassù in cima e, magari, essere sorpresi dalla prepotenza del maestrale, che s'incunicola nei vicoli ripidi e stretti, fino a rabbrividire. Non senza sedersi, se la stagione è buona, al tavolo di uno di questi aerei caffè, per sorseggiare con calma un buon aperitivo. La posta in palio è alta. Di là, infatti, si può contemplare un paesaggio raro, smisurato e commovente: a sinistra, tutto intero, il golfo dell'Asinara, a destra le montagne e le coste della Gallura, di fronte, nelle giornate terse, persino i monti della Corsica. Ricordo sempre con piacere, tenuto a Castelsardo, un appassionante dibattito che ho avuto, sul concetto di bello, con Vittorio Sgarbi, a partire dal suo ultimo libro sul Caravaggio, *Il punto di vista del cavallo* (2014): la grande folla silenziosa e concentrata per ben più di due ore; la bella cena, a notte assai inoltrata, con i miei genitori, Simonetta Sanna e il finissimo Franco, ma anche Guido Croci e Aldo Addis, venuti apposta da Sassari. E non è strano che sia proprio il ricordo di quella sera artistica a imporsi: se è vero che questo è il paese del Maestro di Castelsardo, straordinario e misterioso artista attivo a cavallo tra Quattro e Cinquecento, grande mediatore tra la pittura gotica di provenienza iberica, quella fiamminga e il Rinascimento italiano, soprattutto gli influssi antonelliani. Nella cattedrale di Sant'Antonio Abate, per altro ancora in possesso di tutto l'arredo ligneo sei-settecentesco ancora miracolosamente intatto, si può ammirare una *Madonna col Bambino e sei angeli musicanti*, sopra l'altare maggiore, parte centrale di un *retablo* smembrato: gli altri tre pannelli (una *Trinità*, un impressionante *San Michele Arcangelo*, i quattro apostoli *Filippo*, *Bartolomeo*, *Mattia* e *Matteo*), sono esposti nel Museo Diocesano che si trova nella cripta. Chi s'appassiona alle tradizioni religiose non dovrebbe mancare a quella che è, probabilmente, la più suggestiva delle processioni pasquali della Sardegna, il Lunissanti, che si tiene, restituitaci secondo l'ancora preservato rito medievale, il lunedì della Settimana Santa, muovendo dall'antica chiesa di Santa Maria, trasformata nel Seicento, curiosamente priva di facciata e collocata nella parte più alta dell'abitato.

Andiamo in Gallura, ordunque, e con una certa euforia: se è vero che ci aspetta una strada panoramica sorprendente, paesaggisticamente assai movimentata. Si comincia, se volete, proprio sulla costiera che, attraverso Valledoria, condurrà a Santa Teresa, là dove, all'altezza della frazione Multeddu, svoltando a sinistra, s'incontra subito l'impressionante Roccia dell'Elefante: un imponente masso trachitico che ha le fattezze d'un pachiderma accosciato, con la proboscide rivolta verso la strada. Da notare certi pertugi e traforazioni della roccia, anche piccolissimi, in funzione di ipogei funebri, le preistoriche *domus de janas*, una delle quali presenta sulle pareti due grandi teste di toro stilizzate. Ecco, allora, Badesi che, all'alto d'una riposata collina, guarda gli striati paradisi equorei dell'Isola Rossa. E poi Costa Paradiso, Portobello di Gallura, Vignola Mare, Cala Vall'Alta, con la sua incredibile spiaggia di Rena Majore, dritti sino a Santa Teresa: falesie che lasciano senza fiato, poco importa se vive o morte; calette poco accessibili ove il mare ti ipnotizza; promontori frastagliatissimi e scogliere; ripidi costoni rocciosi impossibili da scalare, come a sentinella, per chilometri, di arenili solitari che danno, magari per pochi istanti, il sentimento d'una lontananza oceanica; ma anche, in prossimità di Santa Teresa, deliziose spiagge senza scogli per infanti da svezzare, col mare al ginocchio per decine e decine di metri, popolose in agosto come condomini, quali, per nominarne solo una, La Marmorata. Dicevo di Santa Teresa: borgo peschereccio di raccolta del corallo, di lontanissima origine latina, rifondato all'inizio dell'Ottocento per volontà del re di Sardegna Vittorio Emanuele I, che gli diede il nome della sua consorte, col suo piccolo e piacevole centro storico a scacchiera, di essenziale e geometrica semplicità subalpina, con le sue animate botteghe, i suoi odorosi caffè, i suoi ristoranti gremiti. Là dove il paese, a nord-ovest, finisce sul mare e si accoccola, si apre la grande spiaggia di Rena Bianca, indubitabilmente una delle più belle del Mediterraneo, tra quelle che si possono raggiungere senza mezzi di trasporto da un centro abitato. Sul versante opposto, a nord-est, la torre spagnola di Longosardo, che baldanzosa s'affaccia sulle Bocche di Bonifacio, in avvistamento della non ostile Corsica. Se vi trattenete a Santa Teresa, non mancate di andare a Capo Testa, l'enorme scoglio di circa due chilometri di diametro collegato alla terraferma da un brevissimo istmo sabbioso, e più precisamente alla Valle della Luna: anche se vi costerà una faticosa camminata a piedi di almeno mezz'ora, inoltrandovi per la strada della Cala Grande, che s'insinua impervia e scoscesa all'interno delle vecchie cave di granito d'epoca romana, dentro un paesaggio lunare di notevolissima suggestione. Vi ripagherà di sicuro del sudore la vista di tre piccole cale sabbiose, su cui s'affacciano massicci pietrosi erosi dal tempo e dai venti. Per poco, però, almeno fino a che, cioè, non vi capiterà di scorgere, mentre esce da una delle tante grotte che quei massicci scavano, qualcuno dei suoi singolari abitanti che, senza servizi igienici, lì risiedono tutto l'anno, praticando un singolare nudismo: quello che gli fa coprire col pudore d'una bandana i folti capelli, mentre gli lascia libero, e beatamente all'aria, il triste e pendulo fallo.

La mia dolce Nicoletta, devo dirlo, qui perse la sua innocenza di piccolissima femmina, nel precoce avvertimento della puerile brutalità maschile, quando, distrattasi da un bel cagnone che vagabondava sulla spiaggia, ne vide sortire alcuni dalle acque, rumorosi e sconci, sicché mi venne incontro terrorizzata, gridandomi che, forse, sulla spiaggia erano arrivati i pirati. La Valle della Luna, sull'onda degli ingenui e naturistici impeti libertari di quegli anni, divenne nel 1968 uno dei leggendari luoghi di raduno hippie noti in tutta Europa. Sono rimasti a vivere lì, ormai, solo pochi esemplari, incrudelitisi nei decenni, se è vero che oggi è più facile incontrare qualche torvo punkabbestia, coi suoi cagnacci al guinzaglio, piuttosto che il mite e inoffensivo capellone dei primordi. L'odio e il pregiudizio, infatti, hanno sostituito l'amore libero: dovete sentirli, gli stanziali, con quale astio parlino di quelli che, ubriachi e insolenti, vengono a occupare le grotte nei soli mesi di vacanza. Potete constatare già attivo, in quel mondo che si vorrebbe libero e anticonformista, il virus dell'odio per il diverso. Perché non v'è dubbio: c'è sempre qualcuno "più" diverso di qualcun altro, anche nelle lande della più estrema diversità. Consolatevi, dunque, della fatica e delle eventuali molestie: avete avuto almeno l'occasione di ripassare, non so se con angoscia o con divertimento, un pezzo di storia del costume italiano altrove quasi del tutto estinto.

La foto l'ho vista per caso su Facebook, sulla bacheca della mia indimenticabile allieva, che porta un cognome campano, ma che è cresciuta a Oristano, e cioè Giovanna De Martino. Una fotografia scattata nell'estate del 2014. Insieme ad altre quattro donne, più o meno giovani, abbracciata a Giovanna, che qui è luminosa e sorridente, i capelli bruni e la pelle albicocca, con un vestitino che improvvisa una fantasia bianca e rossa di fiori, si protende verso chi guarda, con le labbra a cuoricino, lo sguardo monello, la minigonna d'oro luccicante, Paola Bacchiddu. Un bel tipo di sarda, non c'è che dire, cresciuta con la famiglia sul Continente, a Milano per la precisione, ma sassarese d'origine, la quale, da decenni, trascorre le sue vacanze in Gallura, dove, appunto, incontra Giovanna. Non sto qui, davanti a questa fotografia, soltanto per celebrare la festa di bellezza che vi si consuma, ma per raccontarvi cosa può capitare quando una giovane sarda di carattere sa inventarsi la vita, anche lavorativa, anche politicamente militante, al modo suo. I fatti sono noti: Paola, "capo comunicazione nazionale" della lista Tsipras alle ultime elezioni europee, si posta su Facebook vestita soltanto d'un bel bikini bianco (una foto, a dir la verità, già proposta sulla sua bacheca virtuale il 12 settembre 2011), col suo meraviglioso fondoschiena, accucciata di spalle su una barca in rada (il mare è sicuramente quello scintillante e alcinesco di Sardegna, probabilmente gallurese), il volto sorridente di tre quarti, coperto solo dai capelli, e rivolto verso l'obiettivo del fotografo. E lo fa con queste parole: «Ciao. È iniziata la campagna elettorale e io uso qualunque mezzo. Votate L'Altra Europa con Tsipras». Molte le reazioni di solidarietà e di consenso, ma altrettanto numerose quelle di moralistico biasimo, tanto a destra che a sinistra, esattamente ripartite tra un maschilismo euforico e un po' cialtrone e un femminismo in imbarazzo con la sessualità e con qualche tentazione khomeinista di troppo. I commenti sono impazzati sul Web, quando due giornali dedicavano a Paola Bacchiddu il titolo di prima pagina. A cominciare da *Libero*. Che così recitava, con tanto di foto in grande evidenza: «Chiappetta rossa la trionferà. La sinistra si gioca il sedere». Con un editoriale firmato dal direttore, Maurizio Belpietro, il quale conclude il suo articolo così: «lo spogliarello della portavoce della lista Tsipras [...] ha rotto un tabù, dimostrando due cose. La prima è che non siamo di fronte a un popolo di comunisti ma semmai di esibizionisti. E la seconda è che, se lo vuole, anche la sinistra è in grado di voltare pagina e di fronte al rischio di sparire per carenza di voti è capace di scelte scomode, al punto di passare dal pugno alzato alle mutande abbassate». Di tenore non diverso *il Giornale*: «Altro che nuovo corso. Sinistra fuori di testa», affidando il commento della foto alla penna, che si vuole e crede solforosa, di Massimiliano Parente: «Infatti perfino questo sedere dello scandalo non è niente di che, è un sedere normale e la posa fa pensare più alla signorina Silvani di Fantozzi che a un sex symbol, ma un primo passo verso lo sdoganamento impegnato del culo».

Me lo chiedo in modo chiaro e drastico: al di là degli effetti di marketing politico, per altro di grande efficacia (Renzi, Berlusconi e Grillo fanno forse qualcosa di diverso, ogni giorno, con la loro ossessione di comunicare?), che gesto è quello di Paola Bacchiddu? Di sicuro un gesto del tutto opposto a quello del sindaco sabaudo, lo juventino Piero Fassino, ripreso ignaro da un esponente del MoVimento 5 Stelle, negli stessi giorni, mentre mostra il dito medio ai tifosi del Torino nel giorno della memoria torinista, 65° anniversario della tragedia di Superga: quello sì di grande volgarità, tribale e fallico quanto altri mai. Un gesto liberatorio e allegro, invece, quello di Paola Bacchiddu. E guardate: qui non si tratta solo di ironia e bellezza, di insolenza liberatoria e libertaria: quelle d'una donna affascinante e intelligente, piena di vita. Del tutto fuori luogo i paragoni, che pure sono stati fatti, con la vicenda dell'altrettanto bella Nicole Minetti: la quale entrava in Regione Lombardia per meriti, diciamo così, biologici, e per semplice designazione del Capo, arbitraria come può esserlo ogni scelta di ordine sessuale, mentre la si mandava a occuparsi, mettiamola così, del bene pubblico. Dentro una logica che è quella maschile di sempre: la logica del Potere, che lascia alle donne solo le briciole di un miserabile tornaconto. Qui c'è qualcosa di più e di più importante: un'assoluta consapevolezza, diciamo così, semiologica, di chi sa bene come e quanto i simboli contano. I simboli possono ucciderci: come sanno, quasi ogni giorno, le donne. Ma noi possiamo uccidere i simboli: farcene gioco; farli implodere in una risata. Paola Bacchiddu ce lo ha ricordato. Dalla Gallura. Ma anche no.

Nel resoconto relativo all'escursione agraria fatta nella primavera del 1869 dal conte Francesco Aventi, durata circa due mesi, e pubblicato in forma epistolare sul *Giornale di agricoltura, industria e commercio del Regno d'Italia*, poi stampato col titolo *Viaggio insolito nell'isola di Sardegna*, si legge con una certa emozione della visita alle isole minori dell'Arcipelago della Maddalena, oggi raggiungibili comodamente da Porto Pozzo e da Palau, o dalla stessa Maddalena: Spargi (qui Sparagi), Budelli, Razzoli, Santa Maria, La Presa, i Barattini, ove Aventi si diletta nella caccia al coniglio selvatico, unico abitante degli isolotti. Prendete Spargi, di cui padrone è il pastore Natale Beretta, il quale, incolpato di un delitto ingiustamente, visse la vita del bandito, senza mai allontanarsi dalla famiglia e dall'isola, dormendo la notte tra le rocce, con un cannocchiale sempre alla portata per controllare l'eventuale arrivo dei gendarmi alla sua ricerca. Tutto questo per molti anni: fino a quando, cioè, dimostratasi la sua innocenza, scelse di vivere lì quanto gli restava del suo tempo mortale, coltivando grano e vigne per il solo fabbisogno familiare, conducendo al pascolo le sue pecore, più di duecento, un centinaio di capre e una quarantina di vacche, tutte minacciate da «un'erba chiamata ferula velenosissima» e troppo diffusa, per essere definitivamente estirpata, di cui quegli animali sono purtroppo golosi. Ma si potrebbe anche dire di Santa Maria, forse la più fertile, ma abitata solo da pastori stanziali: in cui Aventi conosce la signora Francesca Bertogliani, nata alla Maddalena, ma maritata a Genova, lì in visita ai parenti, la quale, insieme alla cordialissima sorella, mostra al conte «la casa ad un sol piano ma politissima e comoda», bei pascoli e vigne, nonché «un laghetto ricco di ottimo pesce e di caccia nell'inverno».

Anche io ho fatto la mia esperienza, qualche anno fa, in veste di disciplinato turista di massa, delle isole minori dell'arcipelago, approfittando, a Porto Pozzo, del pacchetto "tutto compreso" offerto da una compagnia di battelli del luogo, per una cifra, tutto sommato giusta, di 50 euro a persona: giro panoramico da Spargi a Santa Maria; approdo con sosta di due ore e bagno in una meravigliosa caletta di Budelli; spaghettata di cozze e vongole a bordo; ritorno nella suggestione del tramonto. Un'esperienza che rifarei subito, soltanto che Ini cedesse finalmente alla mia corte antica, consentendo così di guarirmi da quello stilnovismo patologico che mi aduggia. La porterei con me, stringendola al fianco, alta e vibratile a passo quasi di danza, ma non le racconterei, delicata com'è, che Porto Pozzo, secondo una credenza popolare accreditata persino dai *tour operator*, sia stata la terra dei Lestrigoni, i giganti antropofagi che distrussero la flotta di Ulisse, risparmiando solo la nave dell'eroe. Nell'occasione di quella gita ero ospite, in una deliziosa abitazione del borghetto marinaro, di Paola Malva, che aveva fatto anni prima il dottorato di ricerca in Letterature comparate nella nostra facoltà, e della sua splendida e prolifica famiglia sardo-americana: Paola, infatti, ha sposato un bell'americano, col fisico del ruolo, da *marine* ma, negli occhi, la dolcezza azzurra del buon padre di famiglia, il quale ha lavorato alla base Nato della Maddalena. Una famiglia, devo aggiungere, che ha fatto del sorriso e della cordialità generosa una cifra di vita. Basterebbe conoscere la bellissima figlia maggiore di quattro, Alicia Dralle, educatissima e molto studiosa, che ha frequentato Lingue da noi, la quale, al suo passaggio, faceva cadere gli occhi dalle orbite, per lo stupore, ai suoi sardissimi colleghi. Dimenticavo: se vi trovate da quelle parti, non trascurate di fare un salto all'Isola dei Gabbiani, l'*Isuledda*, sul lungo cordone sabbioso, mansueto (per la gioia dei bambini) e dorato (se non cremoso), che la collega alla terraferma, nato dalla foce del fiume Liscia e delimitato da un mare turchesissimo, tanto a est, molto ventoso e mosso, che a ovest, placido e calmissimo invece, mentre principia nella spiaggia dell'Arenaria e termina in quella di Porto Puddu. Di fronte un panorama toccante: che s'apre sull'isolotto Cavalli e, in lontananza, Spargi, Spargiotto e Budelli, nonché la Corsica. All'Isola dei Gabbiani, quasi tutto l'anno, sono i venti a farla da padrone: si capisce dunque bene perché sia la patria ideale di ogni surfista. Per chiudere la giornata, diciamo così, sportivamente, si consiglia di raggiungere Palau, per cenare al porto in una frequentata pizzeria gestita da campani, che assicura una napoletana veramente doc.

Caprera e La Maddalena: non solo Garibaldi

Villa Webber, alla Maddalena, fu fatta costruire dall'inglese James Phillipps Webber alla fine dell'Ottocento, in cima a un'erta e separata dalla strada per via d'un lungo muro di pietre, con funzioni di casina di caccia. Passata di proprietà a un figlio adottivo, un napoletano di cognome russo, nel frattempo sposatosi con l'olbiese Marietta Tamponi, con la quale ebbe cinque figli, venne mutata in abitazione: un ingresso principale, ma dalla parte che non guarda Palau e la Gallura, decorato di merli guelfi, leoni e aquile di terracotta; sei finestre per due appartamenti, delimitati e divisi da essenziali inferriate; un terrazzo, che comunica con un ballatoio attraverso quattro scalini mangiati dalla salsedine. Non so se la si possa visitare ancora. L'ultima descrizione a mia conoscenza è quella che ci restituisce nel 1956, in un bel libro intitolato *La pulce nello stivale*, Giovanni Artieri: il cancello serrato; le porte e le finestre sigillate col fil di ferro, vetri rotti; il ballatoio invaso dal fogliame; una fitta macchia di olivastri, agavi e cardi cresciuti dentro il parco recintato; e poi la scritta VILLA WEBBER, incisa su una targa di marmo sbrecciato. Qui, in arrivo da Ponza, dopo essere stato arrestato il 25 luglio 1943, visse recluso Mussolini dal 7 al 27 agosto.

Nelle ore d'aria, seduto su quei gradini, o assorto sul terrazzo, Mussolini contemplava, di tanto in tanto, un fianco della garibaldina Caprera. Lui che, nei giorni della gloria, s'era sentito uomo della Provvidenza, assai più di quanto non ritenesse Garibaldi stesso, cosa pensava adesso, nell'ora della disfatta? Ci sarebbe stata mai per lui, come per Garibaldi, un'isola, con la sua Casa Bianca, e almeno il conforto d'un qualche esilio, se non la libertà?

Chi scrive, nel marzo 1861, dalla sua residenza di Villa Spinola a Quarto, ove, nel maggio dell'anno prima, s'era insediato il quartier generale delle camicie rosse in partenza per la Sicilia, è Candido Augusto Vecchi, barricadero a Parigi nel 1848, con Garibaldi nella battaglia di Morazzone e poi, dal gennaio del '49, capitano di Stato Maggiore in difesa di Roma, dove si salva miracolosamente, mentre restano sul terreno Dandolo, Manara, Mameli, Morosini, Daverio e molti altri giovanissimi patrioti. È lui che riporta Anita dal Generale che si prepara per la ritirata: durante la quale l'eroina troverà straziante morte. È ancora lui che, il 7 settembre 1860, gli è accanto mentre entra a Napoli. È sempre lui che lo raggiunge a Caprera ogni volta che può, da quando, in un agosto non lontano, vi si era recato per la prima volta, trovandovi «una sola sedia dalla spalliera assente»: «Fin dal punto lontano ove il piroscafo postale vi lascia, voi avete notato tra grossi macigni granitici una bianca casuccia, la quale è più amata di molti esseri composti di carne, e di sangue». E poi: «Avvegnaché colà dentro alberghi una esistenza singolare, direi quasi soprannaturale. È il covo del leone d'Italia. È il ritiro dell'amico migliore che nomini l'umanità. È il fonte da cui sgorgano i sentimenti più nobili, più generosi, più santi. È l'oasis di pace di Giuseppe Garibaldi». Imbozzolata nel guscio di questa retorica aurorale e illusa, e proprio per questo tanto più commovente, *Garibaldi e Caprera* di Vecchi non manca d'una sua intenerita e assai goduta quotidianità. I pasti semplici ma abbondanti, a cominciare da quello consumato in suo onore, il giorno dell'arrivo: «un piatto classico di maccheroni», e poi «pesce squisito, pernici e cinghiale arrosto, frutti secchi di Calabria e vino di Capri». Le visite giornaliere continue e numerose, tutte minuziosamente registrate, di uomini illustri e non illustri: a cominciare dal colonnello Specchi, dal generale Bixio, dai due Nuvolari e persino dal «medico filosofo Timoteo Roboli, venuto per istudiare il cranio dell'eroe». Garibaldi che, se è di buon umore, accende il sigaro e racconta per ore «i grandi fatti americani, o i particolari delle cose più recenti occorse in Lombardia, in Sicilia ed in Napoli». Garibaldi che pronuncia il nome della figlia Teresita «con tale soavità di voce che è impossibile lo imitare», che balla per lei un valzer se la avverte troppo sola mentre alla Maddalena si festeggia il carnevale. Garibaldi che, se è «aduggiato da tristi pensieri», si corica prestissimo, per leggere giornali e scrivere lettere, togliendosi la camicia rossa alle dieci, per infine addormentarsi: lo stesso che, però, si alza alle tre per continuare a fare quel che aveva interrotto e, come albeggia, è già impegnato nell'orto. O magari le gesta eroicomiche di Narciso, il pastore sardo «del gregge del Generale». Poi le escursioni nell'isola, là dove l'accetta non l'aveva ancora disboscata e l'aratro e la zappa non l'avevano ancora ridotta a coltura: gli alberi che il vento, vero *genius loci*, inginocchia, il mirto e i lentischi, le spiagge incontaminate, «i meandri dentellati, capricciosi, irti», gli istmi, i golfi, i promontori, «che le danno l'apparenza di un polipo mostruoso e gigante, il quale galleggi sul mare nella periferia di quindici miglia allo incirca». E in cima, vigilato dalle capre selvatiche mentre un'aquila lo sormonta, «una roccia isolata lunga e sottile, dalla figura umana, detta di Santo Stefano, eremita cristiano e primo abitatore di Caprera, secondo la leggenda dei circostanti isolani».

Vecchi non ha dubbi: «In Caprera si respira un'aura di felicità, che le ore fuggono rapide come fossero minuti». E più avanti: «Perché non sono povero e scevro di qualunque legame, da poter vivere in Caprera e respirarvi quell'aura salutare che dà forza al cuore malato? [...] Qui l'agnello innocente mi fa sentire il suo tremulo belamento. L'utile vacca mugola di riconoscenza. I cani mi festeggiano all'apparire. I fratelli nel pericolo delle battaglie mi abbracciano ad ogni frase. L'uomo perfetto, la cui dolce autorità mi accaviglia l'anima, apre un vasto orizzonte a tutte le terrestri mie felicità!». Paradiso terrestre? Città del Sole? Nuova Atlantide? Fate voi: epperò, nelle non poche pagine, non un interrogativo su come il Generale fosse arrivato sull'isola e vi si fosse insediato. Secondo un atteggiamento che è il medesimo di Jessie White, nell'euforica biografia *Garibaldi e i suoi tempi* (1884), la vedova di quell'Alberto Mario cui Garibaldi, durante la spedizione dei Mille, aveva affidato l'incarico di istituire a Palermo un collegio militare. Quando parla di Caprera, infatti, lo fa per restituirci, del Dittatore, come un'immagine di allegria e spensieratezza. Per dire: proprio l'inizio del disilluso capitolo cinquanta, quello che muove dal ritorno dell'eroe da Teano, è tutto giuocato su una lettera del gennaio 1861, inviata ai due coniugi Mario da un comune amico. Eccola: «Garibaldi a Caprera è come un ragazzo in vacanza. [...] Appena giunto, ha percorso tutta l'isola; mise in libertà i suoi cavalli, Marsala e Calatafimi, passò in rivista i suoi asini, Pio IX e compagnia, seminò qualche zolla, per darsi il piacere di seminare con le sue proprie mani; ora è tutto intento a completare la Casa Bianca e giacché il capomastro non vuol sapere di alcun suo aiuto diretto, egli si accontenta di trasportare il materiale nella carriola. Sembra affatto dimentico di aver liberato dieci milioni di italiani, non parla affatto di politica ed ha nettamente dichiarato di non volere più essere membro del Parlamento. Egli è felice nel pensare che colla vendita del granito di Caprera farà la fortuna dei suoi figli». Dove sono da notare quei nomi dati per divertimento a cavalli e asini (ne manca qui un altro: il Borbone), in funzione glorificante o di pubblico ludibrio. Sempre in riferimento alla scelta di Caprera, due anni prima, Augusto Vittorio Vecchi, meglio noto come Jack La Bolina, proprio il figlio di Candido Augusto, in un libro dai toni altrettanto celebrativi, *La vita e le gesta di Giuseppe Garibaldi*, era risalito un po' più indietro nel tempo, a un ipotetico 1854, quando il Generale aveva «atterrato i corbezzoli» di cui l'isola «era inselvata» e «aveva investito certe economie in un cotre, l'*Emma*», con cui «trasportare sul continente quella legna per venderla agli amici». Le domande se le era fatte, senza darsi, però, nessuna risposta: «Fu stanchezza, fu disgusto, fu quella smania che il marinaro prova per il possesso di un cantuccio di terra donde guatare il flutto agitato? Fu il bisogno di riposo prima di accingersi all'opera intraveduta dalla mente presaga che consigliò il generale a comprare dal Collins, inglese e vecchio ufficiale di Nelson, la metà di Caprera?».

Il sassarese Enrico Costa, insoddisfatto della reticenza dei biografi (cui aggiungeva anche Giuseppe Guerzoni, che per altro, nel 1863, aveva vissuto otto mesi a Caprera come segretario di Garibaldi), se lo chiedeva su *La Nuova Sardegna* nel 1907, esattamente due anni prima di morire sessantottenne: quale fu la vera ragione per cui Garibaldi scelse Caprera come sua residenza? E se lo chiedeva riferendosi al libro d'un altro sardo, Pasquale Cugia, *Nuovo itinerario dell'isola di Sardegna*. Secondo Cugia – e Costa, nel 1892, aveva suffragato l'ipotesi con un mannello di altri documenti –, nel 1849, dopo la caduta della Repubblica Romana, Garibaldi era appena approdato a Cagliari su un battello. La gioventù era entusiasta e in tumulto: sicché l'intendente generale, temendo il peggio, ordina che l'Eroe dei due Mondi fosse sbarcato sulla Maddalena. Scrive Cugia: «Forse in tale circostanza Garibaldi fece relazione coll'inglese Collins, che abitava già in Caprera, e concepì il disegno di stabilirvisi – disegno che mandò ad effetto nel 1854». Ci sarebbero volute – corregge però il Costa – le pagine pubblicate da Angelo Falconi nel 1902 per rimettere le cose a posto e negare, nella vicenda, un qualche ruolo del Collins (che abitava a La Maddalena, non a Caprera, dove però aveva terreni e morì d'insolazione) e, nel contempo, provare che l'acquisto dei terreni a Caprera sia avvenuto tra gli ultimissimi giorni del 1855 e i primi del 1856. I fatti sarebbero questi: come anticipato per lettera a Francesco Susini, Garibaldi aveva deciso di trovare casa in Gallura «per passarvi alcuni mesi d'inverno, o forse abitarvi definitivamente», se v'avesse trovato «un luogo adattato». Una volta arrivatovi, cominciò a trattare per l'acquisto d'un terreno a Capo Testa (l'odierna Santa Teresa) anticipando persino «lire 200 di caparra», che poi andarono perdute: mentre stabiliva «il quartiere generale dei cacciatori» alla Maddalena, su invito dello stesso Susini: il quale, però, appresa tale intenzione, «ne lo dissuase, perché il sito era troppo vicino alla Corsica, e la Corsica apparteneva ai francesi, che odiavano a morte il generale nizzardo». Scartata l'ipotesi dell'isolotto di Santo Stefano, che non piacque a Garibaldi per la sua posizione, Garibaldi accettò quella di Caprera, proposta dallo stesso Susini, che s'offerse come mediatore «a trattare per l'acquisto di alcuni appezzamenti, di proprietà di maddalenini»: come certifica l'atto redatto dal notaio Girolamo Sircana il 29 dicembre, alle quattro pomeridiane. Missione che andò a buon fine: se è vero che Garibaldi si stabilì sull'isola «verso la metà dell'anno 1856».

Non faccio mestiere di storico e non so se la ricostruzione di Costa sia stata smentita o ulteriormente integrata dai ricercatori che se ne sono occupati, ma mi chiedo: come si fa a resistere a Enrico Costa, alla sua passione e al suo puntiglio, tanto più dopo aver letto le lettere, tra gli intendenti di Cagliari e Sassari, sulla spinosa questione di ordine pubblico da lui recuperate negli archivi e dopo aver appreso dei documenti scovati da Falconi? Come si fa a non accogliere l'opinione dell'uomo di cui persino una Deledda già famosa si dichiarava discepola quanto a dottrina etno-antropologica? L'opinione – dico – del valente e dovizioso scrittore di romanzi storici che lasciò in eredità ai posteri tanta di quella materia folclorica con cui certi scrittori etno-intensi di oggi, che non gli valgono l'alluce, vivono di rendita, contenti di recitare a soggetto, per continentali in cerca di brividi esotici, la parte del buon selvaggio, tutto natura e sensualità? Divagazione etno-etrusca: ho saputo dal direttore dell'archivio storico del Comune di Sassari, l'amico Paolo Cau – e la cosa mi lusinga assai: per come ribadisce i legami privilegiati e atavici tra i sardi e quegli etruschi immaginari come i viterbesi –, che Enrico Costa, bancario, tesoriere della Cassa del municipio di Sassari, delegato prefettizio e poi archivista dello stesso Comune sino alla morte, incrociò il mio illustre concittadino, il ragioniere Cesare Pinzi (poi bibliotecario dal 1887 al 1912 nella sua Viterbo), il quale credo svolgesse a Sassari funzioni di segretario comunale, lasciando alla città – così mi dice sempre Paolo – un importantissimo contributo alla sua riorganizzazione amministrativa (l'avrebbe anche fatto per Alghero tra il 1888 e il 1889), come testimonia la relazione tenuta «all'onorevole consiglio comunale di Sassari» *Sul nuovo impianto e riordinamento dei servizi amministrativi del Comune di Sassari*, stampata in due parti, tra il 1883 e il 1886, dalla tipografia Azuni. Interessantissima, per altro (e spero che la verifichi), l'idea di Paolo che il mio Pinzi molto debba della sua localmente assai celebrata *I Principali Monumenti di Viterbo: guida pel visitatore* (1894) alla monumentale e doviziosissima *Sassari* di Costa, la cui prima parte uscì nel 1885, quando Pinzi, appunto, si trovava ancora in Sardegna. Ma torniamo ancora a Garibaldi e Caprera. Nonostante Costa e le sue solide ragioni, continua a intenerirmi e a suggestionarmi la spiegazione che, nel 1866, ignorato dal Costa, si era dato l'ingegnere Eugenio Canevazzi, il quale, nel suo opuscolo intitolato *Garibaldi a Caprera*, pubblicato a Bologna dalla Tipografia del *Giornale di Agricoltura del Regno d'Italia detta degli Agrofili Italiani*, così scriveva: «Nel 1855 un viaggiatore di statura mezzana e ben tarchiato della persona, mosso dall'amor di caccia e da curiosità, approdava ad un'isola del Mar Tirreno». Il cacciatore, dal passo «maestoso» e la fronte «spaziosa e prominente», con lo sguardo «vivace» e «lunghi e d'un biondo assai caldo i capelli», è Garibaldi. L'isola è Caprera: «incolta, quasi deserta» e «ingombra di massi granitici», ma che, col suo «cielo ridente», col «clima dolcissimo», tranquilla e solitaria com'è, produsse «in lui un'impressione soave e profonda e un'attrattiva possente sì da deciderlo ad acquistare una parte dell'isola per fissarvi dimora». A sorpresa, a essere celebrato qui non è il Generale imbattibile, ma l'«agronomo conquistatore», colui che da solo, con la sua grande intelligenza e lungimiranza, redime la terra aspra e la rende opulenta: come Canevazzi non manca di dimostrare tecnicamente, con indubbie competenze agronomiche. Perché – come il Canevazzi ci lascia intendere – Garibaldi non è uno uguale agli altri, ma è sempre molte spanne sopra. Tanto per dire: se decide di dedicarsi al grano (al vino o all'olio), è chiaro che gli verrà più alto e biondo, più abbondante, di quello prodotto dagli altri. Persino la qualità del letame – sto parafrasando il Canevazzi – che concimerà i terreni, se sarà lui in persona a occuparsene, risulterà infinitamente superiore a quello che si conserva all'uopo in ogni altra contrada d'Italia, se non del mondo: quasi nettare e ambrosia, insomma. Siamo alle origini di un'altra leggenda che ulteriormente solleva l'Eroe dei due Mondi. E che Candido Augusto Vecchi aveva già registrato nel suo *Garibaldi e Caprera*, proprio nella pagina in cui ci racconta di quel «craniologo», Timoteo Roboli, mentre, ispezionando la testa del grand'uomo («lo Adamo nuovo della creazione»), «dettava il giudizio sulle varie protuberanze». Così Vecchi: «Sente per l'animale bruto quello che per l'uomo, e si duole dentro se una bestia è picchiata; e lo impedisce il triste atto, se mai si commette in sua presenza. Prova una voluttà nel piantare e nella coltura di utilità vegetabili; e si spiace se una pianticina sia calpestata o manomessa. Egli – che ha nome divolgato per la sua spada – vorrebbe questo maledetto ferro convertito in aratro». Ora possiamo domandarcelo: che cosa ha rappresentato Caprera per Garibaldi? E che cosa è stata, quest'isola, per la Storia d'Italia? Per Garibaldi, dal 1856 in poi, di sicuro il suo piccolo Olimpo. Per noi italiani un luogo struggente e inclassificabile, dentro un'incredibile idea di extraterritorialità che può avere plausibilità solo in un Paese, altrettanto incredibile, come il nostro. Ecco: se deve andare in esilio – dopo l'Aspromonte per esempio – è a Caprera che sarà inviato, come recluso, dal novello Stato italiano. Se, invece, cerca pace – come dopo Teano –, è ancora a Caprera che l'eroe ripara. Diciamolo chiaro: senza Caprera e il suo mito, Garibaldi sarebbe uno dei tanti Che Guevara consegnatisi al mondo, di rivoluzione in rivoluzione. Ma Garibaldi è Garibaldi. E l'Italia continua a essere un Paese puerile: subito pronto a darsi, anima e cuore, al primo che potesse fungere almeno da patrigno, anche per continuare a gingillarsi con cialtroneria nelle quotidiane e non sempre innocue trasgressioni.

Scriveva il poco italiano e molto adulto Camillo Cavour alla contessa di Circourt, il 29 dicembre 1860: «Sono figlio della libertà: è ad essa che debbo tutto quel che sono. Se bisognasse mettere un velo sulla sua statua, non sarei io a farlo. Se si dovesse riuscire a persuadere gli italiani che hanno bisogno di un dittatore, essi sceglierebbero Garibaldi e non me. Ed avrebbero ragione. La vita parlamentare è più lunga, ma è più sicura».

Se decidete di andarci, a Caprera, dopo essere sbarcati a La Maddalena, attraversando il ponte in pullman o in macchina, non perdetevi il museo, meglio noto come il Compendio garibaldino. Costo del biglietto modico, se è sempre quello del novembre 2014: sei euro a persona, con tanto di guida gratuita garantita, per una visita di circa trenta minuti. Se siete fortunati ve ne capiterà qualcuna assai preparata e motivata, gentilissima, non priva di entusiasmo, attenta magari a dichiarare, nonostante la professionalità, le sue credenziali di semplice custode: viceversa, non vi stupite se farete la conoscenza di qualche addetta insolentita, frettolosa, attenta più a non gualcirsi l'abito e a non sudare troppo, che alle esigenze del visitatore. Unico neo: la penuria di parcheggi e l'alto rischio, se siete parcheggiatori arditi e disinvolti, di rimediare una solerte multa per divieto di sosta. Ecco: la stalla, ricovero degli amatissimi cavalli, la famosissima Casa Bianca, con le sue sette stanze, la casetta di ferro (raro esempio di casa prefabbricata, importata dall'Inghilterra nel 1861), il mulino e il frantoio, il forno e moltissimi cimeli, a cominciare dalla pallottola che gli offese la gamba sull'Aspromonte insieme al reggilenzuolo usato per isolargli la ferita. Fucili, sciabole, baionette, bandiere (compresa quella uraguaiana); la carrozzella a rotelle donata dal Comune di Milano su cui trascorse molte ore dei suoi due ultimi anni (non la sola, per altro) a causa dell'artrite reumatoide, che lo affliggeva, e la poltrona in pelle reclinabile regalatagli dalla regina Margherita; l'amata pianola; il poncho, la camicia rossa, il mantello bianco col giustacuore; il ritratto a olio della figlia Rosita, morta a quattro anni a Montevideo; l'orologio inglese che segna le 18.20, l'ora della morte. E poi la pineta, l'oliveto, un giardino di agrumi e il frutteto, il grande pino dedicato alla figlia Clelia. Tutto sembra essere rimasto fermo a com'era quando Garibaldi morì, ma, per capire che non è esattamente così, nonostante l'immaginazione filologica di chi ha allestito il museo, basta leggere ancora una volta Candido Augusto Vecchi, che è pure capace di parlare in terza persona di se stesso, quando osserva che, sopra il suo letto, Garibaldi ha appeso il di lui ritratto. Così della «stanza dell'eroe»: «Vi è un modesto lettuccio di ferro, con cortine di mussolo sostenuto da un cielo di canne. Vi è uno scrittoio di noce, e un canterano con sopra una specchiera, che tura una finestra a tramontana, ormai chiusa». E poi: «Presso il letto è uno sgabello con sopra libri e lettere. Una corda fissa sul muro attraversa la stanza, e su di essa pendono a cavalcioni camicie rosse, mutande di lana, calze e calzoni, che si asciugano pei frequenti ricambi che ne fa il Generale quando passa da un lavoro a un altro. Nel mezzo della parete in fondo è il camino, costantemente acceso per dissipare l'umidità del luogo. Imperocché, sotto il pavimento è la cisterna dell'acqua, che cola dalle gronde quando piove; e i mattoni del pavimento ne son sempre fradici e nitrosi. Ai due lati sono biblioteche con libri di marina, di storia, di arte militare».

Emozionante, bisogna dirlo, è la stanza della morte, avvenuta il 2 giugno 1882, fatta costruire nel 1880 dalla terza moglie, Francesca Armosino, con funzioni di rappresentanza, in cui Garibaldi si volle trasferire per godere continuamente della vista del mare davvero spettacolare. La testimonianza, che ce ne dà Jessie White Mario, nella sua agitata retorica, è suggestiva. L'ultima lettera del 29 maggio al direttore dell'Osservatorio di Palermo sulle dimensioni d'una nuova cometa. Poi un caldo feroce, con eccessiva esposizione all'aria e un esagerato uso del ghiaccio: «I bronchi, già lesi, immediatamente ne soffrirono, ed avvenne la paralisi della faringe, che gli impediva d'inghiottire persino una goccia d'acqua». Si chiama subito a Caprera la famiglia e il medico Albanese, ma solo Menotti riesce ad arrivare in tempo: «Quanto avrà sofferto negli ultimi giorni! Eppure mai un lamento, mai una volta che abbandonasse la consueta mansuetudine e serenità! Mentre con gli occhi fissi sul mare prediletto, cercava distinguere il desiderato vapore in cui si trovava il dottor Albanese». Il tono è quello delle agiografie dedicate ai santi: «i passeri abituati a volargli sulle spalle ed a mangiare sulla sua mano vennero a cinguettargli il loro addio. A chi voleva allontanarli disse: "No! – sono forse le anime delle mie bambine venute a chiamarmi"». La situazione precipita: «Essi ebbero l'ultimo suo sorriso; domandò di Manlio e dell'ora, e mentre il chirurgo Cariddi gli faceva un'iniezione al braccio, cadde in deliquio. Lo si credette morto, ma l'agonia durò altre due ore. [...] Accanto al suo letto fu trovato il vecchio volumetto dei *Sepolcri* di Foscolo e l'albo contenente i ritratti degli audaci che lo seguirono da Quarto a Marsala». Uscendo dalla casa, dopo la visita alla stanza del decesso, si potrà imboccare un vialetto che porta al cimitero di famiglia, ove un semplice e rozzo blocco di granito sigilla e serra le spoglie di Garibaldi, accanto alle tombe dei figli Manlio, Teresita, Rosa, Anita e Clelia, ma anche di Francesca Armosino. Una sepoltura che non ha mai trovato pace, se è vero che, solo nel 2012, una pronipote, Annita, contrastata da un'altra, Anita, ha chiesto la riapertura del sepolcro al ministero dei Beni Culturali per accertarne lo stato di conservazione e preservare le ossa dall'inesorabile erosione del tempo, ma anche col dubbio che i resti potessero essere stati trafugati.

Del resto, in famiglia e nella cerchia degli amici più vicini, quelle spoglie, già all'indomani della morte, erano state al centro di una contesa tra chi voleva cremare il corpo dell'Eroe e chi, invece, avrebbe voluto imbalsamarlo. Non sarà inutile aggiungere che, in quegli anni, e dopo l'imbalsamazione di Mazzini morto nel 1872, stava avendo corso una feroce polemica tra inumatori (ma anche imbalsamatori) e cremazionisti, tra cui si contavano soprattutto massoni, democratici e anticlericali, restituitaci anche da Sergio Luzzatto nel suo strepitoso *La mummia della repubblica. Storia di Mazzini imbalsamato* (2001), ricordando la campagna sostenuta dai gesuiti su *Civiltà cattolica* contro l'incenerizione: nella convinzione che, se affermatasi, avrebbe comportato la scomparsa del cimitero cristiano, mettendo in crisi l'idea stessa di resurrezione, nonché la fede nell'immortalità dell'anima. Ma torniamo alla disputa sulla salma di Garibaldi. Jessie White rammenta che Garibaldi, fin dal 1877, aveva espresso il desiderio di essere cremato e che le sue ceneri fossero raccolte in una piccola urna di granito da collocare «sul muro dietro il sarcofago delle nostre bambine e sotto l'acacia che lo domina». Premurandosi di scriverlo, sempre nello stesso anno, anche al suo amico medico Prandina: «Voi gentilmente vi incaricate della cremazione del mio cadavere; ve ne sono grato. Sulla strada che da questa casa conduce verso tramontana alla marina, alla distanza di 300 passi a sinistra, vi è una depressione di terreno limitata da un muro. Su quel canto si formerà una catasta di legna di due metri, con legno d'acacia, lentisco, mirto ed altre legne aromatiche. Sulla catasta si poserà un lettino di ferro, e su questo la bara scoperta, con dentro gli *avanzi* adorni della camicia rossa. Un pugno di cenere sarà conservato in un'urna qualunque, e questa dovrà essere posta nel sepolcreto che conserva le ceneri delle mie bambine, Rosa e Anita». Le cose, però, andarono diversamente: si decise infatti a maggioranza di imbalsamarne il corpo e di seppellirlo provvisoriamente a Caprera, lasciando poi al Parlamento la possibilità di stabilire quale sarebbe stata la tumulazione definitiva, provocando così il fremente sdegno di Carducci che gridò al tradimento contro la «demo-cratipietrificazione». Decisivo fu l'intervento di Francesco Crispi, il quale pare godesse di molta considerazione nella famiglia, per aver avuto un ruolo di primo piano nello scioglimento del secondo matrimonio di Garibaldi con la marchesa Raimondi, permettendogli così di regolarizzare la sua posizione con l'Armosino. I suoi argomenti, ad ogni modo, risultarono inoppugnabili anche per molti sostenitori della cremazione come Alberto Mario. Primo: sulla pira, così come Garibaldi l'aveva pensata, era difficilissimo, se non impossibile, bruciare un cadavere, per la mancanza di attrezzature idonee, per il troppo tempo che ci sarebbe voluto, per il rischio profanatore di mescolare le ceneri umane a quelle lignee. Secondo: l'imbalsamazione rispondeva a un bisogno di rinsaldare, liturgicamente, il culto laico dell'Unità d'Italia, in funzione delle masse più impressionabili, facendo così di Caprera un'altra meta di pellegrinaggio come lo Staglieno di Mazzini e il Pantheon di Vittorio Emanuele II. Una prece.

La Maddalena, così come Candido Augusto Vecchi ce la restituisce nel 1861, ha un'aria rigorosa e civilissima, urbanisticamente diversa da quella di tutti gli altri paesi sardi dell'entroterra, forse per la sua origine tutta sabauda, sviluppatasi nella sua prima fase attorno alla parrocchiale, progettata nel 1790 dall'ingegnere inglese Cochis, capitano del Genio piemontese: «Il villaggio è pittorescamente situato sulle falde di una eminenza rocciosa, e circonda una piccola baia che serve di porto. Le case sono attelate lungo due strade parallele intersecate da straduzze, che s'inerpicano su per gli scogli». D'inverno piove spesso. D'estate, «sulle circostanti eminenze, calcinate da un sole ardente, si veggono cespugli di mirto e di lentisco e cacti pungenti dai fichi granellosi come in Sicilia». Vecchi ne è convinto: nessun luogo pare più ostile alla vita di questo (vita di uomini, ma anche di piante). Ma l'uomo ha vinto: e «la industria ha provveduto». La cittadina emana ovunque dignità e le case sono «piccine», ma tutte «nette ed industriosamente arredate». Ecco: «Chiunque nasce colà sa sin dall'infanzia il proprio destino». Sarà per questa severa disciplina imposta dalla natura che, nei giorni festivi, si incontrano decorosi vecchi pensionati, «bambini vestiti con una certa eleganza, e torme di giovani vezzose, dall'occhio che esprime i loro tardati desideri, e dai lineamenti bellissimi». Tardati, quei desideri, ma non repressi e poi dimenticati, «perché alla fine si compiono»: «I giovani loro conterranei, sentono pietà di quelle derelitte; le quali oltre ad esser belle, sono anche oneste. E dal continente ove si trovano, mandano carte di amore e promesse di nozze; ed un bel giorno, avuto il brevetto di capitano, o di commessario, in un eccesso di coraggio civile, prendono lo energico partito di menar moglie». È la stessa grande e riposata civiltà che ho ritrovato, poco più di cento anni dopo, nelle pagine, quelle di *Fuori* (1968), che Mario Soldati ha dedicato all'isola: «La Maddalena è, dopo Torino e alcuni luoghi del Piemonte, il posto d'Italia che amo di più. Tutto mi piace alla Maddalena». E ancora: «Ogni volta che torno alla Maddalena, poi ne riparto con accresciuta malinconia per dovermene distaccare. Ecco un posto dove, se appena le circostanze me lo permettessero, non esiterei a vivere sempre, con la certezza di approfittare di tutto ciò che di buono il destino avrebbe ancora in serbo per me». Senza dire della forza degli elementi naturali, che Soldati relega «al momento dionisiaco dell'arrivo e dello sbarco»: le acque «d'un blu freddo e nordico, increspate dalla perenne brezza»; il vento che mai cessa di soffiare e che vivifica; le rocce di Capo d'Orso, modellate da venti d'una potenza ciclopica, che assumono la forma bizzarra e mostruosa di animali enormi, «vere proprie sculture davanti a cui quelle della attuale Biennale veneziana fanno ridere i polli».

Soldati ne è convinto: La Maddalena è un frammento estremo dell'Italia, che però la riflette tutta intera, come un microcosmo autosufficiente. Non è un villaggio, ma «una vera e propria "città minima"», che possiede tutto ciò che è necessario a una vita associata, comoda e civile: ospedale e farmacia, il liceo e la libreria, macellerie e caffè, botteghe, banche e uffici di ogni genere, e persino il cinematografo. A confronto di quella che Soldati chiama l'atavica introversione sarda – che la meglio gioventù di oggi, lasciatemelo dire, smentisce drasticamente –, i maddalenini avrebbero impresso nel contegno e nel linguaggio, persino sul volto, «il senso del mare, delle lontananze». Ecco perché, per lo scrittore piemontese, si ha l'impressione che questa «isola-città, come un trampolino, sia capace di liberarli e di lanciarli intorno». Isola-città che, insomma, genera cittadini del mondo: sia quelli che navigano o hanno navigato, sia gli altri che rimangono a terra, «ma che navigano in ispirito», «uomini civili, liberi, tolleranti di tutto se non dell'intolleranza». Soldati mitizza, ma è un piacere vero inseguirlo in questo suo sollevare l'isola-città a piccola leggenda. Se le viuzze ripetono lo stesso modulo di tanti paesi sardi, tutto il resto cambia. Ecco: se là le pietre erano «scure, verdastre, e spesso senza intonaco», con un che «di muto, di ostile, di malinconico» nell'aria, qui quella cupezza si illumina, «gli intonaci svariano in tenui tinte chiare», mentre le ringhiere di ferro si alleggeriscono e le finestre aperte lasciano intravvedere gli interni modernamente attrezzati. Tutto, perfino la pulizia perfetta del lastricato, suggerisce l'idea di una vita operosa e lieta, «che gode, come per prodigio, di un accordo tra le forme più delicate di un'antica tradizione e le forme più moderne dell'attuale civiltà». La domanda s'impone spontanea: «È dunque possibile ciò che noi abbiamo sempre sognato»? Per una risposta che non potrebbe essere diversa: «La Maddalena ci dimostra che è possibile». Soldati si fa rapire da ogni particolare, che possa risolversi in gloria della civile bellezza dell'isola-città, arrivando a paragonarla, quella civile bellezza, a certi esiti della cultura olandese o inglese: «Soltanto a Londra o ad Amsterdam si può trovare ciò che si trova alla Maddalena: una farmacia come la farmacia Susini, le vetrine umbertine, verniciate in avorio, coi delicati fregi in oro, e la balaustra a rosolacci e rami, anch'essi avorio e oro, ferro battuto». Siamo in pieno '68, l'anno dei figli dei fiori e delle libertà assolute, persino insolenti, e Soldati fa cenno a un provvedimento del sindaco Vasini, questo sì davvero lungimirante e civilissimo, e di assoluto anticonformismo, che proibiva ai turisti di passeggiare per la città in costume da bagno, nonché l'uso degli zoccoli. Ma è ancora così La Maddalena? Una giovanissima locale che studia sul Continente, conosciuta per caso sull'aereo per Olbia, mi raccontava che, d'estate, nulla ormai si oppone allo scempio e alle devastazioni dei villeggianti del "mordi e fuggi", i quali nelle giornate di afa feroce, non di rado, lei stessa ha visto coi suoi occhi immergersi nell'acqua stagna della fontana della panoramicissima piazza Umberto I. Non ho alcun motivo per non crederle.

I Collage sono di Olbia

La prima immagine che sorprende di Olbia, se si è appena sbarcati dal traghetto, è quel concitato groviglio di strade e viadotti che, dal porto, si sopraelevano s'inclinano a gomito e poi planano, prima di diramarsi verso il centro o costituirsi in tangenziale. M'è sempre parso, quel groviglio, il segno d'una modernità esplosa all'improvviso, avida e frettolosa che poi, oltre Arzachena e in Costa Smeralda, s'è finta luccicante e smargiassa e che Mario Soldati, già nel 1975, percepiva come una specie di nuova e imbarazzante Disneyland. Che cosa nasconda, se non rimuova, quell'impetuoso sviluppo di cemento e ricchezza, ce lo potrebbero magari suggerire almeno due canzoni dei Collage, *Dicci come ti chiami* (1979) e *La gente parla*, inclusa questa seconda nel medesimo trentatré giri intitolato *Concerto d'Amore*, approdando a Sanremo nello stesso anno. I Collage erano nati a Olbia nel 1971, dalla fusione di due gruppi, i Mal P2 e i The Angels di Piero (chitarra acustica e voce) e Tore Fazzi (basso e voce), provenienti da Alà dei Sardi: oltre ai fratelli Fazzi, erano della partita Piero Pischedda (chitarrista solista e voce), che aveva avuto l'idea, il falegname Paoluccio Masala (sassofonista e manager), Masino Usai (batterista e voce),

Pino Ambrosio da Napoli (tastierista e voce), nonché il cantante Luciano Degortas che, però, nel 1974 è costretto a lasciare per via degli obblighi del servizio militare. Dopo le rinunce del 1990, ai fratelli Fazzi e a Mario Chessa (tastierista e violinista), già arrivato nel 1985, si uniranno prima Davide Moscatiello (batterista) e Nico D'Alessio (chitarrista), poi Francesco Astara (batterista e percussionista). Il nome, Collage, è già tutto un programma: se è vero che deriva dal titolo di un noto album delle Orme. Nonostante le sperimentazioni anche sofisticate, tra funky e jazz, il loro nome resta legato ai dischi prodotti tra il 1976, con *Due ragazzi nel sole*, quando vinsero al Festival di Castrocaro, e il 1980, anno di pubblicazione di *Donna musica*: per quello che a me pare uno dei capitoli più significativi, non della storia della canzone italiana, ma di certo della sua vicenda ideologica, in vista di un'autobiografia della nazione che, grazie ai complessi degli anni Settanta, ha conosciuto, se così si può dire, momenti di smagliante autocoscienza.

Si diceva di Olbia, della sua identità storico-antropologica, agli inizi del processo della sua modernizzazione: resta difficile, sotto tale riguardo, trovare un documento più persuasivo e epifanico di questa canzonetta, *Dicci come ti chiami*, che per altro non è nemmeno tra le migliori. Sentite qua, già dall'incipit: «Da dove arrivi tu/ Da dove vieni tu/ Con quelle scarpe tutte infangate/ Non puoi unirti a noi/ Tra i tuoi capelli rossi di rame». E poi, assai significativamente: «Il tuo viso ha fame/ Di soldi non ne hai/ Mangiare non ne hai/ Di quei tuoi occhi fatti d'azzurro/ Dicci che te ne fai/ Non puoi comprarci un chilo di carne/ Del tuo sorriso che cosa vuoi farne». E ancora, un po' più avanti: «Prendi un pezzo di pane/ Siamo gente per bene/ È avanzato di là/ Dopo ci mostrerai la carta d'identità». Per concludere così: «Se non hai casa là c'è la stalla/ Dormi se ti va/ Ma non cercare nei nostri pensieri/ Con quegli occhi tuoi stranieri/ Che strano tipo sei/ Mangi il tuo pane/ Bevi il tuo vino/ Forse sei un ladro o un assassino». Lasciamo cadere il finale, per così dire, escatologico: in cui il misterioso straniero rivelerà d'essere niente meno che «la libertà». Assai più interessante sono, rispetto all'irruzione di questo straniero dagli occhi belli, il modo di reagire della comunità, i valori cui s'appella per fondare la sua socialità, i beni che la qualifichino nel suo eventuale concetto d'opulenza, che il giovane dai «capelli rosso rame» contraddice, di fatto, con la sua stessa esistenza. Contesto etico e sociale che trova appunto conferma nella contemporanea e consentanea *La gente parla*, laddove, a fronte di una ragazza che vuole essere moderna, ovvero al passo dei tempi, e dunque un po' hippie, alternativa al modo di vita dei suoi concittadini: «La gente parla dei tuoi modi strani/ Camicie che non t'abbottoni/ La gente parla delle tue canzoni/ Dei fiori scritti sui tuoi pantaloni».E ancora: «La gente parla/ e ci fa del male la gente un po' convenzionale/ La gente parla/ se ti scopri il petto e poi ti immagina nel suo letto/ La gente parla/ Era a fari spenti nella nebbia neanche sa/ Che la maldicenza fino in cielo non ci va». Per approdare a una celebrazione della sua giovane libertà, tanto ingenua da risultare persino imbarazzante: «Libera senza più limiti/ tu non provi mai vertigini/ Libera da ogni immagine/ La tua ombra su di noi oscura il sole e vai/ Libera da ogni limite/ con il corpo che si illumina/ Libera vicina a un angelo/ tu non provi mai vertigini/ Libera da ogni limite/ con il corpo che si illumina». Canzoni davvero brutte, non v'è dubbio, ma, se canticchiate in allegria, persino d'una certa grazia. Epperò davvero feroci, lucidamente feroci, nel restituirci una verità socio-antropologica quanto a ciò che era veramente Olbia a fronte dell'immagine che fa invece finta di restituirci: quella d'una città assolutamente moderna. Se le cose stanno così, ci si potrà sorprendere del fatto che, appena ieri, 14 marzo 2015, sia partito proprio da qui il tour di *X Factor On The Road*? Per selezionare i concorrenti canori del notissimo e sguaiato, assolutamente moderno, talent show di Sky. Ecco: ve lo ricordate il Mario Garrucciu di Tempio Pausania, finalista l'anno scorso? O l'olbiese Jessica Mazzoli che uscì in semifinale? Già, Jessica: un nome perfetto per la città dei Collage, secondo solo a Samantha.

Ecco: se ne raschiamo le incrostazioni dell'euforico e scintillante sviluppo economico e turistico che vi si sono depositate, se proviamo ad ascoltarne il battito del cuore sotto la corazza d'una ingorda colonizzazione edilizia (come altro chiamarla?), Olbia continua a rivelare un'anima non tanto diversa da quella del borgo spento e povero di tutto, che si palesava a Vittorini mentre approdava sull'isola col traghetto, accolto da quella baia singolare e di grande suggestione naturale. Ma andiamo con ordine. Cito da *Sardegna come un'infanzia*: «Da una parte Capo Figari con una minuscola luce gialla in cima: un faro; ma piuttosto si pensa a un uomo che agiti una lanterna da ferroviere verso di noi, e sia accorso all'ultimo momento. Dall'altra parte è Tavolara, un'isola che dicono deserta, e proprietà d'un tale che ci va per la caccia». Già, Capo

Figari: sul cui promontorio, dove ora c'è l'osservatorio – ancora quell'ossessione di modernità concitata, quel volontarismo da magnifiche sorti e progressive, epperò scientifiche –, Guglielmo Marconi sperimentò, l'anno dopo del viaggio di Vittorini, e cioè nel 1932, l'invio di segnali a onde corte, collegandosi con la romana Rocca di Papa, a ben 269 chilometri di distanza. Ma concentriamoci su Tavolara, l'immane scoglio che rappresenterebbe la nave dei Feaci pietrificata da Poseidone, colpevoli di aver riportato a Itaca l'odiato Odisseo, e che per Vittorini «forse viene da tavola», e cioè «un enorme blocco calcinoso che in questo chiaroscuro violetto di zolfo pare si accasci e debba sprofondare nelle acque, bruciata dentro». Siamo di fronte a uno spettacolo unico, a una sensazione che, se ci si fonda sulle parole dell'immaginosissimo scrittore, nessun altro golfo al mondo avrebbe potuto mai restituire: «E che sia un'isola non si vede. Cupe masse alle spalle la riprendono. E al moto del piroscafo, tra tanti blocchi azzurri o biancastri che ci girano attorno si ha quasi il senso d'essere entrati in un mare d'altipiano e di navigazione in ascesa: verso l'estremo tetto dell'universo». E più avanti, a proposito della baia di Terranova, ormai quasi a Olbia: «Chiusa da ogni parte, non si capisce per quale buco si sia passati. E il mare non è più quello di prima. Piuttosto un lago. L'impressione d'esser saliti si fa sicura». Non so ove Vittorini abbia ricavato queste notizie sul cacciatore proprietario dell'isolotto, la cui leggenda, quella del re di Tavolara, è legata invece ai Bertoleoni, di origine corso-genovese, che posseggono a tutt'oggi lì, sul lato ovest (lo Spalmatore di Terra) alcune case e due ristoranti, e vi approdarono all'inizio dell'Ottocento, per scegliervi definitiva dimora e allevarvi le capre selvatiche dalla famosa dentatura dorata. Quanto ai proclamati titoli nobiliari della famiglia, la vulgata vuole che, nel 1836, Carlo Alberto di Savoia, per mero svago venatorio, approdasse sull'isolotto imbattendosi nel capostipite Giuseppe Bertoleoni, il quale, a colui che si presentava come il re di Sardegna, pare avesse risposto: «Allora io sono il re di Tavolara». Inutile dire che il monarca savoiardo, ospite di Giuseppe, passasse una settimana felicissima su quello scoglio, sicché, prima di andarsene, si tramanda che donasse ai Bertoleoni un orologio d'oro, oltre che il riconoscimento dell'indipendenza di Tavolara con tanto di infeudatura della famiglia. Mi piace ricordare, sui Bertoleoni, quel che Candido Augusto Vecchi, nel suo *Garibaldi e Caprera* (1861), racconta a proposito di re Paolo: e della gita sull'*Emma*, da Tavolara a Caprera, che fece con Casimiro Basso e Menotti Garibaldi. Con loro, appunto, c'era Paolo, insieme alle sue due soavi figliole, le principesse Maria-Angiola e Laura, che «veggono di raro» – forse una volta all'anno per la festa di san Sulpizio a Terranova – gente estranea, eppure si rivelano «conversevoli e buone, senza ombra di rustichezza, manierose e gentili». Quando si dice la grazia regale.

Ma torniamo alla città, la Terranova «fabbricata sulle rovine di Olbia antica», così come appariva a Vittorini agli inizi di quegli anni Trenta, nell'intirizzito e umido sentimento dell'alba incipiente, annunciata da «un lungo chicchirichì», remoto, e tale da far vibrare l'aria, un «canto senza gioia, quasi triste, come di un gallo cieco», cui rispondono presto «altri chicchirichì [...] con la stessa cadenza accorata», che «intanto ci fanno avvertire la presenza di una vita umana, una segreta vita in pollai e abitazioni sotterranee». Ecco: «in una bianca polvere che dirada, una fila di casette allineate lungo l'acqua appare» dove non si sarebbe mai pensato, che quasi verrebbe voglia di contarle. In giro per le vie disabitate d'un borgo che pare costruito sul dorso d'una foglia, l'impressione non è di diminuita desolazione, di minore miseria: «Fabbricata con timidezza, di case che non hanno osato sollevarsi più su delle porte. E da una parte e dall'altra le vie finiscono dentro l'acqua che le ultime case quasi sfiorano coi tetti». Le strade sono di terriccio, mentre qua e là affiora la roccia, a formare «capricciosi marciapiedi e gradini dinanzi alle soglie», oltre le quali si vedono letti già rifatti, tavoli, oleografie alle pareti, trecce di cipolle che pendono dalle travi del soffitto. Non si nota la presenza di alcun albero, né s'avverte fruscìo d'erba. Poco più in là, «galline straccione» disperatamente grattano nel terriccio. Non sembra insomma esserci anima viva: eppure, «lesto e senza il minimo cigolìo», la porta gli si richiude sulla faccia. Ecco, all'improvviso, l'apparizione di cinque o sei donne che strisciano lungo i muri: «In fila indiana, serrate in scialli neri, con le lunghe gonne nere toccano il suolo appena e svoltano in una via traversa, come volpi in fuga», per rintanarsi in un cortile, da dove arrivano schiamazzi di bambini, i quali non si capisce perché «non osino invadere la via». Vittorini ha fame e chiede frutta «a qualche porta che ha l'aspetto di bottega»: ma non hanno da vendergli che pomodori o cipolle rosse, o indicargli un giovanotto «in abito di velluto alla cacciatora», il quale porta in spalla una pertica carica di pernici, per venderle. A conferma di un'altra antica e sicura vocazione della città: ai commerci e ai traffici, al veloce business. Poco importa con quali mezzi: non per niente, la spiaggia di Capo Ceraso si chiama Poltu Casu, proprio perché vi si praticava da sempre il contrabbando di formaggio. Questa, dunque, era Olbia al tempo del viaggio di Vittorini. E così, devo dire, è rimasta nelle sue verità profonde, per quel che ancora s'intuisce, come s'è visto, al di là e al di sotto del suo concitato e caotico sviluppo di questi ultimi decenni, in funzione dei sempre fiorenti traffici mercantili e turistici, delle importanti attività portuali, con la sua scadente edilizia aggressiva e irresponsabile, come la recente e tremenda alluvione ha, purtroppo, dimostrato: a scapito di cittadini incolpevoli. Una magica impostura, mi verrebbe da dire: e che si dissimula nel ventre d'un agglomerato urbano orrendamente e euforicamente espanso, che risulterebbe simile a qualsiasi periferia di moltissime città del mondo, se non patisse, appunto, questa eclatante contraddizione. A Olbia, in effetti, non c'è proprio niente da visitare: e quelle poche vestigia d'un passato anche antico che c'erano – mettiamo le diverse necropoli puniche identificate negli anni Trenta – sono state cancellate dalle edificazioni postbelliche. Non c'è niente da visitare, dicevo, a eccezione della romanica chiesa di San Simplicio, a un passo dalla stazione ferroviaria: dove si potranno trovare anche molte iscrizioni funerarie provenienti dalle necropoli suburbane cancellate, nonché numerosi cippi miliari recuperati lungo la strada romana che portava dalla città a Kàralis. Ci sarebbe però da chiederci, per amor di verità, come sia stato possibile che qui siano cresciute, in questi ultimi anni, ragazze bellissime, di radiosa indole, serie e preparate, quasi tutte arruolate nel mondo della moda o nella squadra di hostess, di terra e di cielo, che fanno del suo elegante aeroporto il più accogliente e vivo non-luogo del mondo. Io posso ben dirlo, ché alcune le ho avute allieve, quasi sempre bravissime. Cito a memoria, in rigoroso ordine alfabetico, come porgendo loro una rosa bianca: Francesca Cau, Rosy Luzzu, Giulia Mureddu, Vittoria Zentile. Per non dire dell'esplosiva Angela Loi: spingendoci, però, quindici chilometri più a sud, sino a Padru, dove vive e ora lavora. O, raggiungendo la vicina Arzachena, di Francesca Pace, non si sa se più affascinante o intelligente, dotatissima per gli studi e prova provata di una mia teoria fantagenetica, su cui il mio stilnovismo patologico ha fatto talvolta perno: che nessuna bellezza sia più fiorente, se non strabiliante, di quella nata da un'insularità per così dire al quadrato. Francesca, in effetti, è figlia di padre siciliano e di madre sarda: il contrario esatto di un'altra mia bellissima allieva, che vive nel cagliaritano, Valentina Cireddu, di padre sardo e di madre siciliana, da Sant'Agata di Militello, il paese in cui nacque uno degli scrittori più originali del nostro secondo Novecento, Vincenzo Consolo.

Golfo Aranci, a dispetto della sua colorata e agrumata disposizione, deve il suo nome ai pescosissimi fondali, molto frequentati da chi ama, non solo la predazione ittica, ma anche l'escursione subacquea: non di agrumeti, dunque, si tratta, ma «*di li ranci*», i granchi. Epperò Golfo Aranci, per il continentale distratto e in vacanza che raggiunge la Sardegna in nave, è, di fatto, il secondo porto di Olbia, dove dal 1961 attraccavano – non so se ancora oggi – i traghetti delle Ferrovie dello Stato provenienti da

Civitavecchia, consentendo di non trasbordare a passeggeri, veicoli e merci che avrebbero continuato il viaggio in treno: quel luogo, insomma, da cui il turista fugge di corsa, senza nemmeno pensarci su, per raggiungere prima possibile la località balneare di grido, più conclamata, magari scelta sulla rivista patinata di turno, com'è capitato anche a me quando v'approdai, coi miei compagni di scuola, per la prima volta in vacanza lontano da casa. Per me, comunque, oggi non è più così: per me Golfo Aranci è il borgo in cui da sempre trascorre le vacanze estive il mio dolcissimo allievo Alessandro Cadoni, che ci piace chiamare così, alla francese, Cadonì: forse per quell'aura da marxista esistenzialista che sembra uscito da un film di Truffaut, ma corretto da una certa allegria, diciamo così, mediterranea, che è solo sua. Marxista monogamico, come preferisco definirlo, per quella granitica e duplice fedeltà a un'utopia filosofica e politica e a sua moglie Elisa, la delicatissima Elisa: gli unici dogmi irrefutabili d'una vita consegnata invece a una laicissima gentilezza, a un'affabilità, a una serenità operosa che si direbbe invidiabile, se non ignorassi l'invidia come sentimento. Son venuto a Golfo Aranci sulla mia Berlingo baldanzosa e ammaccata, insieme a Sonia, figliola di complemento mi verrebbe da dire, ora che Nicoletta non vive più con me, Sonia dico, così presente e solerte, sicura bussola al mio scombuiato disorientamento: cappelletto da baseball, jeans fascianti, capelli brunissimi, tonicità scattante e quella risata larga, contagiosa ed esplosiva. È inverno: e Cadonì è qui perché sta facendo una supplenza a Olbia. Casualità vuole che sia ospite da lui l'altro mio allievo, Alessandro Marongiu, impegnato in un ciclo di lezioni sulla critica militante, pensate un po', a pagamento, e molto frequentate. Resto davvero ammirato tutte le volte che constato ciò che è riuscito a inventarsi: e cioè vendere a un pubblico generale e generico, molto spesso giovanilissimo, quel pacchetto di idee e sentimenti, di nozioni e risentimenti, di metodi e disposizioni, che si chiama critica militante. Lo conosco da anni, Alessandro, tra i primissimi a frequentare le mie lezioni appena arrivato in Sardegna. Me lo chiedo ogni tanto: chissà che gli è successo. È stato sempre – devo ammetterlo – un talebano laico, se l'ossimoro mi è consentito: abbinando un rigorismo fanatico, che talvolta gli erompe in talune stroncature memorabili, a una totale assenza di pregiudizi ideologici. Ma solo da poco ha scoperto la fotografia: che pare avergli catalizzato tutte quelle ossessioni che prima dissimulava, tra estetica e erotismo, militanza esistenziale e dissipazione di sé. Continua a scrivere, certo, ma, mi pare, con meno convinzione: ed è un peccato, perché si tratta di un talento assoluto. Più importante essendo per lui l'arruolamento quotidiano di qualche giovanissima e conturbante modella tatuata, che fotografa in mille pose, con sicura predilezione per il nudo, postando i risultati, davvero notevoli in qualche caso, sulla sua bacheca di Facebook. Ma la cosa che non mi convince è che si sia fatto crescere la barba: ogni barba nasconde sempre qualcosa, soprattutto quelle lunghe e ieratiche come la sua. Non riesco a immaginare cosa possa nascondere Alessandro, ma tanto non me lo direbbe mai. Cadonì ci accoglie con quegli occhi intensi che gli ridono ed è, come sempre, pieno di premure. Lo guardo e mi viene in mente l'incipit di *Anna Karenina*, parafrasandolo: tutti gli uomini felici si somigliano tra loro, ogni uomo infelice lo è a suo modo. Questo è il motivo vero e profondo, io credo, per cui Cadonì, non si può raccontarlo: immobile com'è, in perfetta coincidenza con se stesso, dentro la sua letizia. Come si potrebbe raccontare del resto la felicità e la salute? Chissà com'è finito a contrarre una passione così prepotente per il tragico Pasolini, di cui sa veramente tutto, per altro attrezzatissimo critico e saggista qual è. Anche Sonia la pensa così.

Sono appena atterrato all'aeroporto di Olbia. È un sabato di febbraio meno tiepido del solito, al di sotto delle medie stagionali: domani c'è Budoni-Viterbese. Dico Viterbese, e cioè la squadra della città che, nel Duecento, fu sede papale e capitale della cristianità. Siamo in serie D, girone tra Lazio e Sardegna: e si gioca con un avversario d'un paese che è poco più d'una spiaggia, seppure bellissima. Questo per dire di come la nostra schiatta di viterbesi, quella dei figli di Annio da Viterbo e della sua Etruria immaginaria, sia finita, calcisticamente, molto in basso. Finirà 2 a 2: risultato che, ottenuto in contemporanea con la vittoria della capolista Lupa Castelli, sempre in trasferta, vuole semplicemente dire che il campionato è definitivamente perso. Ho dovuto pure sentire aleggiare, rivolto non so a chi da un olbiese invocando il nemico di sempre, l'epiteto di «sassarese magnacaula», e cioè mangiacavoli: che per me, sassarese d'adozione e algherese per scelta, è pur sempre una ferita. Mi consola solo il fatto d'aver incontrato sugli spalti l'amico Tonino Ranucci, l'avvocato, ma da sempre leggendario direttore sportivo, presso il cui studio, per altro, mia sorella Maria Grazia ha anche lavorato come segretaria, e il presidente Vincenzo Camilli che, per questa squadra, ha investito molto, forse troppo. Mi aspetta fuori dall'aeroporto con una macchina d'emergenza fornitagli assai gentilmente dalla fidanzata, Silvio Addis, un allievo di Tonino Delogu che studia Capograssi: in un solo pomeriggio, di automobili, ne ha fatte fuori due, la sua e quella paterna, batteria azzerata e marmitta sfondata, senza dire dell'influenza incipiente che lo devasta, ma che sopporta con virilissimo stoicismo. Silvio è un giovane uomo indubitabilmente bello: capelli biondi pettinati per chi ha nel fisico impressa la vocazione filosofica, occhi grigio ghiaccio e un'eleganza assai compassata. Ho detto grigio ghiaccio: se quel grigio non fosse invece caldo, se non sprigionasse una grande capacità di tenerezza, dissimulata sotto un'impeccabile educazione. Insieme a lui c'è Davide Spanu, un brillante insegnante esperto di informatica, che ha provato a verificare, con gli strumenti della logica, la coerenza interna del pensiero dell'asperrimo filosofo Severino: pur piazzandosi sempre in posizione d'onore, non è purtroppo mai riuscito a vincere una borsa dottorale da noi a Sassari, seppure l'avrebbe meritata. Davide ha portato per me un caricatore Samsung: col cellulare scarico sarei un uomo del tutto fuori giuoco, poco importa se mia figlia, il mio grande amore, non sai mai se ha voglia di rispondermi oppure no. Io ho molta fame, anche se ho mangiato più di qualcosa a Roma: si decide, allora, di andare in pizzeria, Il Galeone, dove sono già stato una volta, serbandone un buon ricordo, seppure lontano e confuso. In effetti la pizza è ottima e leggerissima: me ne mangio addirittura due ai funghi champignon, come non faccio mai, opportunatamente annaffiate dall'ottima birra Ichnusa. Bella serata davvero: epperò, dopo aver accompagnato Davide alla casa di Olbia marittima, ci si dirige verso San Teodoro, da Silvio: che abita in campagna, in una bella villa sollevata su un paesaggio che digrada sino a un mare toccante, qualche chilometro prima del paese, che riposa placido dietro la montagna. Un paese, San Teodoro, come mi accorgerò l'indomani mattina, con una planimetria diffusa e piuttosto regolare, e con un centro difficilmente individuabile: se non fosse per la chiesa matrice e il municipio nuovo, marmoreo e funereo, costruito da non molti anni in stile pseudorazionalista e parafascista: sicché mi pare del tutto conseguente che, proprio accanto, un'insegna commerciale squilli in tutta la sua imbarazzante e frivola modernità: MARKET VANESSA. PRODOTTI TIPICI. PANINI FARCITI.

Siamo arrivati a casa in una notte già avanzata, con qualche stella che brilla in cielo: si temeva il peggio, visto che c'era da andare allo stadio. Ad accoglierci c'è Billi, un bel cagnone, che vive in fraterna *agape* con un nugolo di gatti che lo adorano: c'è ancora il tempo, sul balcone panoramico, di fumare un odoroso antico toscano. Silvio, poi, mi assegna un piccolo appartamentino per gli ospiti, ricavato al piano terra. La stufetta di zibro ha scaldato in un momento, e perfettamente, tutta la stanza. Sotto il confortevole strato di coperte – sono abituato, qui in Sardegna, a vivere senza termosifoni –, mi addormento subito e profondamente, risvegliandomi nella stessa posizione in cui m'ero raggomitolato. E accade di nuovo: ho sognato Rocco, il mio grande amico Rocco Carbone. Mi capita con sempre meno timida frequenza, e con maggiore intensità, dopo il lunghissimo periodo di buio assoluto, a seguito della sua improvvisa e crudele morte. Era successo il 18 luglio 2008, dopo mezzanotte – la notizia mi avrebbe annichilito –, quando, rovinando col motorino contro una macchina in doppia fila, sbattendo violentemente il mento sul parafango, e spezzandosi l'osso del collo, era finito quasi sotto il monumento equestre di Scanderbeg, in piazza Albania, ai piedi dell'Aventino: proprio lui, calabrese, davanti all'eroe degli albanesi anche di Calabria, che un altro corregionale, Carmine Abate, aveva celebrato in un suo libro. Nel suo romanzo postumo, *Per il tuo bene*, pubblicato nel 2009, Emanuele Trevi scriveva nella bellissima prefazione, intitolata *La breve vita felice di Rocco Carbone*: «Era una di quelle persone destinate ad *assomigliare* al proprio nome». È vero: quel nome pare, infatti, «l'esito di una perizia geologica», senza dimenticare, però, «con gli antichi alchimisti, che non esiste in natura nulla di più psichico delle pietre e dei metalli». Per chiudere così, dopo 25 pagine foltissime, a proposito d'un suo disturbo nel sonno, di carattere psicosomatico, legato all'amico perduto: «Come sempre aveva fatto nella vita, voleva accertarsi che qualcuno gli volesse bene». Già, come sempre nella vita: quando appunto, appena dissimulato sotto la rigorosa divisa della sua buona educazione, ti capitava immancabilmente d'avvertirlo, quello straziante bisogno d'amore. Ho conosciuto Rocco negli stessi anni in cui, con Trevi, frequentava la facoltà di Lettere della Sapienza di Roma: già dentro una sussurrata leggenda che lo vedeva precocemente su una cattedra universitaria. C'eravamo iscritti al Goethe-Institut – c'erano Serena Rosa, che ora vive a Cagliari, e Stefano De Luca – per imparare a leggere dal tedesco: io studiavo filosofia, mentre lui, che aveva già pubblicato saggi severi e d'impostazione semiotica, tendeva al fisico del ruolo. Rocco era così: se si metteva in testa qualcosa, s'organizzava all'uopo, votandosi intero a un progetto che gli diventava subito d'acciaio. Ecco: era la volontà che attivava il suo metronomo interiore, con cui scandiva la marcia in direzione di quel destino che, di volta in volta, si assegnava con ostinazione. La nostra fu un'intesa subito profonda tra meridionali: se è vera la constatazione, da lui subito accettata con divertimento, che Viterbo, dove sono nato, sia l'unico sud a nord di Roma. Mi chiedo se davvero, la sua, sia stata una «breve vita felice» o se, invece, quel felice, debba intendersi in un senso propriamente ottativo. Rocco voleva essere felice e, da un certo punto in poi, proprio attraverso la scrittura. Come tutti, direte voi: ma lui di più. Per contrastare, forse, quel sentimento d'orfanezza – che era metafisico – contratto già nella lontana infanzia calabrese. Me ne resi conto quando, a Tuscania, gli feci conoscere Franco Cagnetta, il mitico autore di *Banditi a Orgosolo*, che viveva da solo in uno stato di grande prostrazione. «Non vorrei finire così»: ci disse ferito. S'illuse che la scrittura potesse, se non guarirlo, almeno medicarlo. Ma la scrittura, come c'insegnava il suo amato maestro, Cesare Garboli, non ha niente a che vedere con la salute. Me lo chiedo come rivedendo tutta la sua vita svolgersi su un nastro, parafrasando Hugo von Hofmannsthal: un uomo che muore a 46 anni in un incidente stradale sarà, in ogni momento della sua vita, un uomo che morirà a 46 anni in un incidente stradale?

Riesco ad alzarmi non troppo tardi. E meno male: c'è da visitare alcune delle spiagge più belle del mondo, dove mia sorella Maria Grazia, con Settimio e i miei due splendidi nipoti, Francesco e Gabriele, ha trascorso qualche memorabile vacanza: pare che la zona di San Teodoro sia particolarmente consigliata per le vacanze formato famiglia. Silvio è affettuoso e efficientissimo: dovendo noi andare alla partita, ha programmato gli spostamenti al minuto, compreso il pranzo dalla sua tenerissima mamma, dove ho assaggiato dei papassini che è poco dire miracolosi. In un paio d'ore, sotto un cielo velato e dentro un'aria ancora pungente, riesco a godermi uno spettacolo degno degli dei. Prendiamo la strada per Coda Cavallo, ci viene incontro, tra la macchia mediterranea, e le ville nascoste sonnacchianti nel verde, un maratoneta segaligno che ha la faccia antica e anacoretica di Erri De Luca: non lo prendo come un buon segno. E invece il belvedere che mi aspetta mozza il fiato: davanti, maestosa e impossibile, Tavolara, e poi la meno insolente Molara, e un villaggio turistico, scavato con grazia nello stesso colore della roccia. Di sotto l'acqua appena increspata che nasconde ancora vecchi relitti romani o punici, e praterie di cocci d'anfore, come mi racconta Silvio, che aveva l'abitudine di fare qui smemorate immersioni. Non faccio in tempo a rubricare nella mia golosa memoria quanto ho visto, che siamo a Brandinchi. Ci sarà un motivo se la chiamano la piccola Tahiti: l'acqua è cristallina e la sabbia sembra latte in polvere, te la porteresti alla bocca. Alle spalle, come tra due mari, lo stagno. Mi viene da canticchiare *Eva* di Umberto Tozzi, «di mare dolce piovra», per quell'adamitico sentimento da stato di natura, mentre mi ricordo di quando dissi allo stesso Tozzi che lui era, insieme allo Zucchero di «Nietzsche/ che dice», l'autore della rima più impervia e bella della storia della canzone italiana («marinai su New York/ su Beirut teschi di mammouth»), ma non riuscì a rammentare che si trattasse proprio di questo brano. Andando verso sud gli arenili si fanno più grandi: in pochi minuti raggiungiamo Puntaldìa, spiaggia Lu Impostu: solo poche persone coi cani al guinzaglio, in assoluta beatitudine. Si chiude con La Cinta, la grande spiaggia lunga cinque chilometri che rappresenta San Teodoro nel mondo: proprio lì ammiriamo estasiati una colonia di superbi fenicotteri rosa. C'è ancora una decina di minuti per passare dal fioraio a prendere delle meravigliose orchidee violette e gialle, per quella splendida donna che è la mamma di Silvio. Ritornando alla macchina mi raggiunge improvviso il presentimento della primavera che sta tardando: quella che intenerisce e che strazia. Ma Nicoletta, mia figlia, è lontanissima. Chissà dove.

Statale 131: direzione Macomer

Gavino, i' vorrei che tu Massimo e io fossimo presi come per incantamento e, tutto il giorno, potessimo andare qua e là al volere mio e vostro. Purtroppo, però, non ci capita spesso di fare una beata gita in macchina sulle strade della Sardegna o del Continente: rispettando scrupolosamente, s'intende, i limiti di velocità. Gite, devo dirlo, di movimento e di pensiero, talvolta al servizio d'un qualche capriccio metafisico. Come quella volta che correvamo sull'Aurelia, da Roma verso Livorno, ma Massimo non c'era: quando a un certo punto, dopo Capalbio, Gavino mi indica una scritta, una di quelle che si leggono ovunque e che – si dice (ma non ci credo) – servirebbero da segnale convenuto per tossicodipendenti in cerca di spacciatori. La scritta: DIO C'È. Una mano ironica e sorniona v'aveva aggiunto sotto, con allegra calligrafia: VA BEH. MA QUALE? Già: quale Dio? Il mio amico, che è un cattolico antico, dalla risata larga cordiale e fragorosa, ha commentato ad alta voce, non senza malinconia, che il suo Dio, mite e misericordioso, quello del Vangelo, non è così popolare, oggi, tra gli uomini di buona volontà. Non posso non dargli ragione. Come faccio – mi diceva (ma non era ancora salito al soglio pontificale papa Bergoglio) – a riconoscermi in questo Dio collerico e vendicativo, feroce e impietoso, che punisce, con lo stesso zelo, con la stessa implacabile protervia, da Oriente a Occidente? Sarà dovuto forse al fatto – ha poi aggiunto – che un certo Nietzsche, più di un secolo fa, l'ha dato per morto e in tanti, poi, hanno divulgato la notizia? Non vorrei – conclude – ci avesse creduto pure lui, il Padre onnipotente: lasciandoci, per decenni, su questa Terra desolata. È andata proprio così, ma non vi fate idee sbagliate su Gavino: che è un uomo molto concreto, per niente metafisico, un genio della governance, mi verrebbe da dire, e dirige a Sassari da qualche anno, con risultati notevoli, il dipartimento di Scienze umanistiche e sociali dell'ateneo: ve lo posso garantire, visto che io gli faccio da vice, senza merito alcuno per altro.

Oggi, comunque, si va a Macomer a mangiare il bue rosso. C'è, intanto, Michelino Cuccu che arriva: perché non viene pure lui? Ci guarda e strizza l'occhio: «Ma stanno con noi?». Sulle prime non abbiamo capito: con chi ce l'ha? Ma appena si volta a guardarle, abbiamo visto anche noi due nostre belle dottorande che ci stavano raggiungendo, del tutto ignare: Sonia, la mia allieva di Bono che studia Sciascia Dürrenmatt e Glauser, e Giuliana, che è invece sassarese, ma sa tutto di Capitini a Cagliari. No, caro Michele, purtroppo non stanno con noi: e non hanno nessuna intenzione di farci compagnia. È fatto così Michelino: di poche parole, molto serio e gran lavoratore, ma capace anche d'accendersi, almeno col suo direttore e con me, all'euforia un po' spavalda. Gavino, che è imponente, lo afferra e lo spinge in macchina senza dargli possibilità di replica: si parte per Macomer. A noi, partendo dall'alto di via Roma, piace arrivare alla 131, che, da Porto Torres a Cagliari, taglia in verticale tutta la Sardegna, scendendo per i vertiginosi tornanti della Scala di Giocca. Ogni volta che la percorro – con un certo spirito infantile da montagne russe –, mentre lo sguardo abbraccia lo sconfinato orizzonte che si apre sulla catena di altipiani, anche io come Mario Soldati, che ci transitò nell'autunno del 1975 per quel viaggio enologico che tradusse nel bellissimo *Vino al vino* (1977), non posso non pensare, ancora una volta, a certe considerazioni del David Herbert Lawrence di *Sea and Sardinia*, il quale, qui, resta davvero insuperabile solo quando parla di Natura: «Il paesaggio sardo è molto diverso dai paesaggi italiani... molto più spazioso, molto più semplice, niente su e giù, ma piuttosto sfuggente in lontananza». Il che, secondo Lawrence, produrrebbe un senso dello spazio, «che invece manca totalmente in Italia». In effetti, le creste di roccia mai troppo alte, le colline sfuggenti, i pascoli che dismisurano brulli, una costante desolazione aspra, consentono agli occhi di spingersi lontanissimo, magari all'avvistamento di cavalli allo stato brado o di qualche solitario nuraghe. Sicché non ci sorprende che nel Sinis, alla periferia di Oristano, un centinaio di chilometri più a sud, si possa trovare ancora un paese abbandonato, San Salvatore, che, con le sue casette a schiera d'una sola stanza lungo la strada per Is Arutas, diventò famoso a metà degli anni Sessanta, grazie alla Corronca Company, come set per film western all'italiana. San Salvatore di Sinis, dico, che è stata costruita per essere abitata soltanto due giorni l'anno, durante la festa del santo patrono, e essere poi affittata per gli altri trecentosessantatré ai produttori cinematografici, i quali, con un po' di gesso, la trasformavano di volta in volta in una cittadina messicana o del remoto West. Suggestiva, per altro, resta la chiesetta campestre al centro della piazza, costruita sopra un ipogeo in pietra risalente al periodo nuragico e che mostra ancora al suo interno un pozzo, consacrato com'era al culto dell'acqua.

Filiamo placidi sulla 131 e ci lasciamo sulla destra il bivio per Pozzo Maggiore, dov'è nata una delle mie allieve più brave e più serie: Anna Oppes. Soave, alta senza essere severa, di portamento elegante, d'introvertita malinconia, di grande discrezione e pudore, Anna ha un perfetto senso di sé e del mondo, un'esatta coscienza degli attori in campo, qualsiasi partita si giuochi, anche se lo dissimula sotto un'umiltà e una gentilezza d'altri tempi. Laurea triennale con me a Sassari su Roland Barthes e *Miti d'oggi*, magistrale a Siena con Antonio Prete e master di Editoria e scrittura creativa a Nuoro, dove ha ritrovato, come insegnanti, me, Silvia Lutzoni, Alessandro Marongiu, Giuseppe Mussi, e il bravissimo Alessio Giannanti. Ora lavora a Milano a Iperborea, la casa editrice delle letterature del Nord Europa. Uno se lo chiede, anche se parrebbe una domanda sciocca: cosa ci fa una sarda di Pozzo Maggiore a Iperborea? Come può vivere certi siderali slontanamenti, certe estreme solitudini di neve e ghiacci, di impossibili fiordi, anche se in un rapporto solo mentale? Ma se ci ripenso, se mi ritorna alla mente la profondità del suo sguardo e dei suoi silenzi, allora capisco tutto: e che si tratta d'un medesimo senso di civiltà, che nell'Europa di oggi pare quasi del tutto estinto.

È ancora presto, non c'è molto traffico e ci aspetta un pranzo sontuoso. Magari ci scappa pure il tempo di un aperitivo: non lo so come li servono a Macomer, ma qui in Sardegna, molto più che nel mio Alto Lazio, l'aperitivo, soprattutto serale, ha un suo ineludibile quid, di lenta approssimazione ai piaceri della notte, qualunque essi siano, al suo lento sopraggiungere. Massimo fissa la strada che si sfettuccia rapida davanti a noi, sotto un cielo grosso di nuvole gloriose e che visto da qui, dall'altipiano assorto di Macomer, ci appare sontuosamente teatrale. È pensieroso e si gira verso di me: mi dice d'aver letto su *La Nuova Sardegna* un'intervista a Pinuccio Sciola, il celebrato scultore delle pietre sonore, un altro di quelli che fa merce d'uno stupito primitivismo etnico, il quale dichiarava d'avere un sogno segreto e che, ora, grazie alla sensibilità del nuovo governatore Francesco Pigliaru, potrebbe forse realizzarsi. Mi prende subito una grande tristezza quando gli artisti, o quelli che si credono tali, si rivolgono con appelli ai potenti di turno. Possibile che siamo sempre in cerca, noi italiani con smanie di creatività, di munifici mecenati e di rassicuranti protezioni politiche? Il sogno sarebbe questo: «Una scultura lunga 240 chilometri che coinvolga artisti internazionali, che permetta di intervenire con opere capaci di dialogare con il territorio, e con il colore nei ponti e sulle pareti di cemento che incorniciano orribilmente i tratti della superstrada». Nella convinzione che «un'operazione del genere» sarebbe di «enorme portata, per l'immagine della nostra isola». Questi qui, quando pronunciano la parola internazionale – che non si sa bene cosa voglia dire –, vanno in estasi. Lasciamo stare il fatto che la simulazione proposta in fotografia sul giornale – con quelle gigantesche mezze lune arancioni, di non so che materiale, incombenti ai lati della strada che stiamo percorrendo – mi sembri d'una bruttezza imbarazzante: mi rendo conto, infatti, che il mio giudizio potrebbe essere del tutto opinabile, anche perché discutere di estetica, e d'una nozione come quella di bellezza, può produrre oggi lo stesso effetto del camminare sulle sabbie mobili.

Vorrei dire, però, con brutale franchezza, e seria preoccupazione, che la proposta di Sciola mi pare del tutto priva di intelligenza critica e di consapevolezza storica, una proposta – lo sottolineo con forza – di pura retroguardia e legata a un'idea del fare artistico già rubricata negli annali di una storia deposta, nemmeno troppo entusiasmante, insieme col secolo che l'ha partorita. E che, lungi dall'apportare ai sardi benefici di qualsiasi tipo, come Sciola con patetico zelo sardista sostiene, rappresenterebbe probabilmente il modo peggiore, per avviare una rigorosa politica culturale a vantaggio di questa stremata isola. Sciola saprà – perlomeno me lo auguro: ma ho qualche dubbio, avendolo sentito parlare mentre riceveva il Premio Dessì – che quel sogno d'un museo d'arte contemporanea a cielo aperto, che interagisca col territorio, al fine di valorizzarlo paesaggisticamente e turisticamente, qualcuno l'ha già, non solo immaginato, ma anche realizzato, non molti decenni fa, in ben altre condizioni culturali, potendo per altro avvalersi di collaborazioni artistiche ai massimi livelli. Epperò quel sogno s'è trasformato presto in un incubo. Mi riferisco a Ludovico Corrao, il sindaco-sultano della siciliana Gibellina, un uomo di finissima cultura cosmopolita per altro, e senza tentazioni primitiviste, il quale, dopo il feroce terremoto del Belice del 1968, ha deciso di ricostruire il paese secondo un'idea che s'avvicina più a un progetto filosofico che a un piano urbanistico, affidandosi alla più rinomata intelligenza d'avanguardia di quegli anni (Consagra, Burri, Cascella, Pomodoro e molti altri ancora), a 18 chilometri da quello vecchio che ormai è in gran parte sepolto dal famoso cretto di Burri, ora abbandonato all'incuria del tempo, solcato da erbacce e triste palcoscenico di euforici motociclisti in vena di acrobazie. Un paese che ci accoglie al suo ingresso con quella pacchiana stella texana, la grande e lodatissima stella d'acciaio di Consagra, che i poveri abitanti di Gibellina si trovano davanti ogni volta che s'affacciano alla finestra, e che, per i loro figli e nipoti, non hanno a disposizione degli attrezzati e rassicuranti giardini pubblici, ma solo i ludici allestimenti degli artisti d'avanguardia. Mi chiedo, con tutta onestà, come si possa considerare quest'opera un capolavoro, se non in nome d'un fideismo che è quello tipico di tanta arte contemporanea (un'operosissima industria del vuoto, spesso promossa da cinici critici profittatori), e che procede per autoproclamazione ed autoacclamazione. Non c'è bisogno d'esser ferrati semiologi per decifrare quel volgare segno di Consagra: una specie d'iperbolico addobbo strapaesano per feste di santi, che solo un frainteso senso della modernità ha potuto concepire come trasgressivo e d'avanguardia.

Un paese-utopia, Gibellina insomma, voluto da Corrao, secondo un progetto di deportazione totale della popolazione, trasferita in massa dentro il futuribile museo a cielo aperto che gli hanno consegnato i grandi artisti convocati, nei modi di un inquietante polpottismo estetico (ve lo ricordate il feroce cambogiano Pol Pot?): solo che al posto dei campi di rieducazione ideologica, i vecchi contadini, già offesi dal cataclisma naturale che ha distrutto le loro antiche case, hanno trovato i laboratori dei goliardici artisti astrattisti di cui sono diventati i protagonisti coatti, gli attori d'uno spettacolo permanente, per cui sono stati scritturati in gloria della voluttà del turista transavanguardistico e globalizzato. Poteva accadere diversamente, del resto, in un luogo in cui, secondo un'idea atrocemente estetizzante – e d'un estetismo che direi totalitario –, l'arte non è stata messa al servizio di un paese, ma un intero paese e la sua comunità sono stati posti al servizio dell'arte e della sua religione? Della memoria della vecchia Gibellina non è rimasto più niente: sicché non mi sorprende che l'unica cosa viva del paese sia il vecchio cimitero, quello dell'antica città contadina, invaso dai fiori e profumato. Corrao, insomma, non faceva altro che dare consistenza a un'idea che, quasi cinquant'anni dopo, Pinuccio Sciola ripropone senza battere ciglio, nonostante le drastiche e numerose smentite della Storia: che cioè, in ossequio a un certo concetto di «land art», come si legge nell'intervista, «la natura e il territorio siano "strumenti" per creare e comunicare l'arte». C'è qualcosa di più empio, di più cinico, di una religione che mette un intero territorio al servizio di un mero fatto estetico, di qualità per altro molto discutibile? Questo, del resto, è il fatuo luna park dell'ipermodernità, che persino il nostro mediocre tempo ha da tempo già condannato: l'ipermodernità che, per mero movimento concettualistico, e per malafede critica e filosofica, può farci credere che le pietre di Pinuccio Sciola possano essere altro da quello che sono: una curiosità folclorica.

Siamo quasi arrivati a Macomer. Erba e sterpi che resistono su distese compatte di basalto: e, sul ciglio davanti a noi, la fila sghemba di case malcostruite e ancor peggio rifinite, che s'arrampica a fatica, i palazzi faticati in bilico, gli spenti colori di pioggia, il triste squallore. Me lo chiedo: che cosa rappresenta per me Macomer? Forse la capitale di sempre del formaggio sardo, coi suoi importanti caseifici industriali e quelli delle cooperative del circondario? Difficile poterlo continuare a pensare, anche volendo, in tempi come questi, di tirannia assoluta della Comunità europea con le sue assurde, talvolta suicide direttive. Magari, allora, la fervorosa cittadina che ospita ai primi di dicembre la fiera regionale del libro sardo? Oppure la sede di importanti siti nuragici come quello di Santa Barbara o di Tamuli, con le tombe dei giganti e i betili? No, niente di tutto questo: per me, Macomer resterà sempre la cittadina d'una spiccata e misteriosa, modernissima, vocazione televisiva tutta al femminile, e, insieme, la remota e punitiva sede di destinazione di tanti militari di leva viterbesi: chissà perché, poi. «Davvero?», mi fa Massimo con quel suo elegantissimo modo di sbalordirsi. «Certamente», rispondo io. Non è cresciuta, a Macomer, l'incontenibile Geppi Cucciari? Ma di Macomer sono anche le mie amiche Egidiangela Sechi, inconfondibile volto di Videolina, e Stefania Pinna, di Sky TG24, il cui solo sorriso che s'accende all'improvviso vale il costo dell'abbonamento più grasso al canale satellitare. Raccoglietele i capelli, a Stefania, non importa se a chignon, esaltandole la sagoma marcata del viso: e avrete un giuoco di occhi e labbra che potrebbe incenerirvi. Con Egi e Stefania, del resto, siamo ai più alti gradi della bellezza femminile sarda. Non per niente, mi direte voi: non è stata ritrovata proprio qui, nel 1949, in una gola del rio S'Adde, una meravigliosa *Venere di Macomer*, raffigurante una Dea Madre risalente al Paleolitico?

Bellezze antipodiche e che si integrano: divagante e sospirosa quella di Egidiangela, esatta e concentrata quella di Stefania. Tanto è matronale eppure delicata, in soave coincidenza con se stessa, Egi, quanto è nervosa e tonica, scintillante, Stefania. Epperò, ecco il punto: sarebbero cresciute così, queste due splendide donne, di fiera e serena indipendenza, se non ci fossero stati, a imbarbarire questa cittadina di diecimila abitanti, le canagliesche torme di militari affamati di vita, disperati di naia, che ogni pomeriggio sciamavano in libera uscita? Sarebbero diventate quelle che oggi sono, così libere e intelligenti, senza quell'armatura naturale che, a Macomer, ogni famiglia consegnava alle sue figlie in fiore per proteggerle? Stefania me lo raccontava con quella risata che le diventa luce: mentre mi raggiungeva il pensiero della mia, di città, con le sue incombenti caserme, con quel senso di razzia che le ostiche e inaccessibili ragazze viterbesi attribuivano sempre a quei poveri soldati di leva. Me lo raccontava Stefania: la strada della passeggiata da percorrere su e giù; su un lato le belle ragazze di Macomer; sull'altro gli improbabili coscritti, col gel di marca scadente sui capelli e gli occhi allagati di desiderio e nostalgia. Su e giù, senza mai incontrarsi nemmeno con lo sguardo: come in un girone di dannati danteschi. Tra questi – doveva essere il 1981 – c'era anche il mio amico Gisca, un ragazzo dolce e gentile, senza problemi, solido e perbene, capace di adattarsi in qualunque posto. Ma non a Macomer, dove perse l'equilibrio e la serenità, anche l'allegria: e si trovò a giuocare la carta, non so se giusta o sbagliata, epperò decisiva, della sua vita. Ore e ore in mezzo al nulla dell'altipiano deserto, sotto un cielo di stelle insolenti e bellissime (come una promessa di felicità mai mantenuta), la luna alta e lontana, a fare la guardia a una polveriera, ignaro d'ogni canto di pastore errante. Il rancio scaduto di mense ingrate e inospitali. Le camerate freddissime e le brande nemiche di ogni riposo. Gisca aveva avuto a Viterbo una storia d'amore un po' frettolosa, poco convinta: ed era poi partito per il militare. Lei, una donna volitiva e sicura di sé, seppe che stava male: e se ne giovò. Lo venne a prendere e lui lasciò fare: forse c'entra davvero Macomer. Chissà se, almeno allora, fu vero amore. Fu un matrimonio doloroso e infelice, pieno di incomprensioni. Il primo divorzio della mia generazione di cui ebbi diretta contezza. Certo, era nel frattempo arrivato Marco: il meraviglioso figlio che ogni genitore vorrebbe avere.

A Nuoro con Giacometti

La città è di sicuro una di quelle di sangue blu: se non altro per la toponomastica letteraria ormai facilmente riconoscibile e già leggendaria. Non per caso, quando è vero che hanno contribuito a disegnarla due suoi grandissimi figli: un premio Nobel, Grazia Deledda, e Salvatore Satta, l'autore d'un capolavoro, *Il giorno del giudizio* (1977), ancora dolorosamente confitto come uno stemma nel secolo appena trascorso, e che però non finisce mai di finire. Un romanzo che ha fatto del camposanto cittadino una specie di capitale planetaria dello sgomento e dell'insensatezza: mentre s'allarga come una crepa paurosa, capace d'ingoiare nel suo nulla tutti i codici del consorzio civile, le sue inani e gradasse ambizioni, la sua facinorosa prosopopea, compresa quell'araldica del sé etnico che qui, nel cuore della Barbagia, era potuta sembrare tenacissima e salda, inestirpabile. Un romanzo con quell'umanità malevola e litigiosa, astiosa e risentita, e quei suoi morti che, se mai furono vivi, ora chiedono d'essere liberati persino del peso di essere vissuti. Un romanzo, insomma, che celebra la vita, ma solo come perdita secca, dentro un perpetuo falò di speranze e vanità: e che trova proprio qui, all'estrema e insulare periferia del Continente, una verità atroce e angusta, ma che vale – e varrà – inesorabilmente per ogni creatura venuta al mondo. Ecco perché a Nuoro bisogna arrivarci il giorno dei Morti, specie se la giornata, prima che il sole cali, si prolunga insolitamente tiepida e immobile nel suo azzurro.

In effetti è proprio il 2 novembre che ci sono arrivato da Alghero, guidando molto pigramente, in un radioso primo pomeriggio: ma per vedere, al Man, e cioè il Museo d'Arte Provincia di Nuoro, la mostra dedicata a Giacometti dal titolo per me carico di suggestioni come un vaticinio, *Alberto Giacometti e l'arcaico*. Ho appuntamento con Piero Mura, dove termina la salita, davanti al nuovo tribunale (il vecchio, quello di Satta per capirci, ospita ora un altro museo, il Tribu), che s'impenna, luttuoso nel suo bianco molto faticato, su gradini pretenziosi e monumentali, sovrastando la città, alle pendici del colle di Sant'Onofrio. Per ammirarlo tutto, occorre che io lo dica, bisogna alzare di molto la testa, fino a sentire scricchiolare le vertebre. Vorrei rivedere, prima del tour giacomettiano, la chiesa della Solitudine, proprio a un passo dal cimitero, dove, sulla parete di destra, si trova il sarcofago in granito nero levigato che avrebbe dovuto ospitare, mi dice Piero, la salma della Deledda, se la bara arrivata da Roma non fosse stata troppo larga. Piero, il quale possiede grazie a un provvido zio gli unici scatti fotografici che documentano il funerale, e unici per via d'un tempo che fu da cani (e latrati), aggiunge che poi la scrittrice è stata sepolta sotto la soglia della chiesetta, ma anche che, secondo una *vox populi* piuttosto irridente, se non blasfema, al posto delle gentili spoglie muliebri, per un'involontaria sostituzione di cadaveri, finirono lì, dove sono tuttora, quelle d'un generale protervo e baffuto. Mi viene in mente che Pirandello ne avrebbe riso e ne avrebbe goduto come una conferma di quelle burle del Caso che disvelano impreviste e sarcastiche verità: non per niente, con perfidia di misogino, il grande siciliano aveva dedicato alla molto più famosa e celebrata sarda un romanzo, *Suo marito* (1911), in cui si compiaceva di rappresentarla, diciamo così, in pantaloni e villosa, con un marito succube, non si sa se più patetico o ridicolo, ovvero Giustino Roncella nato Boggiòlo.

Ci fermiamo – e ne valeva davvero la pena – davanti al portale d'ingresso in bronzo disegnato (insieme a tabernacolo, croci, candelabri, campana e Via Crucis) dallo scultore e incisore sassarese Eugenio Tavolara, virtuosissimo decoratore, nato agli inizi esatti del secolo e morto nel 1963, noto anche per quella mano offesa che gli impediva di esercitare fino in fondo il suo talento. Qualcun altro, alla fine, doveva per forza scolpire per lui e dare corpo al suo mondo fantastico: accanto a questi collaboratori (spesso veri e propri co-autori), dialogava col Maestro un altro sassarese di straordinario talento, lo scultore e ceramista Gavino Tilocca. Quel Tavolara che, per la felicità dell'appassionato d'arte applicata tradizioni e cultura materiale, ha contribuito in modo decisivo alla creazione di I.S.O.L.A. (Istituto Sardo Organizzazione Lavoro Artigianale), i cui atelier, diciamo così, trasformati in punti di vendita fanno la gioia, ancora oggi, di ogni turista in cerca di emozioni etniche. Chi ne volesse sapere di più potrebbe leggersi con gusto le eleganti pagine che gli ha dedicato, nel 2004, un'altra sassarese, la storica dell'arte Giuliana

Altea. Piero mi fa notare un dettaglio che si ripete per ogni figura umana del complesso scultoreo del portale: una specie di foro nel petto, e insieme, come dal petto scaturito per estrazione, un disco che si solleva sempre poco sopra le figure (compresi gli animali), lieve e fuggitivo come un palloncino, e che potrebbe rappresentarne l'anima. Tavolara non aveva potuto, per ovvi motivi, leggere Satta: sicché m'impressiona constatare come prefigurata, seppure fiabescamente e col candore della fanciullezza, come d'ingenua inconsapevolezza popolare, la stessa umanità cava d'anima e cieca di spirito, che poi popolerà *Il giorno del giudizio*, per di più effigiata sull'imponente portone di quella che era nata nel Seicento, fuori città, come una sobria e rustica chiesa campestre, sulla via che ancora s'inerpica sui fianchi dell'aspro e selvaggio Monte Ortobene. Subito all'esterno, alla sinistra di chi ne esce, i giardini ordinati e puliti ospitano le opere agresti eppure cosmogoniche, di delicata bellezza, create da Maria Lai, che dialogano felicemente col magismo di Tavolara.

Inutile dire che la chiesa della Solitudine, ricostruita *ex novo* nel 1954 sul progetto di Giovanni Ciusa Romagna, non è più come la Deledda la vide e la rappresentò, scegliendola persino per il titolo del suo ultimo e dolorosissimo romanzo, pubblicato nel 1936, in cui si strema la vita di Maria Concezione, «coi grandi occhi neri nel viso scarno e verdastro d'angelo decaduto», alta e scura nel suo «profilo di beduina», che torna nella casa di fianco alla chiesa, dopo aver subito, a causa d'un male incurabile e allora impronunciabile come la lebbra (lo stesso che avrebbe condotto alla morte la scrittrice), l'asportazione della mammella sinistra. Il primario che la congeda, per incoraggiarla, le fa notare con «olimpica e cristallina crudeltà», diciamo così, la sua buona sorte: «Lei ha la fortuna di non essere più giovanissima: ha vent'otto anni mi pare: quindi il male tarderà a riprodursi: dieci, anche dodici anni. Ad ogni modo si abbia molto riguardo: non si strapazzi, non cerchi emozioni». Così sono fatte le donne della Deledda, considerate già vecchie a ventotto anni, rassegnate al loro destino – in questo romanzo, con esatta lucidità –, almeno sino a quando non sono costrette ad ascoltare l'inestinguibile tentazione di amare che le rovina, come Annesa, la protagonista de *L'edera* (1908), se non viene combattuta sino al parossismo, quella tentazione, col rifiuto ostinato, come avviene appunto a Maria Concezione, che si nega all'amore del giovane di cui è innamorata, spingendolo, seppure non volontariamente, tra le braccia della sorellastra. Donne dalla volontà di ferro, di tenace concetto, tutte figlie sue, si potrebbe dire, ma sempre dilaniate tra rimorso e desiderio, furiosa brama di vita e feroce bisogno di espiazione, ribellione e sacrificio o ricerca di castigo. Anche perché, se si ama (l'amore è, nei suoi romanzi, comunque una condanna irrevocabile), non può che essere in eterno e contro il mondo, con le sue leggi aride e spietate, di segregazione solo femminile. Leggi che vincolano all'obbedienza senza più fondamento e pietà, deprivate come sono d'ogni sostanza etica, leggi ormai imperscrutabili e incomprensibili, perché promulgate da un Dio che, se non è morto, è fuggito chissà dove. Se provate a battere le nocche su quei gusci vuoti che sono le sue pagine più vere, non potete non riceverne, di ritorno, l'eco del nulla.

La domanda non solo è legittima, ma è obbligatoria e imposta, mettiamola così, da una cultura anche politica assai sensibile alle questioni identitarie, se non addirittura suscettibile: esistono ancora a Nuoro e in Barbagia, se mai esistettero, donne come quelle fatte vivere dalla Deledda, risolute portatrici di valori d'un mitico mondo matriarcale? Non ho mai avuto esperienza dall'interno dei codici d'una cultura agropastorale, che pure ha allignato in quell'Alto Lazio dove sono nato: sicché non so e non posso rispondere. Credo però che, per attestarne l'esistenza in vita, non basti appellarsi alla silenziosa presenza in un cimitero barbaricino – ne ho viste anche io – di vedove vestite in gramaglie: la recita in costume, per quanto atavica e reiterata, non è per se stessa una garanzia di autenticità. Guai, però, a non prendere sul serio questo giuoco etnico e la fierezza scontrosa e rivendicativa di queste donne. Ce ne sono ancora molte, persino giovanissime, che ci credono, perché magari v'hanno creduto le loro madri e le loro nonne: e lo prendono, questo giuoco, per assodato. S'appellano a un passato che è stato a lungo fantasticato come una leggenda e promosso come una realtà: e lo danno per accaduto. S'inventano, senza saperlo, un codice d'onore, una balentìa: e se ne compiacciono. Io ne ho conosciute non poche, di queste donne: qualcuna anche assai affascinante.

In ogni caso, Nuoro non ha mai smesso di credere ai suoi scrittori, anche quando li ha diffamati, ed è stata in ogni caso ricambiata, non importa se nell'odio o nell'amore. Perché da Nuoro è proprio impossibile andarsene, persino quando ci si trasferisce altrove. Sto pensando, soltanto per dire della generazione di mezzo, a quel Marcello Fois che s'è fatto bolognese e che gira il mondo da perfetto chierico vagante e cosmopolita, ma che di Nuoro non può fare a meno di parlare in ogni sua pagina, anche quando siamo sicuri che sta scrivendo di tutt'altro. Una condanna (o una benedizione, chissà), di cui lo scrittore è assolutamente consapevole, come scrive nel suo *In Sardegna non c'è il mare* (2008): «Per quanto mi riguarda, la Sardegna, più che una terra, è stata una categoria del pensiero, pensiero che mi ha guidato sempre nelle mie scelte di vita. Come a dire che, per adesione o per rifiuto, comunque dalla Sardegna non ci si stacca». Non era mica facile, insomma, nascere e crescere qui, divorati dall'ambizione della scrittura, dopo Deledda e Satta. Non era mica facile provare a ricostruire, su quelle pagine, le strade della propria città, come per un naturale bisogno patrio, e ritrovarsi poi, da giovani e nel pieno delle forze, e cioè ancora combusti dall'incontenibile voglia di vita, davanti all'angoscioso specchio del nulla, costretti a contemplarsi senza pietà. Il nulla, dicevo: che a Nuoro appare come un destino, ma anche una tentazione. Non per caso Fois ha voluto dare il nome di Nulla alla cittadina in cui è ambientato il romanzo del 1997 che porta lo stesso titolo: una cittadina, aggiungo, che molto si porta dietro del borgo natio. Ma poi ha provato a eluderla, quella tentazione, consegnandosi all'ultima forma d'ottimismo possibile: l'ottimismo biologico della stirpe. Ne son venuti fuori romanzi come *Memoria del vuoto* (2006), *Stirpe* (2009), una storia genetica forgiata nel ferro, e *Nel tempo di mezzo* (2012), che ne è il prosieguo. Titolo cruciale, *Stirpe*, con quella sua forza arcaica e antropologicamente regressiva, ultima resistenza della materia umana, ai suoi livelli più ciechi e istintivi, primari, nel tempo del silenzio assordante di Dio: con quel suo fabbro capostipite che, a un certo punto della storia, si trasforma in una specie di «rognoso» Giobbe, intento «a rinfacciare la sua pena», non si sa a chi, e ossessionato «dall'unico obiettivo reale della sua esistenza: quello di generare», dentro una famiglia, colpita da una tragedia immane, inaspettata e tremenda (due gemelli nemmeno adolescenti, i primogeniti, rapiti e fatti a pezzi come carne da macello, dopo due o tre fratellini nati morti), insorta senza motivo apparente che non fosse, probabilmente, la più sconcia e micidiale delle invidie («La felicità non piace a nessuno che non ce l'abbia»), e per questo, adesso, «segnata dal terrore di estinguersi». Che si poteva fare, in quanto figli di Nuoro, per fuggire da tutto questo? Per salvarsi? Abbandonare la Metafisica per ritornare alla Storia: quanto ha fatto un giovane di talento nato nel 1970, Alessandro De Roma, il quale si libera con naturalezza da ogni pericolosa deriva folklorica, da ogni facile agiografia agro-pastorale. Leggete *La mia maledizione*, il suo notevole romanzo del 2014: la storia d'un adolescente, Emilio Corona (e del suo impresentabile amico Pasquale Cosseddu, detto «La Fogna»), scaraventato dal tranquillo Liceo De Castro di Oristano al pur mitico Asproni, che vi guiderà nella Nuoro di oggi, sconciata e periferica, la nuova frontiera d'una cementificazione che ha come pioniere, appunto, il genitore del giovane e asociale protagonista: «sarebbe stata finalmente solo quello che era, cioè un ammasso di palazzi gettati a sfregio da mio padre». La Nuoro «a sfregio», insomma, con le sue case semidiroccate e di grezza muratura, o d'improbabili e isterici colori, la Nuoro dei duri conflitti di classe, dentro una vicenda di mortificazione e tradimento: non senza, però, che i due giovani, quando sono ancora all'alba della loro amicizia, si sollevino puri e pieni di grazia dentro la poesia del venturoso Monte Ortobene con la sua rigogliosa e sacra vegetazione, consegnandosi, inaccessibili e finalmente coincidenti con se stessi, a una Natura restituita nella sua struggente bellezza, epperò tenuta sempre al di qua d'ogni retorica. Quella Natura in cui De Roma intravede forse l'unica possibilità d'una seppure momentanea e effimera salvezza: perché nulla resta incontaminato, là dove l'uomo è arrivato col suo infido passo.

È il 2 novembre e lo ricordo a Piero: perché non si fa un salto al cimitero? Ci sono ancora tre ore utili, del resto, prima della chiusura del museo, per visitare con ogni agio la mostra di Giacometti, e poi andare a mangiare quel magnifico bollito di lingua in salsa verde a La Locanda, al centro, vicino al Liceo Asproni. La giornata è ancora dolce e non c'è molta gente: perché no, dunque? Piero mi racconta molte storie nuoresi, ma quella che mi colpisce di più, d'una tristezza irredimibile, ha a che fare con la famiglia d'un suo professore, il fisico Joseph Manconi, avvenuta proprio negli anni che gli era allievo, con inevitabili ripercussioni sugli studenti, che lo videro incupirsi e sfinirsi nel dolore, muto e stupito. Ne è protagonista la sorella Gina: che mai tornò a casa dopo essere stata rapita e reclusa chissà dove da ignoti rapitori, secondo i codici dell'anonima sequestri. Leggo, sulla lapide di famiglia, il testo a lei dedicato, inciso il 16 novembre 1983 e firmato da Lucia Pinna: «Un sipario è calato/ su quelle terribili sere di novembre.../ sulle tue notti solitarie di reclusa/ non è la neve o la tramontana/ o il pensiero di una possibile fine/ a spalancarti abissi di sofferenza/ ma il richiamo struggente degli affetti./ Gli incubi che ti assalgono/ hanno il volto delle persone amate». Rivediamo Gina sequestrata dentro chissà quale grotta a alta quota, durante le freddissime notti barbaricine e ne immaginiamo gli stenti e l'angoscia lancinante, gli spasmi di paura. Quel che colpisce è l'incongruità delle parole, l'uso parossistico, se non addirittura improprio dei concetti: chi scrive vuole quasi sicuramente dire che, nonostante gli stenti e le violenze subite, ciò che fa più male alla rapita è il pensiero dei suoi famigliari cui è stata brutalmente strappata, la loro feroce sofferenza. Epperò, come in una specie di lapsus, insorto da chissà quale inconscio collettivo, quei tanto amati familiari assumono la forma persecutoria di incubi. Ecco: può, chi amiamo più di chiunque altro, diventare l'agente d'una fantasmatica aggressione nei nostri confronti? Quasi che, dentro quella struggente epigrafe, si sia accampata all'improvviso una certa idea della famiglia: la famiglia sarda, la famiglia italiana. Ancora Grazia Deledda, ancora Salvatore Satta: l'inferno sono gli altri, proprio quelli a noi più vicini, quelli del nostro stesso sangue.

Arriviamo finalmente al Man, ma Piero, che ha già visto la mostra, mi lascia da solo per andare a recuperare il figlioletto. La prima sorpresa è l'obbligo di indossare calzari: l'allestimento, infatti, s'avvale d'una calda moquette bianca, d'un bianco puro, che isola ed esalta il bronzo delle sculture di Giacometti, ma anche la fragrante fragilità dei reperti arcaici: nuragici, sumeri, egizi. Ripenso subito al volto di Giacometti che Jean-Paul Sartre, nel famoso saggio del 1948, *La ricerca dell'assoluto*, definì «antidiluviano», quello di chi, per dirla più chiaramente, aveva come rivelato la «volontà di situarsi all'inizio del mondo». La stessa volontà suffragata, se vogliamo dar ragione al filosofo francese, da un matto e disperatissimo lavoro di copiatura, per altro molto noto, che impegnò lo scultore nei suoi verdissimi anni, a margine delle pagine dei tanti libri d'arte che trovava nella molto fornita biblioteca del padre Giovanni, uno dei più significativi pittori svizzeri tra Otto e Novecento. Con gli anni quelle copie divennero opera: un'opera intimamente e profondamente sua. Prendete la *Femme debout* del 1952, o quella del 1956, ma anche la *Femme de Venise* V del 1956, qui esposte: vi risulterà impressionante il richiamo alle statuette di aruspici del III secolo avanti Cristo o, meglio ancora, a quelle che ci restituiscono un offerente o una portatrice d'acqua dell'età nuragica, oggi conservate al Museo Archeologico Nazionale di Cagliari. Oppure concentratevi sull'incredibile *Femme qui marche*, realizzata tra il 1932 e il 1936, che i curatori hanno felicemente accostato alla Statua di Dea Madre ritrovata a Ozieri, oggi sempre a Cagliari, ascrivibile al Neolitico recente. Bellissima davvero *Annette assise (grande)* del 1958, la dolcissima moglie, che ci riconduce, nella sua postura, a un'egizia *Statuetta di prefica inginocchiata*. Bisognerà poi aggiungere che il primordiale valeva per Giacometti quanto e come il primitivo. Questo spiega anche, nella mostra, la presenza, assai suggestiva, dell'arte africana. Si capisce bene, allora, perché *Diego assis* del 1964, ennesimo ritratto dell'onnipresente fratello minore, possa riecheggiare molto persuasivamente una *Statua Biolo Bian* della Costa d'Avorio del XX secolo, o un magnifico *Lotar III* del 1965 richiamare un'impressionante terracotta del Mali, databile tra il XII e il XIV secolo. Giacometti ne era convinto e lo aveva confidato a Pierre Schneider, durante la famosa visita al Louvre del 1962: «Uno qualsiasi tra di noi assomiglia molto più a una scultura egizia che a tutte le altre sculture che si sono fatte finora». Affermazione, questa, piuttosto misteriosa e contro ogni evidenza, se si pensa alla storia secolare della ritrattistica occidentale, soprattutto psicologica. Che cosa significa veramente che ciascuno di noi, in quanto uomo di questo tempo, somiglia di più a una scultura delle origini che non a tutte quelle che son venute dopo sino a oggi?

Georges Bataille, in quell'affascinante librino del 1955 dedicato alla pittura che è *Lascaux. La nascita dell'arte*, ci dice che «L'"uomo di Lascaux" creò dal nulla il mondo dell'arte, nel quale ebbe inizio la comunicazione fra spiriti. Per questo motivo l'"uomo di Lascaux" riesce a comunicare persino con quella lontana posterità che è per lui l'umanità odierna, alla quale sono pervenuti, scoperti quasi ieri, questi dipinti immuni dallo scorrere del tempo». Considerando ora questa mostra, credo si possa dire, con una qualche certezza, che Giacometti abbia comunicato con quegli spiriti delle origini meglio, e con più argomenti, di qualsiasi altro: e che, con più audacia e lucidità di tutti, sia stato capace di situarsi, appunto, «all'inizio del mondo». Ecco: qual è la ragione profonda perché ciò sia potuto accadere e con questi incredibili, direi struggenti, risultati? La sala è miracolosamente silenziosa. Mi fermo davanti a queste figure filiformi e friabili, col loro passo incerto e stupito: e cerco di carpirne il segreto. Ne avverto l'oscillazione attonita tra essere e non essere: mentre l'interrogativo lacerante d'Amleto è ormai diventato quello planetario d'una terra completamente desolata. Mi concentro su queste scaglie di materia aggrumatesi, chissà come e perché, in forme che dell'umano serbano solo un lontano ricordo, e che, da un momento all'altro, sembrano sul punto di disfarsi in cumuli insensati. Sono umanoidi in cammino, da osservare di spalle, che sembrano sottoposti all'azione sempre più lieve del lapis di un dio che non c'è più, fino a che non si dissolveranno: anch'essi, però, sono vestigia, poco importa se del futuro. Ritorno a guardare le statuette nuragiche, sumere, egizie e m'arriva finalmente la risposta che stavo cercando: le sculture di Giacometti, l'unico scenografo possibile e plausibile del Beckett di *Aspettando Godot*, s'interrogano continuamente su ciò che siamo (che ancora siamo) e su dove andremo. Quelle nuragiche, sumere, egizie, così prossime all'origine, sono invece il punto di domanda perenne sull'inizio di tutto, sul dove veniamo. Due facce d'una medesima e radicale interrogazione: perché identico a se stesso è il Nulla che ci ha generato e ci inghiottirà.

Esco dal Man quasi felice nella mia calma disperazione e ritrovo Piero che mi aspetta da un po'. Mi presenta Flavia: che verrà a cena con noi a La Locanda. Gli dico che Giacometti non poteva trovare migliore approdo di Nuoro, per configurarsi a se stesso, e nel contempo rivelarsi, dentro il suo destino e nelle sue verità decisive d'artista.

La Nuoro di Grazia Deledda e Salvatore Satta: così tentata dalla messa in scena dell'arcaico e del senza tempo, ma insieme così nichilista e postrema. Sono venuto tante volte nella capitale barbaricina: ma mai come oggi sento che Nuoro, con Giacometti, ascolta il suo cuore. È piuttosto presto: in sala non c'è ancora nessuno e il cameriere ci chiede di pazientare qualche minuto prima di ordinare. Ci mettiamo seduti: si parla di figli, di mogli, di mariti, di matrimonio. Arrivano fumanti e profumati i *culurgiones* al pomodoro, precisi al dente e con quel sublime impasto di patate e menta, quando, immancabile, mi esce la battuta sulla famiglia che sempre più spesso mi fiorisce sulle labbra, al solito appoggiata su citazioni da Verga, De Roberto (soprattutto *I Viceré*), Pirandello, Brancati, Sciascia: che essa sia, cioè, la cellula cancerosa che, almeno in Italia, ha mandato in metastasi l'intero corpo sociale. Flavia, seduta di fronte a me, s'incupisce di colpo: lei, la famiglia, l'ha avuta improvvisamente schiantata, e proprio da un tumore, non molti anni fa. Ha 44 anni oggi: a 35, quando si sposa, l'uomo che ama da 16 è malato da 5 di leucemia; due anni dopo, insperabilmente, nasce il loro figlio, che ha soltanto un anno e nove mesi quando, a causa della seconda e feroce recidiva della malattia, il padre muore. Un figlio tirato su da sola, madre e padre insieme concentrati in un'anima di donna, lavorando sodo, con allegria e pazienza, per non fare mancare niente a quel figlio tanto amato. Ho ancora negli occhi, della collezione permanente del Man, il *Ritratto di donna con frutta* (1933) di Giovanni Ciusa Romagna, ripresa di tre quarti nel coloratissimo abito di Orgosolo, il paese di provenienza dell'ottimo chef e della sua squadra di questa confortevolissima trattoria. I lineamenti sono gli stessi di Flavia: i capelli neri, le sopracciglia perfette, le labbra deliziosamente disegnate, il naso appena pronunciato ma bello. Solo gli occhi, scurissimi, divergono: quelli di Flavia hanno infatti il verde tenero dell'acqua marina. Uno stesso codice genetico che si replica, intenso, di generazione in generazione? La donna di Giovanni Ciusa Romagna non ha il tradizionale fazzoletto annodato in testa: al punto da poter sembrare ai suoi conterranei, in quegli anni Trenta, persino trasgressiva. Ma è quell'abito squisito e mirabilmente ricamato, squillante, a immobilizzarla per sempre nella sua fierezza esotica, nella sua orgogliosa e remota autoctonia. Flavia, invece, è una donna forte, tenace, volitiva, mentalmente libera, ironica: orgogliosamente moderna, politicamente ostile a ogni gretto egoismo, fosse anche quello patrio delle radici. Il lutto ha offeso Flavia: ma le gramaglie che sarebbero toccate in sorte alla donna di Ciusa Romagna, non l'avranno mai.

Una Barbagia senza

In *Terre d'Italia*, apparso postumo nel 1991, Cesare Brandi scriveva che «Nuoro non ha bellezze, se si eccettua la bellezza montana che la circonda e che offre della Barbagia come il teatro, ma un teatro al tempo stesso solenne e ridente». Una città «in cui le vecchie case superstiti del borgo antico, ma non molto antiche anch'esse, vengono lasciate cadere in rovina per il desiderio di sbarazzarsene al più presto e far crescere al loro posto la solita fungatura artificiale del nostro tempo». Si capisce perché, continua convinto Brandi, «appena entrati a Nuoro, si desidera uscirne per addentrarsi in quella splendida campagna boscosa». Si desidera uscirne? Ma anche no. Prendiamo pure, però, la strada per Orgosolo, da dove, attraverso Fonni e Mamoiada, arriveremo finalmente a Gavoi, che oggi, inequivocabilmente, resta per me il paese del più bel festival del libro italiano. Stupisce un po' constatare che anche il grande Brandi, così avaro di parole su Nuoro, e così ingeneroso («città anonima», la definisce più avanti), prima di arrampicarsi sui monti barbaricini, non si sottragga al mito etnologico, alle seduzioni ancestrali, insomma all'idea di un'isola «fuori dal tempo e dalla storia», primitiva, tutta sesso e bellezza, consegnataci da Lawrence nel già citato *Sea and Sardinia*. Ci consiglia, infatti, di visitare, della città, niente altro che quel Museo del costume, «dove, con lodevole sobrietà sono esposti costumi, tappeti, gioielli». Ecco: «bustino, zinale, sottana spesso pieghettata, molto ampia e lunga, e, in testa, uno scialletto di trina o il fazzoletto perlopiù annodato torno torno al collo». Per non dire dei bellissimi bottoni d'argento in filigrana, «messi fitti lungo le maniche come sonagli», per dare magari «un guizzo assai vivace» all'abito che, già di suo, «col salto dei colori e il candore della camicia», si porta dietro «una certa aria disinvolta e quasi spavalda». Di disposizione opposta, invece, il costume degli uomini, col vellutino e l'immancabile bonette in testa (la coppola, per capirci), un costume tutto in nero, «con la sola variante dei calzoni bianchi»: quello «di un popolo di pastori, che, con le lunghe ghette, deve difendersi dai pruni e dagli sterpi della boscaglia».

È la Sardegna esotica che tanto folklore d'esportazione e da cartolina anticata ci ha lasciato per decenni e decenni negli occhi: soprattutto in quelli di chi nell'isola non ha mai messo piede. La Sardegna che il sassarese Giuseppe Biasi, il più dotato illustratore della Deledda, con passione, diciamo così, etnica e patriottica, ma con ostinazione antifascista, ha visitato negli anni Trenta, non senza zelo quasi catastale: il forestiero, squisito nei modi e elegantissimo, che arrivava nei remoti paesi dell'interno, con automobile, autista e addirittura macchina fotografica, alla ricerca di modelle sempre troppo riluttanti. Ne sarebbero venuti fuori quadri, di soggetto ripetuto, come *Donne di Orgosolo in chiesa*, *Processione (Corpus Domini a Fonni), Costumi di Orune, Danzatrici e suonatrici di fisarmonica*. La Sardegna del suo nemico Filippo Figari, il pittore di *Ritratto di donna*, quello che il regime mise a capo del Sindacato delle Belle Arti, istituito nell'isola proprio per contrastare la "Famiglia artistica sarda", che Biasi aveva promosso per resistere alla fascistizzazione nazionalistica del territorio. La Sardegna di Carmelo Floris, con la sua *Sposa di Ollolai*, la più sontuosa e elegante delle tante donne di quel paese da lui ritratte. La Sardegna di Francesco Congiu Pes di *Giovedì santo*. Ma anche, fuori tempo massimo, e con esiti d'involontaria parodia, decisamente imbarazzanti, quella dei romanzi di Salvatore Niffoi, approdo terminale dell'oleografia barbaricina. Un'isola, si potrebbe aggiungere, popolata da donne in costume tradizionale, lontanissime da qualsiasi forma di modernità borghese e cittadina, che fornisce ancora oggi supporto iconologico ai discorsi sulla vocazione matriarcale dei sardi che, inconsapevolmente, arieggiano e rilanciano le fantasiose e eruditissime pagine d'un capolavoro di antropologia immaginaria come *Il diritto materno* (1861), meglio noto col titolo *Il matriarcato*, dello svizzero Johann Jakob Bachofen.

Sulla strada tra Orgosolo e Gavoi, in effetti, questa Sardegna arcaica e senza tempo trova la sua più sicura e suggestiva consacrazione, il suo trionfo. Chi non ricorda *Inchiesta su Orgosolo* di Franco Cagnetta, pubblicato nel 1954 su *Nuovi Argomenti* per volontà di Alberto Moravia, poi diventato il film di Vittorio De Seta *Banditi a Orgosolo* (1961), prima di diventare il titolo del libro stampato in Francia? Né sarà inutile ricordare che lo stesso studioso, nonché i direttori della rivista, saranno subito denunciati dall'allora ministro dell'Interno Mario Scelba all'autorità giudiziaria per i reati di «vilipendio delle forze armate» e «pubblicazione di notizie atte a turbare l'ordine pubblico», con la richiesta, immediatamente esaudita, del sequestro della rivista stessa. Siamo, con Cagnetta, dentro la Sardegna, feroce e violenta, orgogliosa e vendicativa, la Sardegna dei sequestri, del banditismo e delle faide familiari decennali. La Sardegna degli uomini orgogliosi e balenti, di poche parole ma rigorosissimi, che non tollereranno mai la minima violazione del loro codice d'onore. E che, se vi capita di passare per Orgosolo, potete ritrovare ancora rappresentata, con un certo autocompiacimento etnico e politico, nei murales giustamente famosi del paese. Questa Sardegna, coi suoi riti e le sue liturgie, con le sue leggi e il suo sistema giusnaturale, ha trovato la più precisa codificazione nell'opera d'un grande intellettuale isolano, troppo presto scomparso, Antonio Pigliaru, vissuto a Sassari ma nato nella nuorese Orune, in un libro ormai memorabile: *Il codice della vendetta barbaricina* (1959). Una domanda, e fondamentale, a questo punto s'impone: dopo *Il codice della vendetta barbaricina*, e cioè nel momento di massima formalizzazione d'una intera cultura, che ne sarebbe stato di quel mondo agro-pastorale di cui l'opera di Pigliaru era anche una nobilissima espressione? In sintesi: si stava rilanciando finalmente, e nel modo più rigoroso possibile, la questione sarda, o si chiudeva per sempre, come sigillandola in se stessa, un'era durata sin troppo a lungo? Detto in altri termini: quelle particolari tradizioni, quella specialissima storia, potevano costituire il punto di partenza per rifondare la nazione sarda tanto agognata dai movimenti indipendentisti, oppure, come ha sostenuto perentoriamente il barbaricino Marcello Fois nel suo *In Sardegna non c'è il mare*, quel folklore resta solo una specie di «mercato della memoria, il risultato di una revisione di se stessi, che non parte da se stessi, ma da modelli autorizzati d'importazione»? Difficile trovare un interlocutore più appassionato d'un indipendentista sardo quando si prova a celebrare *sa limba* (la lingua) sarda mentre invessilla i suoi proclami nella bandiera con sopra effigiati i quattro mori. Epperò, è altrettanto difficile non dare ragione a Fois quando, a proposito di quel folklore, di quella balentìa e della sua araldica, denuncia una cultura trasformata in «moneta cash del mito del bandito», esattamente in contemporanea «con l'invenzione della Costa Smeralda», con la sua artefazione ipermoderna e iperconsumistica. Guardo i miei bellissimi allievi sardi – Silvia, Giuseppe, i due Alessandri, Barbara, Sonia, Anna, Maria Francesca, Stefania e Lisa –, così diversi, anche fisicamente, dallo stereotipo del sardo agitato per molti decenni, i quali conoscono le lingue del mondo, mentre dominano le più raffinate tecnologie informatiche, e capisco in un attimo che la risposta dovrà essere cercata proprio qui, dentro le loro giornate. Torno col pensiero a un libro d'un loro coetaneo, Flavio Soriga, il suo più bello, che è *Sardinia Blues* (2008), dentro cui s'accampa un'isola cosmopolitica e globalizzata, dove i giovani protagonisti sono proprio uguali ai loro coetanei europei. E mi viene amaramente da pensare che l'unico tratto specifico, l'unico dato irriducibile, che li rende talvolta diversi e speciali, è purtroppo la talassemia, cui Soriga dedica qui pagine davvero intense.

Nei primi giorni di novembre del 2014 sono stati arrestati tredici uomini, quasi tutti nel viterbese: tolti due locali e un romano, gli altri dieci sono sardi. Stando alle cronache giornalistiche, si tratta d'una pericolosa e ben radicata associazione a delinquere, prosperata nell'intimidazione e nel terrore, che ha sottomesso un intero territorio, la bassa Tuscia, rivolta a ogni tipo di reato: furti, danneggiamenti aggravati, incendi dolosi di aziende agricole, esercizi commerciali e autovetture private, e sempre con finalità estorsive, ma anche lesioni e rapine (una delle quali, in una villa, culminata nel sequestro di persona), nonché traffico di sostanze stupefacenti, ricettazione e possesso di armi clandestine. Una banda, diciamo così, che però marciava con doppio passo: se, per un verso, si dedicava al furto minuto di pecore, gasolio e persino nocciole, insomma al piccolo cabotaggio, per un altro, con spietatezza e calcolo, praticava l'estorsione con metodi brutali e ad alto livello criminale. Tra tanta violenza, pertinace e reiterata, c'è stato pure qualche episodio involontariamente comico: come quando, impegnati nel furto di sessanta forme di formaggio, due membri dell'organizzazione sono stati sorpresi da amici della proprietaria del laboratorio caseario e sono stati costretti a scappare. Epperò, mentre tentavano di segnalare con la torcia la loro presenza al complice che faceva da palo, lo scambiavano con quello che invece era un agente in borghese dei carabinieri, già sulle tracce dei ladri, di nuovo costretti, così, a una rocambolesca fuga. Senza dire, poi, di certi macabri rituali da folklore malavitoso: come la lingua di animale lasciata sul cancello dei presunti traditori e spie, magari dopo aver sparato alla loro automobile o aver loro bruciato il fienile. Un'operazione che i carabinieri del comando provinciale laziale hanno voluto battezzare «Mamuthones»: le celeberrime maschere (nere e di legno, fissate al volto con cinghie di cuoio), che, al suono dei loro campanacci (i corpi coperti di pelli nere di pecora), con passo cadenzato e di danza entrano nella piazza del Comune.

Perché racconto tutto questo? Per la ragione che, una volta conosciuto il nome dato dagli inquirenti al blitz, a Mamoiada è scoppiato il finimondo. Dal sindaco al presidente della Pro Loco, ai semplici cittadini, in molti si sono sentiti oltraggiati dal fatto che un'associazione a delinquere di sardi fosse stata associata al nome della famosa e nobile maschera barbaricina. Certo: non si può dire che i carabinieri, poi scusatisi ufficialmente, abbiano ecceduto in fantasia o in buon gusto. Ed è altrettanto vero che si sia trattata d'una scelta generata da un'idea molto convenzionale della Sardegna, dentro un sistema di idee atavicamente ricevute. Non diversamente da quanto avviene puntualmente, e con lo stesso scarso tasso di creatività linguistica, se così si può dire, per fatti analoghi, verificatisi in ben altre parti d'Italia. Che dire, in effetti, di un'operazione chiamata «Lucumone», quando magari ci si trova davanti a un traffico di reperti archeologici etruschi? E come etichettare, se non con l'antico termine «Trinacria», ovvero Sicilia al modo arcaico, l'indagine che magari ha smantellato un'organizzazione criminale siciliana mafiosamente attiva nel Nord Italia? Quello che conta, per noi cittadini, dovrebbe essere solo il brillante risultato ottenuto dalle forze dell'ordine, in vista della sicurezza collettiva, non certo lo sfavillio di quei nomi dal suono quasi goliardico, scintillanti come una medaglia di latta. Perché, a Mamoiada, invece ci si è così tanto indignati e offesi? La mia impressione è che sia entrato in giuoco quel sentimento che io chiamo di lesa "Identità", non di rado insospettabilmente introvertito nel cuore del più mite isolano. È stato ancora Fois a trarne le conseguenze più severe nel suo *In Sardegna non c'è il mare*: «Essere sardi non significa automaticamente essere speciali. Essere altro. L'essere speciali, l'essere altro, sono condizioni che vanno conquistate e dimostrate sul campo, per tutti». E subito dopo: «L'illusione della specialità etnica è sottilmente fascista e produce pigrizia: sono sardo e questo deve bastare, tutelatemi, assistetemi, io sono qui».

Fois è drastico: e afferma deciso la sua convinzione, senza la benché minima incertezza. E anche coraggioso, devo dire. In effetti, che con l'Identità in Sardegna non si possa e non si debba scherzare, che ci si possa insomma bruciare, l'avevo già dovuto imparare a mie spese. Era infatti capitato che, sulla bacheca facebookiana d'un delizioso conoscente (pure bravo fotografo: mi scattò lui la foto che mi servì per le regionali con la lista Bonino e che ora mi rappresenta sul social network), dico Luca Losito, commentando un suo post – devo ammetterlo – con un certo puntiglio, avevo dato vita a un dibattito abbastanza animato e animoso col leader d'un partitino indipendentista dalle percentuali elettorali piuttosto insignificanti (da prefisso telefonico di Milano, per intenderci), ma inversamente proporzionali alle granitiche convinzioni ideologiche che lo supportano e all'arroganza supponente di chi lo guida, per altro con quei miserrimi risultati elettorali. Avevo detto la mia proprio sull'Identità: avanzando il sospetto – con una certa perentorietà, è vero – che si trattasse d'un concetto piuttosto puerile e consolatorio, oltre che di natura, per così dire, immaginaria. Non vi dico che furiosa e greve discussione ne è venuta fuori, dai toni sempre più accesi (non i miei, a dire il vero), sino a quando due concitati indipendentisti – uno di questi con residenza stabile in Canada, pensate un po' –, per irridermi ed escludermi, ovviamente credendo che non li potessi mai capire, hanno cominciato a parlare tra loro in sardo, in *sa limba* insomma. A quel punto sono sbottato: accusando i due di fascismo etnico, per essersi comportati nei miei confronti proprio come quei milanesi che, all'inizio del secolo scorso, di fronte al povero emigrante sardo (anzi sardegnolo: come mi capita di sentire ancora, ogni tanto, e con un certo imbarazzo, dalle mie parti) con le scarpe sfondate e la valigia di cartone, dialogavano in milanese, con compiaciuto razzismo, a che nulla il pover'uomo potesse comprendere. Non l'avessi mai fatto: una mitragliata di insulti per risposta. E c'è stato persino qualche militante che a me etrusco, nonostante il suo evidente cognome campano – tutto "*anema e core*" per capirci: Roberto Murolo mi perdoni –, mi indicava al pubblico ludibrio, precisando che, essendo un continentale, per poter insegnare nell'ateneo di Sassari, dove effettivamente insegno, avrei dovuto chiedere come minimo il permesso a un non meglio precisato popolo sardo, a chissà quale corte etnica suprema.

Ma il punto dolente è un altro. Come si dice, con la crassa prosa dei proverbi: non c'è peggior sordo di chi non vuol sentire. Nonostante le mie ripetute smentite, i due furiosi e adontati indipendentisti (in particolare il leaderino di partito) hanno creduto (o fatto finta di credere) che io avessi dato loro del fascista etnico, non tanto perché – come ho più volte ripetuto – avevano fatto un uso violento della lingua col solo scopo di espellermi fascisticamente dalla discussione (e dalla dignità di interlocutore, se non di uomo), ma che li avessi insultati per il fatto che avessero usato quella lingua in quanto tale, che, insomma, io li avessi condannati (e nazionalisticamente biasimati) soltanto perché avessero parlato in sardo. Non è servito a niente: nemmeno che il sardo Losito, molto infastidito e quasi vergognandosi del delirio in malafede dei due compari, prendesse con coraggio le mie difese, di vituperato untore, riassumendo e ribadendo con invidiabile lucidità il senso delle mie affermazioni. Risultato? Che il succitato leader, con la tronfia e feroce determinazione degli inquisitori, lanciasse contro di me sulla sua bacheca politica facebookiana una specie di *fatwā*. Ve la riporto qui, tale e quale, pronunciata dopo aver ricapitolato a modo suo i termini della questione e il presunto senso dei mei interventi, e dopo aver fatto il mio nome, il mio cognome, indicando la mia professione (non si sa mai: qualcuno, magari, avesse avuto il piacere di venire a cercarmi): «ecco perché lottare per il bilinguismo, almeno questa volgare spazzatura travestita da intellettuali farà un biglietto di sola andata per Roma senza fare mai più ritorno!».

Lo devo ammettere: a fronte di questi orgogliosi autoctoni, che si sentono «nati dalla terra stessa», quella che gli Antenati, sin dalle origini e senza discontinuità nel tempo, hanno loro lasciato, io, etrusco estinto, allegro e mercuriale, sopravvissuto di un'etnia remota che mi piace volgere in leggenda, provinciale irredento e irredimibile, viterbese con tribali passioni calcistiche, mi son sempre sentito un *foraneo*, e cioè un forestiero nomade ogni volta stupito dalla vastità del mondo e dalla cangiante varietà degli uomini, ma anche, e contemporaneamente, dall'identica e un po' noiosa ripetitività di certi tic antropologici a tutte le latitudini, di certe planetarie e pertinaci illusioni del sentirsi in tutto così "diversi", che sono poi il corrispettivo esatto di comodi e angusti egoismi, poco importa se localistici o nazionali. Io continuo a pensarla come Immanuel Kant: per quanto ami la sua piccola patria (e io forsennatamente la amo), «nessuno ha originariamente il diritto di trovarsi in un luogo della terra piuttosto che in un altro». Mentre non riesco a non sentirmi leopardianamente fratello d'ogni creatura smarrita, non dico del mondo, ma dell'intero universo, davanti al mistero del Nulla o di Dio. Nella prefazione all'edizione italiana del 2004 del suo *Essere autoctoni*, pubblicato in Francia l'anno prima, lo storico-antropologo e comparatista Marcel Detienne, di fronte ai successi della Lega Nord e alla nascita del mito d'una fantomatica Padania, ci invitava a osservare «dal vivo come s'inventa un'autoctonia»: roba da far rimanere a bocca aperta, aggiungeva poi, quei «fabbricanti di Autoctonia», come gli Ateniesi, che, sul finire del V secolo avanti Cristo, si trovarono a rivendicare di colpo l'antichissima e speciale nobiltà della loro stirpe di fronte a tutti gli altri Greci, alcuni dei quali avrebbero avuto ben più fondate ragioni di loro per farlo. L'identità, insomma, non la si può certo negare, almeno sul piano dell'autorappresentazione, della teatralità: e ogni popolo (ma anche ogni individuo) se la inventa all'uopo, e la promulga, per come può e meglio conviene. Si tratta – nota Detienne – di «piccoli racconti sempre ridicoli quando fa bel tempo, innocenti bolle, all'interno delle quali nessuno ha mai visto risplendere l'occhio di un ciclone»? Ma se il tempo cambia e incrudelisce? Se tira il brutto e feroce vento che oggi alita, rinforzato dalla crisi, in tutta Europa? Non è la prima volta – e purtroppo non sarà l'ultima – che «piccole mitologie innocenti possano brutalmente trasformarsi in "identità omicide"».

Devo dire la verità: in questa faccenda dell'Identità, il mio stilnovismo patologico non mi è per niente di aiuto. Non riesco a rintracciare nessuna somiglianza, per quanto mi sforzi e chiuda gli occhi il più possibile concentrato, che so?, tra le laziali e le sarde: e non voglio dire delle viterbesi. E dentro un certo Sud che pure le accomuna: che rapporto c'è tra le pugliesi e le campane? E le napoletane, poi, non sono sentite come speciali persino nella loro stessa regione? Come le borghesi e vivacissime catanesi, del resto: e pure le aristocratiche palermitane. E delle salernitane che vogliamo dire? Non oso pensare quel che mi potrebbe accadere salendo nel silenzioso e aspro Cilento. Scrive Fois nel suo *In Sardegna non c'è il mare*, il quale, come abbiamo visto, di folklore patria e balentìa non ne vuole proprio sapere, e ai luoghi comuni ha dichiarato guerra perenne: «Premetto che sono un sardo di Barbagia. Il che sembrerà capzioso, e, di fatto, lo è: capziosità e una certa cavillosità sono caratteristiche salienti del sardo di Barbagia». Ecco: sarà possibile estrarre, diciamo così, dal guscio ideologico (e mistico) dell'Identità, il suo nocciolo laico e razionale? Quello che ci consenta di dar conto delle diversità vere, di quelle caratteristiche salienti di cui parla Fois, che provengono da una storia biologica e genetica, psicologica, di ethos e istituzioni, una storia che è anche di terre e di cieli, di paesaggi, di umori e colori, persino di sguardi e trasalimenti? Che ci consenta di dire: qui e ora è Viterbo, qua è Alghero, e non è la stessa cosa.

Me lo chiedevo in uno studio legale cagliaritano, ascoltando Rita, una giovanissima donna di Fonni, a cui piace portare, alla sarda, il doppio cognome, Tolu Pirisi, e che mi parlava, con occhi scintillanti, di Sardegna e indipendenza, di quel movimento che Michela Murgia aveva inventato quasi dal nulla, ottenendo, seppure penalizzata da un iniquo sistema elettorale, un successo che a me (a Michela no, invece, ché s'aspettava assai di più in termini percentuali) è parso proprio strepitoso. Indipendentismo inclusivo, lo chiama Rita: fondato cioè sull'empatia etnica, se posso dire così, non sull'odio e il risentimento. Tutto il contrario di quello che quei patrioti, di cui si diceva, teorizzano e praticano. La guardo mentre argomenta con una passione esatta, ma anche con lucidità distaccata: il viso resta bello e immobile, d'una bellezza fissa e intensa, mentre le parole le fioriscono precise e congrue, floride, sulle labbra vive. La guardo: l'estate le dona e le consente, con quel corpo magro, d'indossare incantevolmente questo vestito leggero, che s'incendia d'un rosso quasi insolente. La sua è una bellezza tonica, profonda, perfettamente proporzionale all'intelligenza scattante. So poco di lei, solo quello che mi è stato raccontato, ma quanto basta per stupirmene: Rita ha molto sofferto, magari con uomini che non le valevano nemmeno l'alluce, ma a vederla così, qui davanti a me, non ci si crederebbe mai. Eppure, questa, è una condizione (e un sentimento) che ho visto ripetersi tante volte tra le donne sarde, soprattutto le migliori. Donne che non tengono in considerazione, nemmeno per un istante, la possibilità d'essere amate da un uomo in modo assoluto. Gli uomini sono abituate a viziarli, quando non a venerarli, assecondando persino una certa inettitudine satrapesca: non era raro il caso, nei decenni precedenti e nelle situazioni più depresse, che mentre queste donne lavoravano, portandosi sulle spalle la famiglia, gli uomini si ubriacavano di birra al bar. Poi magari succede che arriva, all'improvviso, un Enea bellissimo: e che le riconosca, che si disponga a celebrarle. Ma, inabituate come sono a riconoscere in un uomo l'eccellenza e la soavità, non le considerano vere. E se le considerano non sono in grado di sostenerle: o fuggono, o soccombono. Non so se anche a Rita è andata così: forse no, e chissà quanti uomini ha fatto innamorare e poi soffrire. Ma il discorso resta, con quel che di ingiustificabile, incredibile sconfitta.

Eravamo partiti da Nuoro per arrivare, passando da Orgosolo e Mamoiada, a Gavoi. E ci siamo finalmente arrivati. Io qua, invitato da Marcello Fois, ci son già venuto diversi anni fa, per il celebratissimo festival letterario. Era la seconda o la terza edizione: mi era stato chiesto di curare la rubrica serale "Povera patria" che, se non ricordo male, chiudeva ogni giornata. Avrei dovuto discutere, in successione, con Vincenzo Cerami, Stefano Benni e Roberto Vecchioni. Lo confesso: oggi, dei festival, penso tutto il male possibile e ne sono diventato, col passare degli anni, il più fervido detrattore. Per delle ragioni molto semplici. La vera e proficua lettura chiede di essere consumata in religioso silenzio: nei festival, invece, quel che conta è soltanto il rumore. La vera e proficua lettura chiede lentezza e profondità, ed è il primo suggello di una *Slow Life* degna del suo nome: nei festival, invece si corre e si resta sempre in superficie, tutto rimane affannosamente *fast*. Ma, soprattutto, la vera e proficua lettura richiede la presenza certa e indiscutibile del libro da leggere: nei festival, invece, si richiede soltanto la presenza viva dell'autore (in barba alla sua morte che Roland Barthes, facinorosamente, decretò nel 1968), e il libro continua ad avere valore solo perché vi si possa apporre una dedica con la sua firma. Questo non mi impedirà, in futuro, di continuare a frequentarli per presentare i miei libri, ma così la penso. Gavoi, devo ammetterlo, mi fece tutt'altra impressione: e non solo per la calda e elegante accoglienza riservata a me e alla mia famiglia. Ma per tutto quello che il festival significava (e credo ancora significhi) per il paese, e per ciò che il paese significava (e credo ancora significhi) per lo stesso festival. Tanta gente, che arrivava persino dal Continente, a sentire parlare di libri, non credo si sia mai vista da quelle parti: e niente faceva pensare, nel modo con cui gli abitanti del paese si vivevano i tanti incontri con gli autori, a quelle kermesse molto televisive e pacchiane, che i festival sono ormai ovunque diventati, a cominciare dalla mia Viterbo. Mi accorgo che Gavoi non è poi così lontano da un paese mite e benevolo, Lodè, dove sei mesi fa è morta, a 102 anni, la mitica Tzia Tomeana. Ci devo andare: ci vive bene la mia allegrissima e generosa allieva Franca Bua, sardo-olandese, cosmopolita e barbaricina, la quale ha promesso di svelarmi il segreto di quella meravigliosa e diffusa longevità.

Carnevale a Samugheo

L'appuntamento con Michele Cuccu è a Ittiri, alle nove, davanti alla libreria Mondadori: in onore, dice lui, d'una soave e preparatissima fanciulla, sua amica, che vi lavora. È sempre così, Michele, da quando mi frequenta, nei momenti di svago: allegro e galantuomo. Saremmo dovuti partire alle sette per passare a prendere Sonia, ma non ce l'ho fatta. Volevamo arrivare lì, sino a quella bella casa che s'arrampica ai limiti del bosco sopra Bono, per salutare la sua dolcissima mamma. Ma che volete farci: una furiosa colica intestinale notturna mi ha costretto a ritardare la partenza da Alghero: del resto, ognuno ha l'intestino che si merita. Si parte in direzione di Thiesi, per guadagnare la 131 nel modo più veloce possibile: è una giornata fredda e piovosa, ma d'una pioggia vile, appiccicosa, querula, sicché bisogna stare attenti. Ci muoviamo su una strada che si spalanca, all'improvviso, su paesaggi cretosi, creste e guglie naturali di rara suggestione, quando arriviamo al bivio per Romana. È da qui, ora me lo ricordo, che raggiunsi uno dei più singolari borghi sardi, Monteleone Rocca Doria, dal nome della fortezza che vi fece costruire la potente famiglia ligure nel Duecento, un borgo assorto di poco più di cento abitanti, e di acque copiose, senza più scuola e nemmeno un forno per il pane, arrampicato a picco sul lago di Temo, che guarda come da un ciglio, con la parrocchiale tardoromanica di Santo Stefano. Una curiosità: a metà del Novecento, i discendenti di coloro che ricostruirono il paese fatto distruggere nel 1436 dal re d'Aragona, per reagire a una situazione di estrema povertà e salvarlo dall'estinzione, ebbero l'idea di provarlo a vendere tutto intero per una cifra di circa cinquanta milioni. Arriviamo a Thiesi, nella desolazione di una mattina festiva: su una strada offesa da buche e voragini, una delle quali, al ritorno di notte, costerà a Michelino la distruzione di un cerchione. I muri stonacati e pregni d'acqua, il fiato grigio del cielo sopra di noi. E la scritta insolente sul muro di chi sceglie i paradisi artificiali a portata di mano: W LA DROGA. Michele è sicuro alla guida, mentre mi indica, passando per Abbasanta, una delle più importanti scuole di polizia dell'isola.

Siamo finalmente arrivati al MURATS, alla periferia di Samugheo, il Museo Unico Regionale Arte Tessile Sarda, diretto da Baingio Cuccu, il fratello di Michelino. Non è venuta, per un imprevisto, una flautista amica di Michele: ci avrebbe di sicuro giovato godere, in questa gelida domenica di carnevale, della sua soavità. Ci aspettano i soliti amici: Aldo Addis, Paolo Porcu con la sua compagna e Angelo Tilocca. E il gentilissimo sindaco di Samugheo Antonello Demelas. C'è da vedere una mostra assai insolita, dedicata a Tavolara e Depero. È stato il dinamicissimo e generoso Angelo ad avere avuto l'idea della singolare comparazione tra il grande futurista e l'inventore del design sardo d'autore, in una chiacchierata, proprio a Samugheo, con Paolo e Cristiana Collu, già attiva direttrice del Man di Nuoro. Saluto il generosissimo Baingio e Marina, che è lì alla biglietteria, e mi lascio guidare da lui, prima di concentrarmi sulla mostra. Mi colpisce subito, realizzato proprio per il museo, un telaio tridimensionale del designer Silvio Betterelli, su cui è montato un arazzo verticale, composto da tre a sei facce, a cui possono lavorare da tre a sei tessitrici contemporaneamente. Notevole la collezione permanente del museo, che può contare su un molto ampio repertorio di manufatti usciti dalle ataviche cassapanche di famiglia di tanti paesi dell'isola: tovagliati, coperte, lenzuola, biancheria per l'infanzia, ma anche per uso quotidiano, bisacce e teli per la campagna, copricassapanca, vestiti in uso ai pastori e costumi tradizionali per le feste. Tra i capi più importanti e pregiati esposti, vi sono cinque tapinu 'e mortu risalenti al Settecento, arredi tessili funebri piuttosto rari, quando si pensa che, in tutta l'isola, se ne possono contare solo otto, compresi quelli di questo museo. Passo finalmente alla mostra: davvero sorprendente, nel restituirci come quasi naturale un accostamento tra due artisti, Fortunato Depero e Eugenio Tavolara, che proprio nessuno, invece, aveva pensato di coniugare. Fatti giuocare con le astrazioni ipermoderniste di Depero, i giocattoli di Tavolara – mettiamo quelli della *Processione dei misteri* (1933) o di *Cavalcata sarda* (anni Cinquanta) – diventano irreali e quasi totemici. Spinto dentro l'orbita del design deperiano, Tavolara si libera di tutti gli equivoci folcloristici ed etnici, proiettandosi così dentro un

Novecento inedito e movimentatissimo, all'altezza delle esperienze della più ludica avanguardia.

Al primo piano del museo ci aspetta una gradevolissima sorpresa: la mostra fotografica di Antonio Baldino, nato a Alghero, originario di Ittiri, ma in servizio a Sassari presso la polizia municipale. Il titolo esemplifica benissimo il progetto: *Tzerimonias Paganas. I volti della maschera*. E prevede, attraverso una serie di scatti, la restituzione narrativa di alcune delle più importanti maschere dei vari centri della Sardegna: da Samugheo a Ottana, da Orotelli a Mamoiada e Bitti, fino a Lula, con un approfondimento dedicato a *su Battileddu*. Chi è *su Battileddu*? Il nome ha origine da «battile», e cioè «cosa inutile e di nessun conto», «straccio», o, se riferito a persona, «buono a nulla»: un termine derivato dal greco *bathileios*, e cioè «ricco di messi». Al di là di quello simbolico e rituale, legato ai riti della fertilità e della rinascita della terra, l'aspetto drammaturgico dello spettacolo, interpretato da soli uomini, anche nelle parti femminili, e fondato sulla persona che sta dietro la maschera, è particolarmente importante: non per niente, in questi ultimi anni, a recitare il ruolo di *su Battileddu*, folle e scurrile, è l'attore Antonio Marras. La maschera ha un aspetto particolarmente sgradevole: il volto sporco di fuliggine con macchie rosso sangue; grappoli di campanacci sul petto (*sos marrazzos*); il corpo rivestito di nere pelli di pecora e, nascosto sotto il mantello, un avanzo di stomaco di montone che contiene sangue e acqua. Questo perché lo stomaco, trafitto dai *sos Battileddos Issocatores*, i guardiani del bestiame, lasci colare in terra il plasma fertilizzatore. Non mancano *sos*

Battileddos che fanno la parte di buoi al giogo, mentre altri *sos Battileddos* vestiti da vedove piangono disperate la vittima del carnevale con le loro lamentazioni funebri (*sos attittos*). Quando *su Battileddu* cade a terra come morto, si sollevano grida stupite e accorate, ma basta un bicchiere di vino per rianimarlo subito e farlo rialzare. Le vedove, che inscenano il funerale con gesti sguaiati e imprecazioni o lazzi, hanno talvolta in mano bambolotti sventrati che chiedono al pubblico di baciare. È tempo di raggiungere, per ammirare le sfilate carnascialesche dal balcone panoramico, il bel palazzo del municipio. Dall'alto lo spettacolo delle maschere dei diversi paesi circonvicini, che discendono dalla via principale e guadagnano la piazza, tra due ali di folla eccitata, è davvero suggestiva. Ecco i *Boes* e *Merdules* di Ottana, un bue e il suo padrone, le enigmatiche maschere col loro pesante carico di campanacci intrecciati su larghe tracolle di cuoio, che scrollano a ritmo incessantemente. Ecco la vecchia *Filonzana*, vestita di nero con una maschera inquietante sul volto, una specie di Parca, spesso con la gobba e gravida, dall'andatura storta e sgraziata, che tiene in mano il fuso per filare il filo sottile del nostro destino. Ecco *s'Urzu* di Ulà Tirso, la cui particolarità consiste nel portare un copricapo che rappresenta un'enorme testa di cinghiale. Da notare, sotto le pelli, *sa tzippa*, la lunga armatura di sughero che lo protegge dalle botte che arrivano da *sos Bardianos* (i guardiani), che lo incalzano inveendo. Quando *su Omadore* (il domatore) invita *s'Urzu* a ballare, tutte le maschere intorno cominciano a imitarlo. Sarà proprio la sua danza sguaiata a allontanare le maledizioni dalla comunità. Ce ne andiamo prima che imbrunisca. E meno male: abbiamo saputo poi che sulla 131, sull'altopiano di Campeda, appena passati noi, ha cominciato a nevicare. Seppure sia domenica, a Alghero non c'è un ristorante aperto. Si mangia al Poco Loco: non l'ottima pizza al metro, ma un modesto piatto composto di wurstel.

I Giganti e lo stagno: da Cabras a Oristano

Cabras, «il villaggio più popoloso del Circondario, dopo San Lussurgiu, Cuglieri e Terralba», dista pochi chilometri da Oristano e «giace» sulla riva orientale dello stagno di Mare-Pontis. Nel 1887, quando Enrico Costa pubblicava *La bella di Cabras*, il paese contava effettivamente 4200 abitanti. Nel 1834, l'anno sotto le cui stelle il «racconto sardo» inizia, ne aveva già – addirittura – 3556. Le case, per dirne una, erano ancora tutte costruite coi mattoni tipici del campidanese, i làdiri: argilla e paglia disseccate al sole. Già, lo stagno, nutrito tanto dalle acque dolci quanto da quelle marine, coi suoi straordinari canneti, la sua suggestiva fauna aviaria, oggi meglio noto col nome del paese che vi s'affaccia: ben 2000 ettari di estensione, e fino a non molti anni fa, cioè sino a quando non è diventato, da privato, di proprietà regionale, ancora gravato, nell'esercizio della pesca, da vincoli restrittivi di remota origine feudale. Quella pesca talvolta praticata con antichissimi metodi, sui tipici *fassonis*, e cioè i battelli di canna con la prua assai allungata, in grado, però, di trasportare un solo uomo. Ma torniamo a *La bella di Cabras*: per dire che il passato celebrato e mitologicamente restituito da tanti scrittori sardi contemporanei, tra i più mediocri, sembra ricapitolarsi già tutto qui, con qualche strepitosa variante, devo dire, da delizioso romanzo d'appendice. Diciamolo chiaro: l'incipit del romanzo di Costa è di quelli che possono entusiasmare lo storico delle tradizioni e l'etnologo, tanto più se è vero che lo scopo dello scrittore era stato deliberatamente quello «di poter parlare della nostra Sardegna, tentando descrivere (con un pretesto più o meno storico) i paesaggi, gli usi, i costumi delle diverse regioni che la compongono». Scrive Costa: «Più che al suo famoso stagno, così ricco di pesci; più che alle sue vigne ed ai molti oliveti che gli fanno corona, Cabras deve la propria fama alle sue donne, giudicate per voto unanime le più belle della Sardegna». Per aggiungere poco più avanti: «onde le frequenti visite a quel fortunato paese, per esilarare gli occhi e lo spirito nel sembiante grazioso delle figlie d'Eva, la cui forza non consiste che nella debolezza di lasciarsi corteggiare». Però: una forza che coincide con una debolezza, una virtù che consiste in una lascivia consapevole, celebrata, magari, come una conquista. Costa, per dimostrare il suo assunto, si appoggia alle pagine di alcuni autorevolissimi viaggiatori come Lamarmora, Valéry, Delessert e Mantegazza, arrivando a tracciare così l'identikit delle «cabrarisse»: «carnagione bianco-perla come le orientali, e gli occhi tagliati a mandorla ed azzurri, quasi riflettenti le splendide onde del loro stagno». Se ne trovano ancora, a Cabras, di donne così?

Devo essere sincero, ma non riesco proprio a immaginare questa grande forza delle fanciulle di Cabras, se appunto consistente unicamente nella «debolezza di lasciarsi corteggiare», tanto più quando penso all'odierna *domina* del paese, lì nata nel 1972, e cioè Michela Murgia, donna di energie straordinarie e grande vivacità intellettuale, la si ami o no, e autrice, tra i tanti, d'un libro sicuramente importante, *Accabadora*. La Murgia che ha offerto alla nostra attenzione, con notevole forza di suggestione, non tanto l'accabadora, la misteriosa signora dell'eutanasia, che, si mormora, correva a dare la morte a chi disperatamente la implorava: e forse mai esistita, levitata da sempre dentro un'aura da fosca leggenda. Quanto il personaggio per me più intenso del romanzo, e cioè Maria Listru, quarta figlia femmina di madre vedova in grandi difficoltà economiche, che viene appunto adottata dall'accabadora, Bonaria Urrai, e non certo perché rimasta orfana: «a fill'e anima», una figlia d'anima insomma (qual è la stessa Murgia), secondo un'idea di famiglia fondata non sulla necessità della genetica, ma sulla libertà consapevole di una scelta etica. Mitologia per mitologia: se le cose stanno così, e come per celia rispondendo a Enrico Costa quasi 130 anni dopo, mi piacerebbe ora pensare a Cabras come a una specie di laboratorio da cui le donne, più che belle, ci raggiungano rivoluzionate e sorprendenti, di tenace concetto, di sicura libertà, di fiera indipendenza, di nessuna soggezione al maschile, come inverando finalmente la profezia di Nietzsche quanto a quell'«oltreuomo» che, secondo me, padre di balente fanciulla, non sarà maschio, ma femmina. Credo sia giusto che il mio viaggio letterario, d'uomo fragoroso e fallico, finisca qui, a Cabras, in cerca di redenzione.

Curiosa terra il Sinis: proprio per questo singolare addensarsi di miti sotto il suo cielo. Ho giuocato prima con l'*accabadora*. Ma non bisognerà dimenticare che, a pochi chilometri da Cabras, sul versante occidentale dello stagno, si trova Mont'e Prama, il monte delle palme, quelle nane che gli danno il nome, ove, ai suoi piedi, lungo la strada che da San Salvatore porta a Riola Sardo, ha avuto luogo una delle più sensazionali scoperte archeologiche europee degli ultimi quarant'anni, che ha a che fare coi *Kolossoi*, popolarmente conosciuti ormai come i Giganti, anche se qualche studioso storce il naso. Dai rilievi radiografici e geofisici effettuati, sono state individuate almeno due costruzioni di venti metri per tredici, mentre ci sono ancora molti ettari da perlustrare, che potrebbero riservare clamorose sorprese. Finora, però, s'è scavato in un'area di soli centosessanta metri quadri, sessanta dei quali sono proprio quelli in cui i *Kolossoi* erano raccolti, entro una specie di discarica di ceramica, accatastati lì in epoca punica, proprio sopra una singolare necropoli a inumazione, quasi ne fossero stati posti a guardia, nei lunghi secoli precedenti al loro abbattimento. Ma da chi abbattuti? E con quali moventi? Mi sento di dire almeno questo: che chi li volle distruggere, lo fece con un gesto empio e iconoclasta, potentemente simbolico, paragonabile forse soltanto a quello dei talebani o dei terroristi dell'Isis che, nei nostri giorni, avrebbero demolito i Buddha afgani della valle di Bamiyan, o i magnificenti monumenti dell'antica città assira di Ninive, nei pressi dell'attuale Mosul. Il venturoso e affascinante ritrovamento dei Giganti s'è già costituito a epopea: coi suoi momenti salienti e memorabili. Tutto comincia nel 1974, quando un contadino di Cabras, mentre stava seminando il suo campo, rinvenne un'immane testa calcarea. Ma nessuno, in Sardegna, dimentica la fotografia scattata l'8 gennaio 1977 da Enrico Atzeni, che poi diventerà ordinario di Paletnologia e Antichità sarda. Erano i tempi di Autonomia operaia e degli Indiani metropolitani, della feroce gambizzazione dei docenti universitari sgraditi al Movimento: nel Sinis, invece, si scavava con meraviglia di risultati e vitale allegria. Vi s'accampa, in quella foto, un Giovanni Lilliu incappottato per il freddo, con la coppola calcata in testa, mentre osserva, le braccia intrecciate dietro la schiena, i suoi allievi e collaboratori impegnati nell'estrazione di una testa, di frammenti di mani che impugnavano archi e scudi di vario tipo: vi si riconoscono Giuseppe Atzori, Ubaldo Badas, Giacobbe Manca, Giovanni Pitzalis, Gianni Tore. Il periodo è quello tra il Bronzo finale e l'incipiente Età del Ferro, cioè tra il IX e l'VIII secolo avanti Cristo, quando non si costruiscono già più i nuraghi, ormai custodi d'una memoria atavica e numinosa, mentre in tutta l'isola s'innalzano edifici adibiti al culto dell'acqua, come per esempio il pozzo sacro di Santa Cristina a Paulilatino. Secoli in cui la grande statuaria greca e romana è ancora ben lungi dal nascere.

Secondo i dati arrivati dal Laboratorio di restauro di Li Punti, ove il miracolo della restituzione è stato compiuto in appena cinque anni, si è lavorato su cinquemilacentosettantotto frammenti, eterogenei per misura e peso (dal più piccolo, di due decigrammi, al più pesante di ben duecentoventidue chili), per arrivare a trentotto sculture, cinque teste, ventisette busti, e poi, appunto i ventotto *Kolossoi*, e cioè sedici Pugilatori, sei Arcieri e sei Guerrieri, di oltre due metri di altezza, due dei quali, gli ultimi appunto, recuperati nel cantiere inaugurato nel giugno 2014. Ho avuto una specie di trasalimento quando ho appreso come si è arrivati con una certa precisione alla datazione del IX secolo. A parere degli studiosi che più se ne sono occupati – ne cito alcuni: gli archeologi Alessandro Usai della Soprintendenza, Paolo Bernardini e Raimondo Zucca dell'Università di Sassari –, dirimenti sarebbero stati alcuni piccoli bronzetti nuragici ritrovati nella famosissima tomba etrusca di Vulci, in provincia di Viterbo, la mia città: ancora una prova, questa, di natura, se volete misteriosofica, che questi posti – e la Sardegna tutta – mi appartengono, come se li avessi già percorsi più di due millenni prima che nascessi. Prendete uno dei Pugilatori, il più suggestivo, quello che non ha, come di consueto, il pugno e lo scudo sollevati, tenendoli invece serrati sul petto e di fianco: in tutto somigliante, appunto, a uno di quei bronzetti. Oppure rivolgiamoci agli ultimi due Giganti estratti, che sembrerebbero due sacerdoti: un grande scudo nella mano sinistra, la destra stretta in un pugno, e un copricapo a forma di cono. Raimondo Zucca ha osservato che si tratta dello stesso cappello, indossato da un bronzetto, trovato nel corredo funebre d'una principessa nuragica sepolta appunto a Vulci insieme al marito etrusco. Me lo chiedo: ma ero io quel coniuge etrusco partito dalla costa del Tirreno per sposare la giovane principessa bruna, dalle lunghe gambe e dagli occhi scintillanti, per portarla con me in Etruria e così avere dolce e serena morte, giusta sepoltura? Ma c'è di più, e di veramente clamoroso, secondo Zucca: perché quel Gigante, diversamente da tutti gli altri a piedi nudi, calza anche dei sandali, proprio come l'elegante miniatura citata, quando è vero che, tra i seicento bronzetti nuragici arrivati sino a noi, solo quattro portano le scarpe. Ecco: se il rapporto tra le imponenti statue di arenaria e quei bronzetti, la cui datazione è invece certa, fosse accertato in modo definitivo, i Giganti diventerebbero l'esempio più antico di colossi nella grande statuaria classica mediterranea.

Ho visto i Giganti, in una tiepida giornata di settembre, al Museo Archeologico di Cagliari, coi miei genitori ammaliati. E me li sono subito immaginati, quei Giganti, come su una scacchiera superba e smisurata: quasi un esercito di pietra pauroso e invincibile, non solo per le immani membra, ma per quegli occhi ricavati da un giuoco di cerchi concentrici, pronti a ipnotizzarti e, magari, a pietrificarti per sempre. Favoriva l'immaginazione di sicuro un allestimento dello spazio museale, ottenuto dai pannelli neri, che consentiva al visitatore incantato di cogliere, sul calcare, il brillìo improvviso dei minutissimi frammenti di quarzo. In quella tensione volumetrica, che gonfia i muscoli, pare evidente, al tramonto della civiltà del Bronzo, con le sue liturgie tribali, il desiderio di superare la stereotipia reiterata del bronzetto nuragico, magari attraverso la parvenza d'una più riconoscibile umanità, nel segno d'una individualità più pronunciata. Corti di gambe e grossi di tronco: sardi insomma, come un amico dell'isola, intelligentissimo e dotato di autoironia, mi ha voluto far notare a questo proposito. Epperò, nei *Kolossoi*, non v'è alcuna intenzione di naturalismo: mentre ci raggiungono, dentro il nostro millennio ai suoi albori, con la forza primeva, e insieme solenne, d'un primitivismo che, per rivivificarci, richiederebbe il genio d'un nuovo Picasso. Siamo, insomma, cessato l'arcaico collettivismo nuragico, a una sorgiva età aristocratica e degli eroi. Circa quattro secoli dopo, come si diceva, un'altra gente – i bellicosi cartaginesi? Chissà – armò la sua furia iconoclasta contro la loro muta sopravvivenza di quasi semidei, testimoni di un'antica e grande, forse diversa, civiltà. E furono cancellati. Ritornati tra noi, i Giganti hanno acquistato nuova vita anche attraverso i nomignoli che hanno loro dato, in qualche caso, i detenuti affidati agli scavi secondo un progetto di reinserimento sociale: *Panzosu* (Robusto), *Lussurgiu* (Lussurioso), attribuiti a due Pugilatori, poi *Sirboniscu* (Cinghiale), a un guerriero, infine *Compoidori* (uno dei cavalieri della famosa Sartiglia). Nove ore al giorno, dal lunedì al venerdì, a trasportare sassi con la carriola e forse a imparare il mestiere di archeologo. Una *vita nova*.

Oristano, l'antichissima Aristanis, così come nel 636 la registra il bizantino Giorgio Ciprio nella sua *Descriptio orbis romani*, avrebbe ogni sacrosanto diritto per sfidare Nuoro nell'eventuale pretesa a candidarsi quale capitale dell'orgoglio sardo. Qui, in effetti, regnò come giudicessa "reggente", per conto dei figli minorenni, quella leggendaria donna che fu Eleonora d'Arborea, morta probabilmente di peste tra il 1403 e il 1404: punto di riferimento costante d'ogni discorso folclorico fondato su quel mito antropologico isolano che è, come s'è già detto, il matriarcato. Qui, nel 1921, veniva fondato il Partito Sardo d'Azione. Qui conosceva una sua fulgente e brevissima stagione il sardo-fascismo, che si lega alla vicenda di Paolo Pili e Antonio Putzolu, che scendono da Seneghe in città, per provare a difendere – soprattutto Pili – i pastori dallo strapotere degli industriali caseari. Se devo dire la verità, a me Oristano, in una giornata di mite gennaio, ha fatto invece l'impressione d'una piacevolissima città-salotto: che ha il suo elegante e confortevole perno nella piazza che alla giudicessa è dedicata. Penso, intanto, al Duomo, che si concentra e articola entro un piazzale alberato, con la sua facciata incompiuta in conci d'arenaria, sorprendentemente sincretico, eppure così elegantemente conciliato, tra un certo Duecento e un fastosissimo Barocco, con la sua cupola maiolicata e policroma a cipolla. Penso al piccolo ma delizioso Museo civico, ormai multimedializzato, coi suoi reperti di un Sinis inseguito dalla preistoria all'età alto-medievale, o con gli atri, prenuragici e fenicio-punici, ricavati dagli scavi di Cùccuru Is Arrìus e di Tharros. Penso a Sa Sartiglia e al suo carnevale: il cinquecentesco giuoco di cavalieri e di tornei, le incredibili acrobazie a cavallo in pariglie di tre. Penso, soprattutto, a Bianca Atzei, nata da genitori originari proprio dell'oristanese, quella che canta *No potho reposare*, come già Maria Carta e Anna Loddo: con quella calda e avvolgente melodiosità di ragazza dalle labbra commoventi e dagli occhi che ardono, la bellezza magra e nervosa, la passione ricolma. E ci penso come per una fantasticheria genetica, quando, cioè, la storia d'una gente sembra ricapitolarsi e coagulare in una donna dotata di tutto, mentre la voce dà corpo a una pena antica e straziata, a un desiderio spasmodico. *No potho reposare*, seppure in italiano non renda minimamente l'intensità di quella lingua in canto: «Non posso riposare, amore del mio cuore,/ perché sto pensando a te in ogni momento./ Non essere triste, mia gioia,/ né addolorata o preoccupata./ Ti assicuro che desidero solo te,/ perché ti amo, ti amo e ti amo».

Oristano città-salotto, ma anche città territorio, se è vero che, più d'ogni altro capoluogo di provincia sardo, vive in sinergia, se non in simbiosi vera e propria, coi paesi del territorio. Ed è da Oristano, dentro quel gioco d'acque e di stagni, dai mille riflessi scintillanti, che bisogna partire per arrivare a Villaurbana, piccolo paese con la seicentesca parrocchiale di Santa Margherita a 84 metri sul livello del mare. Ci deve essere qualcosa di speciale, sotto questo cielo di brulicanti stelle, se vi nacque nel 1870 Antioco Zucca, un singolare filosofo poeta che poi sarà ossessionato dall'idea dell'infinito: un post-positivista e post-leopardiano che, però, scagionava la Natura da ogni accusa d'esser matrigna, ed ebbe addirittura la stima del premio Nobel Sully Prudhomme, il cantore del progresso scientifico. Lo stesso Zucca che, celatosi nei panni di Calisto dialogante con Panfilo e Teofilo, in un libro come *L'uomo e l'infinito* (1894) metteva in guardia dal legarsi troppo a beni effimeri e terreni (persino l'amore per una donna o per un figlio), oggi di nostro dominio, domani chissà: «una sola cosa posso amare con sicurezza cioè senza paura di soggiacere a disinganni: [...] l'Infinito». Per quanto ne so, soltanto il versatile Cesare Brandi, dopo Zucca, avrebbe osato, dentro il conclamato Novecento, di cimentarsi con quel curioso e anacronistico genere letterario-filosofico che era ormai diventato il dialogo d'antica ascendenza platonica. Fatto che la dice lunga sulla estraneità alle correnti filosofiche dominanti di questo pensatore sardo, ma anche sull'importanza filosofica che attribuì alla letteratura, proprio in quanto ancella del pensiero: e che ha indotto un fine studioso, e cioè il mio amico Sergio Sotgiu, nel suo *L'armonia impossibile*, pubblicato da Il Maestrale nel 2013, a fare il nome di Borges con persuasivi argomenti. È da questo libro che ho appreso, su Antioco Zucca di Villaurbana, tutto ciò che so. Mi limiterò a ricordare, tra i numerosi lavori di chi era nato carducciano, *Il lamento del genio* (1898), un poemetto satirico contro Lombroso e le sue tesi relative alla stretta connessione tra genio e fattori degenerativi, ma, soprattutto, *I rapporti fra l'individuo e l'universo* (1937), vera e propria summa ricapitolativa del suo pensiero (620 fittissime pagine per 17 anni di lavoro). Dopo lungo vagare come docente di materie letterarie tra Bari, Cagliari e Roma, non senza numerosi viaggi tra Germania e Francia, Zucca, alla fine degli anni Trenta, tornò a Villaurbana, dove, ormai novantenne, morirà d'infarto il 6 maggio 1960. Qui, come si legge in una lettera del 4 aprile 1948 all'amico scrittore Stanis Ruinas, dirà di sentirsi «come in esilio, come in un forzato eremitaggio, come condannato al confino». C'è da credere alle parole di chi fu amico devoto dello scrittore e deputato sardista Paolo Orano? A colui che a Roma aveva con piacere frequentato Grazia Deledda? A chi, vecchissimo e impolitico, accettò di fare pure l'assessore comunale nel suo paese? Mi viene più facile pensare che di quel cielo infinito, di quelle stelle, avesse profondo bisogno.

A Villacidro con Dessì

A Villacidro, capitale del Medio Campidano coi suoi quattordicimila abitanti, ci vado almeno due volte l'anno per il Premio Dessì: e sempre molto volentieri. Lo ammetto: mi sono innamorato dei ragazzi, oggi più o meno incanutiti, della Fondazione che allo scrittore s'intitola, il quale, nato a Cagliari nel 1909, e trascorsa molta infanzia in paese durante la Prima guerra mondiale, si trasferì qui definitivamente quando il padre reduce, congedatosi dall'esercito, decise di dedicarsi all'agricoltura. Dicevo dei ragazzi della Fondazione, a cominciare dai due presidenti che vi si sono succeduti: il volitivo e venturoso, allegrissimo Massimo Murgia e il dovizioso, eruditissimo, assai tenero, Giuseppe Marras. Due presidenze antitetiche: ma, forse per opposti motivi, diversamente memorabili. Poi chi di fatto la dirige quotidianamente, con saggia e spietata efficienza, con vero gusto per la vita: Mauro Pittau. Che ti guarda sornione e affettuoso da dietro le lenti appena velate quando, dalla carta dei vini d'un ristorante in cui ci ha condotto, sa scegliere sempre impeccabilmente quello giusto. Infine l'affettuosa e solerte Stefania Billai: che s'è formata come tirocinante alla Fondazione Bufalino di Comiso e che oggi rende il Premio forse il più amabile d'Italia. Sono stato proprio io a indirizzarcela, a Comiso, facendo da mediatore col mio grande amico che lì esercita la professione di bibliotecario, per volontà testamentaria dello stesso Bufalino, e cioè Giovanni Iemulo: uomo delle infinite delicatezze, ma saldo e fermo, picciotto dritto di poche parole, e vero campione di affidabilità in tutto ciò che fa. Potrei aggiungere, tra i ragazzi del Dessì – ma non è più assessore –, lo squisito Dimitri Pibiri e un cagliaritano che spesso s'aggiunge alla banda, il mercuriale Duilio Caocci, uomo di rara grazia, uno dei più fini letterati che io conosca, vero punto di riferimento di una giuria presieduta con signorilità e competenza da Anna Dolfi, che alla Sardegna, proprio su Deledda e Dessì, ha dato importanti contributi. E che continua a portare qui, per studiare le carte dello scrittore di Villacidro, i suoi allievi migliori: come dimenticare il solido Nicola Turi, che ora fa il ricercatore proprio all'Università di Cagliari? Per non dire della deliziosa e intelligente – d'una intelligenza dolce e astuta – Francesca Nencioni, che ora, precoce mamma, è entrata di ruolo a San Casciano nella scuola primaria: occhi celesti, nordici, naso fiorentino, ma carnato e luminosità molto mediterranea.

Così ce la descrive, Villacidro, un Giuseppe Dessì adolescente nelle pagine dei *Diari* che s'intitolano *Lettere all'amico mai nato*, in data 13 settembre 1926: «un bel paese» con l'alta cima del Linas alle spalle, «addossato ai primi contrafforti dell'inglesiente, aspri di rocce granitiche e scoscesi, folti a tratti di boschi di querce e a tratti brulli e selvatici», che s'estende a forma di croce, «con lo stipite più lungo rivolto al piano, e la testa al monte», circondato a nord «quasi a semicerchio da una pineta [...], la più bella dell'isola di Sardegna» e, «alle altre parti», da ulivi, mandorli «e agrumeti e pini e cipressi isolati, spiccanti cupamente sulle altre gradazioni di verde». Un paese, si potrebbe aggiungere ora, che s'è del tutto sviluppato, sino a valle, come assecondando la deposizione naturale dei detriti trascinati dai torrenti e dalle piogge. Per ammirarlo veramente – è ancora Dessì a suggerircelo –, bisogna farlo dal poggio di Seddanus all'ora del tramonto, quando è «bello star soli [...] e pensare», quando la luce cala a precipizio, mentre s'impone, giù in basso, quella artificiale delle strade e delle case, magari là dove, in tre prodigiosi e freschi salti, il Coxinas inventa la cascata Sa Spendula. L'immagine che ce ne dà il 21 ottobre dello stesso anno è tanto realistica quanto visionaria: «A un tratto le lampade elettriche si accendono nel paese: pare che tante stelle siano, non viste, cadute dal cielo». Si sussurra, del resto, che Villacidro sia anche il paese delle streghe. Ma se di streghe si tratta, dovranno essere di quelle in continuo commercio con l'invisibile, poco interessate alle miserie dei vivi. Lo doveva avvertire, questo fatto, lo stesso Dessì, che affidava proprio ai morti una segreta confessione, esplicitando il suo titanico desiderio di gloria. È il 24 luglio 1929: «Io vagheggio un sogno colossale di grandezza, io misero uomo agli occhi di tutti, piccola formica, un sogno di dominio. E voi non potete immaginarvi da quanto tempo, con quanta costanza io mi vado preparando a questo forte avvenire. Già da fanciullo io pensava a ciò: ho vagheggiato sempre sempre la gloria, come il solo bene che potesse allietar la mia vita». Sarebbe stato il grande storico Delio Cantimori, suo professore al Liceo Dettori di Cagliari a leggergli, però, finalmente l'oroscopo. A comprenderne fino in fondo i talenti. E a consegnarlo al mondo. Epperò, con Villacidro sempre nel cuore. Così nel 1966, l'anno di morte del maestro: «anche ora, se vado là, mi sento più forte, più intelligente anzi onnisciente».

Lo confesso subito. È un vero piacere partecipare per me, dopo la cerimonia della premiazione, alla cena che si tiene come da protocollo al Cuevador, ristorante alla periferia del paese in direzione di San Gavino Monreale, col suo bel giardino di ulivi e il confortevole parcheggio: peccato che la serata finale sia sempre a fine settembre, col tempo quasi mai clementissimo, comunque tale da impedirci di mangiare all'aperto. Avverto subito il lettore interessato che, sebbene il complesso edilizio sia lo stesso – d'un bel bianco mediterraneo e molto balneare nell'architettura, ad onta d'un mare assai lontano –, l'ottimo ristorante non ha nulla a che fare con l'adiacente albergo, che porta lo stesso nome, ma che è di diverso proprietario e forse, ora, nemmeno in attività. Fino a pochi anni fa giurati e premiati dormivano qui, ma l'indubbia comodità d'avere in pochi metri camera e desco veniva messa subito in discussione dalla gestione dell'hotel, che è – a dire poco – dadaista, laddove la mancanza del portiere di notte, e l'assoluta arbitrarietà degli orari della chiusura della reception rendevano i ritorni in camera sempre molto angosciosi e interrogativi, qualche volta persino infruttuosi. Il passaggio al più piccolo e famigliare albergo Ester ha sicuramente migliorato la situazione. Ma torno al ristorante e alla sua pantagruelica cena: per dire dei deliziosi e abbondanti antipasti di pesce e di terra, del risotto alla pescatora, della scaloppa di orata con gambero rosso, o alla vernaccia con patate. Voglio aggiungere che ho mangiato proprio qui il miglior porcetto di Sardegna. Tra le molte serate, resta per me memorabile quella dell'anno scorso, quando il premio per la poesia è andato a Alba Donati, quello per la prosa a Antonio Pascale, mentre quello speciale della giuria è stato assegnato al mio amabilissimo amico Toni Servillo: non solo attore insuperabile oggi, almeno in Italia, ma uomo di finissima cultura, aggiornato e letteratissimo, curioso e intellettualmente assai mobile, dalle maniere cortesi e semplici, com'è tipico, lo diceva già il Leopardi dello *Zibaldone*, degli uomini di valore. Non per niente, se è vero che Toni viene dalla scuola di quel maestro riluttante e imprescindibile che è stato, anche per me, Cesare Garboli. A innamorarsi di Servillo, quella sera, sono stati i miei genitori, che con lui hanno conversato affabilmente. Me ne resta una fotografia scattata, credo, dal mio allievo Giovanni Deriu, che era a tavola con noi: Toni e Alba in piedi sorridenti, proprio alle spalle dei miei genitori che, invece, sono seduti. La mamma, elegantissima, indossa una sobria fantasia turchese di fiori e guarda l'obiettivo con un sorriso complice, appagato, completamente dimentica di quei dolori reumatoidi che la funestano ogni giorno. Papà, in camicia azzurra, ha un'abbronzatura che fa risaltare una pelle ancora molto bella. Il viso acuto da moretto: e, negli occhi levantini, una dolce intelligenza.

Solo pochi giorni prima, con papà e mamma, eravamo stati a Piscinas, di cui tutti mi avevano cantato le alte lodi, ma io, in più di dieci anni di Premio Dessì, non avevo mai trovato né il modo, né il tempo, per andare a farmi un bagno. Trovo i miei genitori già pronti al bed and breakfast AntoClo, in via Sant'Antonio: equipaggiatissimi e felici per la gita insolita. La gentilissima signora che lo gestisce, credo insieme alle sorelle, li ha forniti di cibo in abbondanza, non dimenticando né ombrellone, né sdraie. La strada per arrivare a quel mare incredibile è lunga e, in qualche punto, anche difficile. Ma bellissima. Basti pensare soltanto a Ingurtosu, insediamento minerario ottocentesco ormai quasi completamente abbandonato, quando t'appare all'improvviso, mentre si scende per i tornanti che s'è obbligati a imboccare, dal granitico altipiano, lasciandosi alle spalle la provinciale che arriva da Arbus. Spettacolare la fusione tra natura e architettura: per la perfetta disposizione, a diversi livelli e a blocchi sparsi, dei vari edifici, immersi nella pineta voluta dagli stessi minatori e digradanti sul ripidissimo costone, secondo moduli estetici neogotici, assai di moda nell'edilizia industriale al momento della fondazione del centro, per opera della società francese Pertusola, impegnata nell'estrazione dello zinco e del piombo. Dopo più di dieci chilometri si arriva, finalmente, a Piscinas. L'impatto è impressionante: mai viste dune così alte e di consistenza così cremosa. Pochi, ma efficienti, i servizi: e un arenile smisurato finché l'occhio guadagna. Una sola e lunga fila di ombrelloni color noce di cocco, epperò essenziali e metafisici. Il nitore del cielo e la forza del mare cobalto, già profondo a riva. E poi l'immagine lontana di mio padre, che cammina lento, appena trascinandosi, ma sereno e soddisfatto di sé, della sua vita, per raggiungere il bar e prendersi un buon caffè.

Cagliari: finis Sardiniae

L'aria della segreteria è quella consueta: allegra e operosa. Di piacevole concitazione. Sto cercando Virginia Puggioni, perché devo farmi firmare da Gavino i moduli per una missione a Cagliari: ma anche per il fatto che Virginia fa bene alla salute, solare com'è. Roberto Sanna è, al solito, concentrato sugli orari delle lezioni: ma risponde sempre affettuosamente a qualsiasi sollecitazione. Pietro Meloni, invece, non si distrae mai: stakanovista, più che del lavoro, di se stesso e della propria intelligenza. A meno che, accompagnato da Nicola Becciu, non entri Luca Audino, col sorriso e il passo da pistolero stanco. C'è sempre da sperare che arrivi qualche nostra formosa assegnista o dottoranda: ché sarebbero tutti pronti a gridare il loro entusiastico apprezzamento per il pesce azzurro, in particolare per le sarde. Barbara, l'unica donna dell'ufficio, li assolve sempre con quel sorriso delicato e comprensivo: e come potrebbe fare diversamente? Lo chiedo a tutti: dove sarà mai il bravissimo Alessandro Guaraglia, il più pop degli informatici? Mi dicono che sta prendendo un caffè con la mia Frassi, Anna Frassetto, dottoressa di ricerca in Letteratura tedesca, seppure faccia il funzionario amministrativo. Nel corridoio il bell'Antonio Pinna, lo Yul

Brynner della linguistica inglese, conversa affabile con Monica Farnetti, la mia cara e dottissima collega di Letteratura italiana, la professora, vibrante e vibratile proprio come la vogliono le sue allieve. Con la soave e attivissima storica del cinema, Lucia Cardone, ma anche le vivacissime Emma Gobbato e Sara Filippelli, Monica anima l'avanguardia femminista combattente del nostro dipartimento. Più in là Carla Bassu, bellezza esile dagli occhi ardenti, ipnotizza un Federico Rotondo solo fisicamente incombente, per certi gloriosi trascorsi di basket, in una partita tra diritto e economia: sono la meglio gioventù del nostro corpo docente in servizio permanente. C'è tempo per fare un saluto a Anna Paola Berlinguer, che ha classe persino nel sorriso: madre deliziosa, con lei non riesco a non parlare di mia figlia. Paola Mazza, il responsabile amministrativo, governa tutto e tutti con gentile determinazione, e talvolta anche con grande pazienza: intorno a lei si muovono perfettamente sincronizzate, come al passo d'una danza di Gauguin, Stefania Idini, Mimma Carta e Caterina Bellu. Una corte, oltre che di simpatia e dedizione, anche di bellezza. Potevo capitare meglio di così? Gavino arriva finalmente: lui che ora siede sul trono che, una volta, fu di Giulia Pissarello, miss Piss. Si trova molto a suo agio in questo gineceo. Dice che, ormai, si è «onofrizzato» e mi strizza l'occhio: ma io non ho mica capito cosa voglia davvero intendere.

È un po' di tempo che non vado a Cagliari in missione: da quando, cioè, ci arrivavo spesso direttamente da Roma, in qualità di membro della Commissione scientifica del Master and Back, referente di quasi tutta l'area umanistica. Il Master and Back è stata una delle idee più brillanti di

Renato Soru, appena insediato in Regione come governatore: il quale, tra il 2005 e il 2008, gli anni in cui appunto ero in Commissione, vi investì circa cinquantatré milioni di euro, prima tranche d'un capitale che, a tutt'oggi, credo sia arrivato alla non indifferente cifra di centoventi. Qual era il progetto del Master and Back? Quello di allestire un programma, prima di formazione e poi di lavoro, che permettesse ai giovani laureati sardi di svolgere percorsi di alta formazione e stage presso organismi di riconosciuto prestigio internazionale: nei modi d'una esperienza formativa che si concludesse con un percorso di rientro presso le imprese, i centri di ricerca, le università, o le istituzioni pubbliche che operavano sull'isola. Sarebbe stato compito dei candidati, devo dire munificamente finanziati (e a fondo perduto), quello di individuare il percorso di alta formazione o lo stage più congeniale alla loro esperienza, mentre sarebbe spettato alle imprese, agli enti e alle università, quello di proporre un programma di rientro, di modo che quegli stessi candidati potessero poi mettere a frutto le competenze e le esperienze professionali acquisite sul Continente e all'estero. È curioso, e in qualche modo paradossale, dover constatare oggi che il Master and Back ha di sicuro funzionato, ma non proprio nella direzione che si auspicava: quando è vero che, invece di favorire il rientro delle migliori giovani intelligenze in Sardegna, ha promosso la loro definitiva fuga all'estero. Molti di quelli che son partiti, infatti, non sono più tornati.

Non è facile immaginare, a ogni modo, l'entusiasmo con cui, in commissione, affrontammo questa impresa davvero pionieristica, e non solo per quel senso di fare finalmente qualcosa di concreto per la gioventù dell'isola: ma per la grande esperienza che venivamo a maturare ogni giorno, nella stesura di linee guida e criteri di valutazione, sempre più calibrati, che ci consentissero di impiegare il denaro pubblico con la più grande trasparenza possibile, secondo finalità che prevedessero il massimo di equità possibile. Quanto al rapporto tra denaro pubblico e guadagno personale, posso dirlo con franchezza, credo d'essere stato, viste le vicende di cronaca giudiziaria in cui il Paese è incappato in questi ultimi vent'anni, uno dei pochi italiani che, a fronte del copioso capitale impiegato per la migliore gioventù sarda, ci ha personalmente rimesso: il gettone previsto, infatti, tolte le ritenute fiscali, non arrivava a coprire il costo delle spese, tra biglietto aereo, ristorante e camera d'albergo, il piacevolissimo, eppure sobrio, Quattro Mori, ubicato proprio vicino al porto. Detto ciò, vorrei ribadire che s'è trattato d'una stagione indimenticabile: non solo per l'entusiasmo, ma anche per la qualità umana delle persone con cui mi sono trovato a collaborare, i quali hanno tutti lavorato con grande impegno, dedizione e onestà. Non posso non ricordare i miei colleghi, a cominciare da quelli di Sassari, che sono poi diventati cari amici, Pietro Luciano, allora preside della facoltà d'Agraria, e Marco Vannini, direttore del dipartimento d'Economia. E poi quelli cagliaritani: Amedeo Columbano ora del dipartimento di Scienze biomediche, dove insegna Patologia generale e Roberto Saba, che, nel frattempo, è diventato direttore generale dell'assessorato regionale dell'Industria. Per non dire degli amministrativi, una squadra davvero speciale, per squisitezza e professionalità, tra i quali mi piace ricordare Michele De

Francesco, Enrico Garau e il caro, umanissimo, Franco Ventroni. Per chiudere con Rossella Oppes, la soave.

Quando vengo a Cagliari, io non posso fare a meno di riandare col pensiero a Sergio Atzeni, al suo sfortunato destino, che è stato il Tondelli della nuova narrativa sarda, ma culturalmente assai più strutturato e criticamente molto più lucido e consapevole. Dico Sergio Atzeni, lo scrittore a tutti gli effetti cagliaritano, ma nato a Capoterra, precocemente scomparso il 6 settembre 1995, all'età di quarantatré anni, in circostanze drammatiche, nelle acque di Carloforte, durante uno dei suoi non rari ritorni sull'isola natale. Ho tra le mani il volume *Racconti con colonna sonora* (2002), pubblicato da un editore generoso e volitivo come Il Maestrale di Nuoro: che testimonia assai bene del culto che si riserva oggi in Sardegna alla memoria di Atzeni. Diciamolo: certi classici contemporanei, di cui s'è riproposta magari l'opera omnia, non hanno ricevuto l'attenzione e la cura che riserva qui, a questo scrittore, Giancarlo Porcu, anche autore di un'informatissima postfazione, *"Tumbano tamburi". Storie e progetti di musica, scrittura e periferie*, molto utile, tra l'altro, per un primo ritratto dello scrittore da giovane, fotografato ai suoi esordi. Sicché, per rispetto al paziente lavoro diplomatico e filologico del curatore, non ci si può esimere dal descrivere quel che il lettore troverà, in queste pagine, oltre ai tre racconti che prestano il titolo al libro, già pubblicati su *Orient Express*, un mensile di fumetti bolognese, tra il luglio e il settembre del 1982, cui s'aggiungono, di medesima temperie, ma conservati nella sola forma dattiloscritta, un *Quarto racconto con colonna sonora* e *L'uomo nuovo ritmmenblùs*. Ecco, allora, una seconda sezione, *Altri racconti in giallo*, cui s'estende l'etichetta «in giallo» che Atzeni aveva attribuito solo ai citati *Racconti con colonna sonora*: e cioè *Gli amori, le avventure e la morte di un elefante bianco*; *Era Aprile*; *Ancora la città, i canali*; tutti e tre riconducibili a quella medesima stagione creativa. Per non dire delle *Appendici*, ovvero due redazioni d'un *Racconto incompiuto con colonna sonora* e il *Carteggio Atzeni-Macchiavelli* (datato sempre tra il maggio e l'agosto 1982), nonché un'articolata *Notizia sul testo*, un capitolo di *Criteri di edizione*, poi *Apparati* di doviziosa variantistica ed una *Nota biobibliografica*. Non sembri pretestuosa l'inclusione del rapido carteggio, che ha un giusto ruolo documentario: è infatti il già famoso Loriano Macchiavelli, sponsor di Atzeni al MystFest di Cattolica del 1981, a svolgere un'importante funzione nella prima promozione a stampa del giovane scrittore.

Si poteva fare di più? Certamente no. Anzi, s'è fatto pure troppo: se è vero che ci troviamo di fronte ad un Atzeni minore, ancora lontano da quello che abbiamo amato in *Apologo del giudice bandito* (1986) e nel *Figlio di Bakunìn* (1991), cioè quello d'una verticalità antropologica, di così venturosa disposizione, che lascia senza fiato. Nei *Racconti con colonna sonora* Atzeni insegue una suggestione: quella di scriver testi velocissimi che possano valere anche come commenti ad alcuni brani musicali, esplicitati dallo scrittore nelle brevissime introduzioni che precedono ogni racconto. Ma le situazioni narrate conservano il tratto un po' ingenuamente parossistico del fumetto e consegnano il personaggio ad una leggendarietà sin troppo facile. Ha ragione senz'altro Porcu: «andranno approfonditi su questa linea gli elementi di raccordo con l'opera e il pensiero di Pier Vittorio Tondelli». Eco aveva ormai sdoganato la cultura di massa: i giovani Tondelli e Atzeni ci facevano i conti. La letteratura ne ha guadagnato? Non è facile rispondere: di certo Atzeni sarebbe diventato lo scrittore che è solo riappropriandosi d'una Sardegna che è molto più d'una seduzione del cuore, con una consapevolezza che è innanzi tutto storico-antropologica (oh Gramsci!). Come dimostra il notevole *Raccontar fole*, proposto da Sellerio nel 1999, ove si smontano quelle «fole» che, appunto, avevano raccontato molti viaggiatori sull'isola: per dire, in aggiunta, d'una naturale disposizione di demistificazione critica e culturale, che, se fosse stata ben impiegata dalla stessa giovane narrativa sarda in formazione, ci avrebbe risparmiato il kitsch etno-narrativo di scrittori alla Niffoi. Non riesco a dimenticare, a prova della straordinaria intelligenza di Atzeni, un giudizio assai precoce, che ricavo da un articolo del 1979, a proposito del *Giorno del giudizio* di Salvatore Satta, paragonato al *Gattopardo* di Tomasi di Lampedusa: «ogni terra ha [...] una sua specifica misura degli incubi e dei sogni». Che vale anche come un modo di dichiararsi fulmineamente a se stesso, e a noi, in quanto scrittore e narratore di leggende: a far lievitare la pasta di verità ataviche sino all'altezza, appunto, del sogno.

A Cagliari, l'unica vera città dell'isola, almeno per popolazione ed espansione urbanistica, la Sardegna cessa d'essere ciò che invece in parte ancora è altrove: una «forza del passato», come Pasolini amava dire di se stesso. Eppure, sino a metà degli anni Cinquanta, come ci racconta Giovanni Artieri, si poteva dormire alla Scala di ferro, proprio nella stessa stanza in cui aveva dormito Lawrence. O si potevano incontrare singolari personaggi, come quel curioso venditore di gioielli, piemontese di Alessandria, che – lo raccontava sempre Artieri – diceva di dovere alla Sardegna «la salute», trascorrendovi almeno tre quarti dell'anno, servendosi solo, per muoversi, «delle ferroviette, a scartamento ridotto», perché, aggiungeva: «Mi diverto ad andar lento». Mi piace molto Cagliari: i suoi vicoli, le sue piazzette, i ristoranti che formicolano ovunque, i suoi caffè, le sue donne. Dico la sola Cagliari, assai circoscritta, che conosco bene: quella intorno al porto, della stazione centrale, di via Roma, di largo Carlo Felice, di piazza Yenne, di via Manno, di viale Regina Margherita, di via Garibaldi, piazza Costituzione, delle chiese di Sant'Agostino e di Santa Eulalia. Per spingermi al massimo sino a viale Diaz, magari alla scuola dove insegna la mia vecchia amica Serena Rosa, per una conferenza su Sciascia: per trovarla eguale, Serena, a com'era trent'anni fa, la filiforme e allegrissima ragazzina, dalla risata larga e scintillante, quando frequentavamo le lezioni di tedesco al Goethe-Institut di Roma. La Cagliari che sale su fino ai bastioni e al Quartiere Castello, con le sue torri di San Pancrazio e dell'Elefante: e là, davanti a un panorama commovente spalancato sulla laguna, finalmente si quieta e si ascolta. La Cagliari del Poetto, credo la più bella spiaggia d'Europa, tra quelle che fanno parte e sono tutt'uno con la città che vi s'affaccia: da raggiungere a piedi o comodamente in autobus, come facevo io dall'albergo, fosse l'Italia o il già citato Quattro Mori. La Cagliari che mi diverto a frequentare col mio amico Duilio Caocci: magari, che so?, per andare a mangiare da Lillicu, su quei tavoli tutti uguali di marmo obitoriale, dei croccanti anemoni di mare fritti e degli ottimi spaghetti alle vongole. O per intrattenerci a discutere sino a notte tarda all'ottimo ristorante La Pola con la cameriera, seduttiva e intelligente come una locandiera goldoniana, che la pensa come me sulle qualità dell'acqua minerale sarda San Martino: un'acqua salatissima che, invece di dissetare, istiga e incendia, senza placare mai, un'acqua lussuriosa, insomma, imbottigliata per il vizio, non per il bisogno.

Dicevo dei bastioni: sui quali ho visto sgambettare, con Nicoletta che giuocava a fare la mammina, il figlio di Duilio, Salvatore, già allora col fisico del ruolo, di quelli «biondo era e bello». Che è già un perfetto bambino gentiluomo: senza che abbia rinunciato a nulla della sua infantile vitalità. Pensate: non gli si può nemmeno regalare un giocattolo. Eravamo da una decina di minuti in un negozio di balocchi, ma lui non si decideva all'acquisto e, se costretto, finiva per scegliere sempre regalini insignificanti, di poco prezzo: quando io, invece, avrei voluto essere munifico, come meritava la sua dolcezza e la sua buona educazione. Finché non ha confessato: che, cioè, suo padre s'era raccomandato di non farmi spendere troppo. Per non dire dello stadio a Selargius – era la prima volta che vedeva una partita dal vivo –, dove la squadra di casa, allenata dal figlio di Zeman, giuocava con la mia Viterbese, finendo col perdere per nove a uno. Ebbene, sul quattro a zero per la squadra della mia città, Salvatore, capendo che per lui, selargino di nascita, non c'era più nulla da fare, aggrappato alla rete di recinzione del campo, ha cominciato a apostrofare i giocatori viterbesi, cercando d'attirare la loro attenzione. Alla mia domanda sul perché facesse così, Salvatore mi ha guardato con una faccia furba: «Così si distraggono».

Guardo con Duilio, dai bastioni, il panorama smisurato e dolcissimo che ho davanti a me: il porto, la striscia del Poetto, lo stagno. E mi viene in mente un curioso romanzo del 2003 di Giulia Clarkson, *La città d'acqua*. E penso al suo giovanissimo protagonista, Frantziscu, il quale, con il padre adottivo Salvatore (poi «divorato dal vibrione colerico»), si dedica, per vivere, alla raccolta delle arselle e alla caccia delle anguille nella laguna di Santa Gilla, cioè lo stagno di Cagliari. È questa «la città d'acqua» assediata, poi sventrata da navi enormi, quindi violentemente cementificata, per uno sviluppo, più patologico che fisiologico, di quella città di pietra che le sta alle spalle, e che, con le sue fabbriche, ha cominciato presto a scaricare in laguna le sue «pesanti dosi di mercurio». Dalla città d'acqua emerge subito la testa incrostata d'alghe d'una statua romana, forse quella di Donna Giulia, la prima moglie di Tigellio, il cantore sardo celebrato da Orazio. È lei, Donna Giulia, il platonico archetipo della femminilità, con cui il giovane intratterrà un colloquio decisivo per il suo destino di uomo tra gli uomini. Seguiremo così Frantziscu, strappato violentemente alla sua lagunare età dell'oro, nel faticoso apprendistato alla vita tra gli anni Settanta e gli Ottanta: pagando un feroce tributo a quello che risulta immediatamente come un brutale processo d'omologazione, che tutto schiaccia, finanche la memoria, come un rullo compressore. La fine di tutto, dunque, sarà questa qui? Io e Duilio non ci vogliamo proprio credere e andiamo a prenderci un aperitivo, al caffè aereo che ci sta alle spalle, mentre il sole tramonta pigramente, e poi, con molta calma, ci incamminiamo per raggiungere il ristorante davanti all'albergo Italia dove mangiare pesce delizioso. Due ragazzi nel sole.

Epilogo

È il sabato delle Palme: cena da solo sotto casa al Sa Mesa. Comitive di giovani che credono o fingono di divertirsi, come ogni fine settimana: stessi amici, stessi rituali. Mangiano pizza e bevono l'ottima birra sarda, l'Ichnusa, niente cucina: la crisi si sente ed è bene risparmiare. Famiglie con bimbi piccoli e suocere a rimorchio. Mariti e mogli che si sforzano di sorridersi e persino di dialogare. Domani è domenica e si può dormire: magari ci scappa pure una cauta e veloce fornicatina, tanto per illudersi che ci si desidera ancora. Sabato sera: la più brutta della settimana per gli amanti clandestini, che non possono sentirsi nemmeno per telefono. La più bella, forse, per gli innamorati conclamati: soprattutto qui in Sardegna. Ma quanti sono quelli che trovano la forza e il coraggio di amarsi veramente, in questo spengleriano tramonto dell'Occidente? È ancora abbastanza freddo. Questo inverno non vuole finire nemmeno ad Alghero. Sono le due, quando mi siedo sul balcone a fumare, come ogni notte, il mio antico toscano. Il grande albergo s'accampa davanti in lontananza: grigio e spettrale, com'è stato per tutto l'inverno. Chissà perché, però, due stanze sono illuminate. Ci si prepara forse per la Pasqua, che darà inizio alla stagione? Come sempre a quest'ora, anche la luce dell'attico che emerge alle spalle dell'hotel è accesa: non saprò mai se si tratta di un'anima in pena, che non trova requie nemmeno nel sonno, o di qualcuno che, come me, aspetta che la notte si faccia piccola, per onorare una sua specialissima *Slow Life*. E non manca il solito gabbiano solitario che in volo riga il cielo: mentre le stelle, sempre più numerose, provano a farsi largo tra le nuvole.

È stato un anno difficile e faticoso. Un anno in cui, però, mi sono fermato più a lungo qui, sull'isola, più di quanto non abbia mai fatto in questi quattordici anni di pendolarismo. La casa è abbastanza grande: e i miei genitori vengono ogni tanto da Viterbo, trattenendosi con piacere anche a lungo. Solo a settembre, con l'estate ancora dolce ma già in disarmo, passeggiavano sulla spiaggia mano nella mano, come nemmeno facevano da giovanissimi. Sono cinquantaquattro anni che sono sposati, senza aggiungere i cinque di fidanzamento: mamma era poco più che una bambina. Hanno avuto una vita bella, anche se con le sue ferite. Soltanto adesso mi accorgo di quanta saggezza ci sia nella loro semplicità, di quanto siano migliori di me: genitori senza sensi di colpa e inappuntabili, a differenza di me, che sono un padre disorientato e sconfitto.

Ini è lontana, molto oltre le acque che si sono richiuse in se stesse in quella prodigiosa giornata di ottobre sulla spiaggia per Fertilia. Le note, ancora mute, arrivano da sole, naturalmente. È Peppino Gagliardi: un Peppino di Capri che ha ascoltato Luigi Tenco. Comincio a canticchiarla tra me e me, con gli occhi di Ini che immagino scintillare nei miei. Ecco: «Dimme, dimme come se chiagne, senza suffri'/ Dimme, dimme come se soffre, senza muri'». No, non mi lasciare per la via, che perdo la vita mia, se perdo te: «Mparame a vule' bene come sai tu, come vuoi tu». «Dimmi, dimmi come si piange, senza soffrire/ Dimmi, dimmi come si soffre, senza morire/ Insegnami a voler bene come sai tu, come vuoi tu.»

Ringraziamenti

Per Benedetta Centovalli, che ad Alghero, nel ristorante Lo Romanì, da Gigi e Vittoria, davanti a un bicchiere di Vermentino, ha euforicamente inventato con me questo libro e l'ha fortissimamente voluto. La Benedetta che ha almeno un merito, diciamo così, come sardista d'azione: quello d'aver incoraggiato e poi pubblicato, quasi vent'anni fa, il più aspro e cosmogonico libro di Gavino Ledda, consentendomi d'arrivare puntuale all'appuntamento.

Per Barbara Pasqualetto, che ha letto in anteprima il testo, approntandone la bibliografia.

Per Sergio Sotgiu, amico fraterno, compagno discreto e irrinunciabile di certe solitudini algheresi.

Per i miei genitori, che sono tornati a occuparsi di me, con pazienza e allegria, che di questo libro innamorato sono co-autori.

Per mia figlia Nicoletta, il mio grande amore, perché esiste, anche se non c'è.

Bibliografia

AA.VV., *Sardegna*, Milano, Guide Rosse Touring Club Editore, 2005.

AA.VV., *1943. Fortini a Porto Conte*, I Quaderni del Parco di Porto Conte, n. 1, Sassari, Carlo Delfino editore, 2011.

AA.VV., *La colonia penale di Tramariglio. Architetture del novecento nel Parco di Porto Conte*, I Quaderni del Parco di Porto Conte, n. 2, Sassari, Carlo Delfino editore, 2011.

AA.VV., *La colonia penale di Tramariglio. Memorie di vita carceraria*, I Quaderni del Parco di Porto Conte, n. 5, Sassari, Carlo Delfino editore, 2014.

Altea, Giuliana, *Eugenio Tavalora*, Nuoro, Ilisso, 2004.

Areddu, Antonio, *Il marchesato di Mores. Le origini, il duca dell'Asinara, le lotte antifeudali, l'abolizione del feudo e le vicende del marquis de Morès*, Cagliari, Condaghes, 2011.

Artieri, Giovanni, *La pulce nello stivale: viaggi nell'Italia malata*, Milano, Longanesi, 1956.

Atzeni, Sergio, *Apologo del giudice bandito*, Palermo, Sellerio, 1986.

Id., *Il figlio di Bakunìn* (1991), Palermo, Sellerio, 2009.

Id., *Raccontar fole*, Palermo, Sellerio, 1999.

Id., *Racconti con colonna sonora* (2002), Nuoro, Il Maestrale, 2008.

Avallone, Silvia, *Acciaio*, Milano, Rizzoli, 2010.

Aventi, Francesco, *Viaggio insolito nell'isola di Sardegna*, Sassari, Doramarkus, 2004.

Bachofen, Johann Jakob, *Il matriarcato. Storia e mito tra Oriente e Occidente* (1861), Milano, Marinotti, 2004.

Barthes, Roland, *Miti d'oggi* (1957), Torino, Einaudi, 2005.

Bataille, Georges, *Lascaux. La nascita dell'arte* (1955), Milano, Abscondita, 2014.

Beckett, Samuel, *Aspettando Godot* (1952), Torino, Einaudi, 1970.

Brandi, Cesare, *Terre d'Italia* (1991), Milano, Bompiani, 2006.

Brigaglia, Manlio; Tola, Salvatore, *Dizionario storico-geografico dei comuni della Sardegna A-D*, Sassari, Carlo Delfino editore, 2006.

Idd., *Dizionario storico-geografico dei comuni della Sardegna E-L*, Sassari, Carlo Delfino editore, 2008.

Idd., *Dizionario storico-geografico dei comuni della Sardegna M-O*, Sassari, Carlo Delfino editore, 2009.

Idd., *Dizionario storico-geografico dei comuni della Sardegna O-S*, Sassari, Carlo Delfino editore, 2009.

Idd., *Dizionario storico-geografico dei comuni della Sardegna S-Z*, Sassari, Carlo Delfino editore, 2009.

Cagnetta, Franco, *Banditi a Orgosolo* (1954), Nuoro, Ilisso, 2003.

Canevazzi, Eugenio, *Garibaldi a Caprera*, Bologna, Tipografia del Giornale di Agricoltura del Regno d'Italia detta degli Agrofili Italiani, 1866.

Carbone, Rocco, *Per il tuo bene*, Milano, Mondadori, 2009.

Ceccamea, Francesco, *Silenzi vietati*, Roma, Avagliano, 2008.

Clarkson, Giulia, *La città d'acqua* (2003), Nuoro, Il Maestrale, 2008.

Cossu, Enzo, *Parco Nazionale Asinara*, Porto Torres, Editrice La Grafica, 2006.

Costa, Enrico, *Sassari*, vol. 1, Sassari, Dessì, 1885.

Id., *La bella di Cabras* (1887), Cagliari, CUEC, 2008.

Cugia, Pasquale, *Nuovo itinerario dell'isola di Sardegna*, Ravenna, Tip. nazionale Lavagna e figlio, 1892.

De Roberto, Federico, *I Viceré* (1894), Torino, Einaudi, 2006.

De Roma, Alessandro, *La mia maledizione*, Torino, Einaudi, 2014.

Deledda, Grazia, *L'edera* (1908), Cagliari, CUEC, 2011.

Id., *La madre* (1920), Nuoro, Il Maestrale, 2008.

Id., *La chiesa della solitudine* (1936), Nuoro, Il Maestrale, 2008.

Dessì, Giuseppe, *Paese d'ombre* (1972), Nuoro, Il Maestrale, 2003.

Id., *Diari (1926-1931)*, Roma, Jouvence, 1993.

Detienne, Marcel, *Essere autoctoni. Come denazionalizzare le storie nazionali*, Firenze, Sansoni, 2004.

Fois, Marcello, *Nulla* (1997), Nuoro, Il Maestrale, 2010.

Id., *Memoria del vuoto*, Torino, Einaudi, 2006.

Id., *In Sardegna non c'è il mare* (2008), Roma-Bari, Laterza, 2013.

Id., *Stirpe* (2009), Torino, Einaudi, 2011.

Id., *Nel tempo di mezzo* (2012), Torino, Einaudi, 2014.

Gramsci, Antonio, *Lettere dal carcere* (1947), Torino, Einaudi, 2014.

Gutierrez, Michele; Mattone, Antonello; Valsecchi, Franca (a cura di), *L'isola dell'Asinara. L'ambiente, la storia, il parco*, Nuoro, Poliedro, 1998.

Lawrence, David Herbert, *Sea and Sardinia* (1921), trad. it. *Mare e Sardegna*, Nuoro, Ilisso, 2003.

Ledda, Gavino, *Padre padrone. L'educazione di un pastore* (1975), Milano, Baldini & Castoldi, 2014.

Id., *I cimenti dell'agnello* (1995), Milano, Rizzoli, 2000.

Id., *Recanto* (1998), in Id., *Padre padrone e Recanto*, Milano, Rizzoli, 1998.

Lisca, Paolo, *Garibaldi e il miele amaro*, Sassari, Doramarkus, 2004.

Luzzatto, Sergio, *La mummia della repubblica. Storia di Mazzini imbalsamato*, Torino, Einaudi, 2001.

Manno, Giuseppe, *Storia della Sardegna* (1825-27), 3 voll., Nuoro, Ilisso, 1996.

Id., *Storia moderna di Sardegna* (1842), Nuoro, Ilisso, 1998.

Mannuzzu, Salvatore, *Procedura* (1988), Torino, Einaudi, 2015.

Id., *Un morso di formica* (1989), Torino, Einaudi, 1997.

Id., *Le ceneri del Montiferro* (1994), Torino, Einaudi, 1997.

Id., *Il catalogo*, Torino, Einaudi, 2000.

Id., *Le fate dell'inverno*, Torino, Einaudi, 2004.

Id., *Giobbe*, Cagliari, Edizioni della Torre, 2007.

Id., *Cenere e ghiaccio. Undici prove di resistenza*, Roma, Edizioni dell'asino, 2009.

Id., *Snuff o l'arte di morire*, Torino, Einaudi, 2013.

Martorana, Filippo, *Come avvenne che spiegai la Sicilia ad un Marziano*, Caltanissetta, Lussografica, 2011.

Murgia, Michela, *Viaggio in Sardegna. Undici percorsi nell'isola che non si vede*, Torino, Einaudi, 2008.

Id., *Accabadora* (2009), Torino, Einaudi, 2014.

Onofri, Massimo, *La ragione in contumacia. La critica militante ai tempi del fondamentalismo*, Roma, Donzelli, 2007.

Pasolini, Pier Paolo, *Scritti corsari* (1975), Milano, Garzanti, 2015.

Id., *Lettere luterane* (1976), Milano, Garzanti, 2009.

Pellegrino, Carmen, *'68 napoletano. Lotte studentesche e conflitti sociali tra conservatorismo e utopie*, Tissi, Angelica, 2008.

Id., *Cade la terra*, Firenze, Giunti, 2015.

Pigliaru, Antonio, *Il codice della vendetta barbaricina* (1959), Nuoro, Il Maestrale, 2006.

Pinzi, Cesare, *I Principali Monumenti di Viterbo: guida pel visitatore* (1894), Viterbo, Sette Città, 1993.

Pirandello, Luigi, *Suo marito. Giustino Roncella nato Boggiòlo* (1911), Milano, Rizzoli, 2013.

Pittalis, Fabrizio, *Molto spiacenti, Sir*, Porto Torres, Samiszdat (ilmiolibro.it), 2009.

Sartre, Jean-Paul, *La ricerca dell'assoluto* (1948), in Id., *Pensare l'arte*, Milano, Marinotti, 2008.

Satta, Salvatore, *Il giorno del giudizio* (1977), Nuoro, Il Maestrale, 2006.

Sgarbi, Vittorio, *Il punto di vista del cavallo. Caravaggio*, Milano, Bompiani, 2014.

Soffici, Ardengo, *Scoperte e massacri. Scritti sull'arte* (1919), Firenze, Vallecchi, 1995.

Soldati, Mario, *Fuori*, Milano, Mondadori, 1968.

Id., *Vino al vino* (1977), Milano, Mondadori, 2006.

Id., *Rami secchi*, Milano, Rizzoli, 1989.

Soriga, Flavio, *Sardinia blues*, Milano, Bompiani, 2008.

Id., *Nuraghe Beach. La Sardegna che non visiterete mai*, Roma-Bari, Laterza, 2011.

Sotgiu, Sergio, *L'armonia impossibile. Antioco Zucca filosofo e poeta dell'infinito*, Nuoro, Il Maestrale, 2013.

Tolstoj, Lev Nikolaevič, *Anna Karenina*, Milano, Bur, 2013.

Tomasi di Lampedusa, Giuseppe, *Il Gattopardo* (1958), Milano, Feltrinelli, 2013.

Trova, Assunta e Zichi, Giuseppe, *Asinara, isola piccola, grande storia. Prigionieri e profughi della prima guerra mondiale dicembre 1915 - luglio 1916*, Sassari, Edes editrice, 2014.

Vecchi, Augusto Vittorio, *La vita e le gesta di Giuseppe Garibaldi* (1882), Bologna, Zanichelli, 1910.

Vecchi, Candido Augusto, *Garibaldi e Caprera*, Napoli, Stamperia e cartiere del Fibreno, 1862.

Vittorini, Elio, *Sardegna come un'infanzia* (1952), Milano, Bompiani, 2014.

White Mario, Jessie, *Garibaldi e i suoi tempi*, Milano, Treves, 1884.

Zucca, Antioco, *L'uomo e l'infinito*, Imola, Tipografia Sociale, 1894.

Id., *Il lamento del genio. Parodia*, Sassari, Gallizzi, 1898.

Id., *I rapporti fra l'individuo e l'universo*, Padova, CEDAM, 1937.

Indice

I brani citati appartengono ai testi delle canzoni:

Alghero
Musica e testo: G. Russo e M. A. Sisini

Aria
Musica e testo: D. Silvestri

Dicci come ti chiami
Musica: M. Marrocchi • Testo: A. De Sanctis

Eva
Musica: U. Tozzi • Testo: G. Bigazzi

La gente parla
Musica: M. Marrocchi e S. Di Nardo • Testo: A. De Sanctis

Margherita
Musica: R. Cocciante • Testo: M. Luberti

Mparame a vule' bene
Musica: S. Mazzocco • Testo: R. Fiore

No potho reposare
Musica: G. Rachel • Testo: S. Sini

SCRITTORI GIUNTI

1. Ermanno Rea, *La comunista*
2. Rosa Matteucci, *Le donne perdonano tutto tranne il silenzio*
3. Simona Baldelli, *Evelina e le fate*
4. Marco Archetti, *Sette diavoli*
5. Valerio Evangelisti, *Day Hospital*
6. Laura Pariani, *Il piatto dell'angelo*
7. Flavio Pagano, *Perdutamente*
8. Massimiliano Governi, *Come vivevano i felici*
9. Diego Agostini, *La fabbrica dei cattivi*
10. Marco Magini, *Come fossi solo*
11. Simona Baldelli, *Il tempo bambino*
12. Simonetta Agnello Hornby, *La mia Londra*
13. Walter Fontana, *Splendido visto da qui*
14. Domitilla Melloni, *Forte e sottile è il mio canto. Storia di una donna obesa*
15. Grazia Verasani, *Mare d'inverno*
16. Simonetta Agnello Hornby, *Il pranzo di Mosè*
17. Paolo Maurensig, *Amori miei e altri animali*
18. Clara Sereni, *Via Ripetta 155*
19. Carmen Pellegrino, *Cade la terra*
20. Pier Franco Brandimarte, *L'Amalassunta*
21. Flavio Pagano, *Senza paura*
22. Paola Capriolo, *Mi ricordo*
23. Claudio Calzana, *Lux*
24. Massimo Onofri, *Passaggio in Sardegna*
25. Guia Soncini, *Qualunque cosa significhi amore*
26. Chiara Moscardelli, *Quando meno te lo aspetti*
27. Igiaba Scego, *Adua*

28. Eleonora Sottili, *Se tu fossi neve*
29. Silvana La Spina, *L'uomo che veniva da Messina*
30. Clara Sereni, *Casalinghitudine*
31. Alessandro Bertante, *Gli ultimi ragazzi del secolo*
32. David Ebershoff, *The Danish Girl*
33. Antonio Moresco, *L'addio*
34. Sergio Staino, *Alla ricerca della pecora Fassina*
35. Simona Baldelli, *La vita a rovescio*
36. Cristian Mannu, *Maria di Ísili*
37. Silvia Pareschi, *I jeans di Bruce Springsteen e altri sogni americani*
38. Marco Rovelli, *La guerriera dagli occhi verdi*
39. Massimo Onofri, *Passaggio in Sicilia*
40. Marco Ferrante, *Gin tonic a occhi chiusi*
41. Grazia Verasani, *Lettera a Dina*
42. Marie NDiaye, *Ladivine*
43. Andrea De Carlo, *L'imperfetta meraviglia*
44. Giulia Caminito, *La Grande A*
45. Ángeles Mastretta, *Il vento delle ore*
46. Tom Wolfe, *Il regno della parola*
47. Giuseppe Montesano, *Lettori selvaggi*
48. Andrea Piva, *L'animale notturno*
49. Silvia Ballestra, *Vicini alla terra*
50. Carmen Pellegrino, *Se mi tornassi questa sera accanto*
51. Mario Coppola, *In cima al mondo, in fondo al cuore*
52. Federico Baccomo, *Anna sta mentendo...*
53. Brit Bennett, *Le madri*
54. Clara Sereni, *Il gioco dei regni*
55. Filippo Nicosia, *Un'invincibile estate*
56. Erika Bianchi, *Il contrario delle lucertole*
57. Francesco Guccini - Loriano Macchiavelli, *Tempo da elfi*
58. Salvatore Niffoi, *Il venditore di metafore*

Stampato presso Rotolito Lombarda S.p.A.
Via Sondrio, 3 - 20096 Seggiano di Pioltello (MI)